傾我一生守護你

星魚／著

目錄

序

希望，有一天，
我認識的、不認識的你，

或在喧囂熱鬧之地；或在孤寂寥落之處；
或在一方陽光之下；或在春雨稀微之時；或在夜深人靜之際；

手捧這本書，翻閱它的扉頁，嗅聞它的書香，咀嚼它的文字，

然後以書當枕，酣然睡去！

感謝所有知道我不完美卻仍然愛著我的人！

星魚　二〇二二年十月二十六日

楔子

他光芒萬丈，於大千世界，前呼後擁；我平凡渺小，於茫茫人海，孤舟獨行。千迴百轉，芸芸衆生，他卻看見了我！就算只有一次相遇，傾我一生，都要護他、佑他，免墮輪迴。

三天前，全國各大報、電子報、網路新聞，頭版都是這一條……

長青集團第二代接班人闞行易失足墜落！

長青集團第二代接班人闞行易，發生嚴重墜落意外！長青集團子公司——常發建設破土剪綵時，闞行易腳下地層下陷。他掉落深約三層樓高大坑，坑內散落許多支離破碎的骨骸。考古專家初步判斷是人骨。約有百具，數量衆多！但也有可能是獸骨，需進一步鑑定。

根據記載，這裡應該是約西元一千六百年左右一個叢洱小國——聿乂王朝遺址。至於同一個坑爲何出現衆多人骨遺骸？仍需研究。

長青集團老執行長已自美國趕回。據悉院方已數度發出病危通知，但基於病人隱私，未再多做詳細說明。

古剎

聶西寒靜靜站在古剎山門前，已經二天二夜了。說是山門，其實就是兩扇掩不齊的柴扉吊在石垛上，風一起便咿啞咿啞自動開合。門裡的古剎清晰可見，凋敝、頹圮，經年杳無香火，蛛網塵結。

一名老和尚，唯一的一位，坐在門廊處，閉著眼，數著胸前佛珠，嘴唇噏和著，根本無視她的存在。聶西寒也不打攪，只是安靜的站著。她是個安靜的人，早已習慣安靜、禁語。她甚麼都沒有，只能乞求，求老和尚慈悲、憐憫，給她——她想要的……

夜色漸漸重了，山裡氣溫驟降，冷得嚇人，聶西寒不自覺的簌簌發抖。從昨日中午，乾糧吃完了，她就滴食未進。她身上著的是夏天的衣物，毫無熱量足以抵擋山裡的寒涼。她武裝自己：不冷，一點兒都不冷；不怕，沒事的……她一定撐得住，一定。

彷彿好久，她昏沉到無法判斷到底過了有多久！只覺腦袋很重很黑，眼皮很沉……

「進屋裡吧！你凍死了，甚麼事也幹不了。」

老和尚的聲音！他明明距她有數十公尺之遙，可是卻像在她耳朵旁說的，一字一句清晰宏亮，穿透喚醒她已休眠的大腦。

聶西寒挪著站僵的腳，舉步維艱。說是走，倒不如說是跪。好不容易半爬半走，移到屋裡，幾乎癱軟趴倒。還好室內溫暖，好幾盆炭火，燒的炙熱，她緩了好幾下，才發現老和尚早已在她對面坐定。她環顧四週，原來她已身處不像大殿的大殿上了！

「謝謝！對不起！」她輕聲地說。爲受人恩澤致謝，爲造成困擾致歉。

老和尚搖搖頭，「ㄚ頭，妳回去前世未必能改變歷史，因爲妳只有一年半壽辰，遑論逆天必會遭罪受罰，飽受椎心之痛……唉，妳想清楚了嗎？」他語重心長地望著聶西寒。他與這孩子有緣，她一來，他就讀出她的思緒了。他也知道改變不了她的，但他還是想試一試。

聶西寒笑了，笑得動人，也笑得飄忽。她誠心誠意道：「師父，他光芒萬丈，於大千世界，前呼後擁；我平凡渺小，於茫茫人海，孤舟獨行。可在千迴百轉的芸芸眾生，他卻看見了我！就算只有一次相遇，傾我一生，都要護他、佑他，免墮輪迴。您成全我吧！」

「唉！因緣俱足，妳去吧。以後如何，看妳造化了。」老和尚說完，不再言語，不再理她，低頭念佛……

聶西寒雙手合十，跪拜頂禮，直到天明。

山門外，夜風冷冽，長空無月，星子寂寥，一宵無語。

第一章、流轉

人有悲歡離合，月有陰晴圓缺，此事古難全。
但願人長久，千里共嬋娟。

蘇軾《水調歌頭》

好疼……

一片黑……她不停的往下墜，她伸手想拽著任何一樣東西，可是什麼都沒得抓，只有虛空和鋪天蓋地的暗。她覺得身子好輕，可是頭很重、很疼，一會兒熱的像火在烤，忽攸一瞬冷得像冰窖。這究竟是哪？隱隱有人聲——喊叫聲、腳步雜沓、人影幢幢。地府！這是地府！那麼她是死了？她死了嗎？

還是黑……遠遠近近，她又跌回黑裡。

光……

刺眼的不得了，簡直睜不開眼。眼皮開開闔闔，終於適應了。費了好大勁，蘇襄才能張眼。

有聲音……就在不遠處。

先聽到一個蒼老的男人說：「我看就讓她去吧。妳心裡也有個底了不是！都已經月餘了，襄兒連個指頭都沒動，老御醫不也說就是個活死人了。」男人說到活死人，還刻意壓低嗓子。

「嗚……你叫我怎麼能？我就襄兒一個寶貝，她去了，我活著幹甚麼！」一個婦人哭的淒慘。

「這不怪她自個！認不清自己的身分？我一個告老養老的太監，妳一個奶娘，就算哺育過皇子，封了夫人又如何？咱們既不是士族大夫、也不是公侯將相，說穿了就是奴才。也是太后念情，才給咱一身像樣的衣裳穿，略略好聽的頭銜。可她呢？妄想魅惑皇上……癩蝦蟆想吃天鵝肉！咱們是什麼身分？這不讓皇后給逮了……沒暗裡將她碎屍萬段，還將她嫁給王爺。就算做妾也不虧待她，已是天大恩典了呀……」老男人又連連嘆了幾口氣……彷彿胸中鬱悶不吐不快。他接著說：「照說，一步既錯，就得更加步步爲營，與人爲善，好好侍奉王爺，贏得歡心。不想她不知收斂，又去招惹人家愛妃！現下呢，弄個不死不活的模樣。王爺連來看一眼都嫌棄。妹仔，就算襄兒能醒起來，也許——也許她不能動、不能言、不能……她以後能有好日子嗎？」老太監愈說愈激動，不由提高分貝。

「所以我才找哥哥商量法子呀，你說那些幹甚麼！」婦人急得又嚎啕起來。

「我能有甚麼法子呀？該找的名醫郎中都找遍了呀！」老太監不由也急了。

蘇襄的意識集中起來，眼睛也幾可聚焦了。她動了下手腳，雖說有點麻，不靈活，但應該沒大問題。她定睛往聲源處瞧去……

一位大娘，髮髻梳得工整，衣著不華貴，正攏著衣袖抹淚。一個老男人，清瘦身子，背稍佝僂，額頭溝壑縱橫，面帶愁容，正揹著手踱來踱去。

「小……小……小姐，小姐醒了！老夫人，舅爺，小姐動了！醒了！」一聲驚喜的喊叫自蘇襄頭頂上方冒出來。原來有個丫嬛就在床頭服侍著，位置關係，她沒法看見，所以嚇了她一下。

這聲喊讓蘇夫人及蘇老太監急的往蘇襄床邊邁，椅子都帶翻了。

「襄兒，襄兒……」

映入眼簾的是蘇老夫人——那個大娘，是她的……娘……穿著比一般官夫人樸素，一臉一頭的淚。嘴裡不停的說：「襄兒，妳醒了，妳眞的醒了！謝天謝地。妳眞的醒了嗎？我是娘……」她的手輕拍著蘇襄的臉沒停過，妳……認得我嗎？」老夫人的表情又驚詫又恐懼，怕只是場幻覺。她手上還握著一方浸透水的絲帕……

「襄兒，襄兒，妳沒事了嗎？我是舅舅。」一個男人的臉擠到面前，蘇襄現在看清這老爺子，滿頭灰髮，和蘇老夫人長相倒相似。他……是她舅舅？

「妳昏迷了好多天了！妳聽得見嗎？唉，妳這孩子，叫人操心。妳怎麼不想想……」老男人滿肚子的話想講，突然看見蘇襄憔悴的臉孔，想到此時此刻好像不是責備的時候，又看蘇襄面無表情……

「妳……妳……」他張著嘴，說不出話來。突然害怕她只是迴光返照。

望著二張涕泗縱流的老臉，蘇襄盡最大的力氣緩緩地點點頭，安撫地說道：「娘、舅舅，是我不好，累妳們操心，我沒事了！」

「嗚……娘的心肝寶呀！」蘇夫人嚎得更大聲了，緊摟著蘇襄，這會兒肯定女兒真的醒了，沒變成活死人。她有著失而復得的激動，有滿肚子的話想對女兒說，又不知從何說起，只好使勁哭。老太監也用衣角揩拭，點點頭，又搖頭，亦悲亦喜。心想：妹夫早歿。這外甥女，從小是非不斷，可她是這個家唯一的血脈，人醒了總有指望的。再怎樣惹事生非，都比斷了煙火強呀！

看了看四周陌生的環境，那方絲帕不知何時給扔到地上，濕出一攤水痕。蘇襄默默地告訴自己：「聶西寒，妳回來了。」

接下來數日，聶西寒復元得快。她寄宿的身子——蘇襄的人生、蘇襄的記憶，慢慢活了起來。蘇襄的父親蘇展是一介平民，身子骨弱，沒啥親人，平日就編草鞋到街市販賣餬口。母親也就是一村婦，唯一的親戚是舅舅，早早就淨身入宮當太監，一家子都是實心眼的百姓。蘇夫人生下蘇襄不久，蘇展病歿，蘇家只有出沒有進，蘇老太監好歹在宮中也當差十數載，便推薦自家妹子入宮當奶娘。她當時奶水正足，哺育四皇子直到二歲，恰好這二年四皇子頭好壯壯，無病無痛，不碰不跌。先帝，特別是皇太后，念其擱下自個的女嬰，盡心盡力，哺育皇室血脈有功。特賜田宅和沒官銜的夫人封號，安享後半輩子。蘇襄若是安分，其實也能覓個八、九品小官夫婿，無憂無慮過日子。

偏偏蘇襄面目姣好，自負美貌，不甘於此，總想方設法要飛上枝頭。又仗著蘇夫人頗得皇太后照顧，個性跋扈驕縱、潑辣張狂，自詡爲正統官小姐。官宦門閥的男子極盡諂媚、招蜂引蝶，對於不具分量的芝麻官則不假辭色，弄得聲名狼藉。蘇夫人勸也沒用！

更糟的是，蘇襄空有美色卻無謀略。她藉口進宮向皇太后請安，收買了幾個內侍，溜進皇帝日照宮，爬上龍床。她撥的算盤簡單，想著只要皇帝要了她，憑她姿色，封的不是妃嬪至少也是昭儀。可惜，宮裡各派人馬的耳目多如過江鯽！她等來的不是皇帝，是珠翠縈繞、人潮簇擁、面罩寒霜的皇后！

後來是蘇夫人多方打點，求了皇太后。皇太后發了話，此醜聞不得再提。並由皇帝下旨將她許給焱王當妾。這時焱王才回京，原本這也是對她最大的恩賜與安排了。可是，嫁過門三個月，焱王吊兒郎當，待她不冷不熱，又一次都沒碰她！對蘇襄而言，這種羞辱簡直是比死不如，只是前車之鑑，怕人又說她思春淫蕩才一忍再忍。

不巧有日剛好聽見焱王愛妃夜曇的丫頭碎嘴說焱王嫌棄她身子髒，怎會與她洞房！蘇襄一聽怎受得住這氣！先教訓了丫頭，然後直衝向夜曇采香館興師問罪。

後來的事沒人說得清。夜曇的丫頭爭芽說：「蘇襄如同瘋獅，揪著夜曇衣領，扯著她的頭髮，掐著夜曇到人快沒氣了。」丫頭嬤嬤們上來拉，不知怎地，蘇襄重心不穩，往後一倒，撞上了檀木桌角，便不省人事！焱王知情後，讓蘇夫人將蘇襄接回家。說的是：由蘇夫人照料他才安心，其實是，休掉她的好聽說法。蘇夫人掂量鬧出這麼大事，女兒已喪失知覺，賴在王爺家只會讓女兒更加不堪。於是就雇輛馬車，送回自家宅邸。

月餘下來，蘇襄就只是無知覺地躺著呼吸。蘇夫人求神、拜佛、許願、覓大夫，得到的答案是——神仙難救！她哭了一回又一回，街坊都勸她，用溼帕子摀住蘇襄口鼻，讓她去吧！省得她不死不活，反而遭罪。老夫人找來哥哥求個商量，就在動手的節骨眼，蘇襄醒了！

聶西寒待在蘇襄精心布置的閨房，胭脂水粉、珠串髮簪、耳墜玉飾、鋪滿妝台，色色服飾塞滿衣箱。她就靜靜的坐在妝台前沉默著。蘇襄的往事有些清晰，有些模糊，但是不急，眼下最重要的事是重返焱王府。從今以後，她聶西寒就是蘇襄了。她又扳指算了算，她昏迷月餘，這段期間，王府送來的補品、月銀不減反增！外頭認為焱王府仁至義盡，始料未及的是她會再活過來！焱王應知道她已醒轉，可是卻無動靜，顯然是在估量要不要讓她回去。王爺府不來接，她自己回焱王府，實在沒面子，也叫人看笑話。若大吵大鬧，恐落實了潑婦之名，連同情都得不到。得動點心思，才能讓焱王府主動抬轎來接她回府。

「小姐……小姐……」小紅的聲音，打斷蘇襄的沉思。小紅長相清秀機伶，是蘇老夫人從蘇襄昏迷後特別買回來照顧蘇襄的。她的女兒她清楚，平時苛刻下人，若用熟門熟路的，保不了會乘機報答她一番。

「怎麼了？」蘇襄回神。

「小姐，妳已經坐了一個時辰不講話了！」

蘇襄微笑：「怎麼……不講話很奇怪嗎？」

「嗯……人家都說伺候妳就像把頭懸著，而且會累得像狗一般。可我一點都不覺得呀！我這一整天下來沒幹甚麼活呀！妳也不像人家說的……」小紅心無城府的說。

「人家都怎麼說我呢？」蘇襄興趣盎然地問。

這會兒小紅可有些囁嚅了。

「是不是說我冷酷無情、暴躁易怒、凌虐下人、恣意妄爲。」

小紅吐吐舌，沒答腔，默認了。

「妳覺得呢？」

「一點都不像傳說的！我剛知被賣，一起的姐妹都說『寧可賣到窯子館，也別踏進蘇襄宅。』」

小紅吐舌，可我娘說姑娘家一定要清白。結果那些姐妹又說：『好吧！既然不聽老人言，妳一定要提著腦袋，放機靈些！』聽說，有個小丫頭，剛被賣進來還沒調教好，不小心一碗熱湯潑到小姐的繡鞋，燙了妳的腳，結果那丫頭的手還是腳就被打斷，然後趕出門！還有一次，一位廚娘對小姐的指責，多嘴辯護了一句，就被一腳踢中心口閉了氣……可我怎麼看，小姐都不像會做這事的人！一定是小姐的仇家胡說八道。他們說的小姐一定不是眞的！」小紅滔滔不絕的說著，還帶著義憤。

蘇襄心想：這原主還眞造孽，難怪要遭報應！魂魄已滅，皮囊還被借用不得閒。問題是——她得替她善後……她慢悠悠地喝了口清茶，邊說道：「小紅，許多事很難說，也許以前的我才是眞正的我，現在的我是假的。」

小紅滿臉困惑，甚麼……甚麼眞的？假的？以前的？現在的？可沒多久就換上雀躍表情，「反正，現在的小姐眞好，而且大好！那些姐妹要看到我當丫頭的比小姐還早睡、跟小姐一起喝茶，肯定羡慕死我！」

蘇襄點點小紅小腦袋，「妳呀別得了便宜還賣乖。讓妳再去找個痲利丫頭過來，事辦得如何了？」蘇襄希望能再多個助手，日後回到王府，總會便當些。

「小姐放心，明個就來了。她比我聰明能幹，今年十七，大我一歲。」

「呦……眞難得，竟然有個姑娘比妳聰明？那她的聰明不就頂上天了！」

「哎呀，小姐笑我……」小紅是聰明伶俐的孩子，她家貧，被娘親賣給人口販子。人口販子以臨時契約方式發配到各府宅當賤役，苦也吃了不少，再轉賣到蘇府。因爲之前聽到關於蘇襄種種傳聞，讓她原準備好要過水深火熱的日子！可才服侍蘇襄半月，就喜歡主子，當蘇襄是姐姐了。也敢和蘇襄談笑，跟著蘇襄簡直是天堂，她絕計不相信蘇襄是蛇蠍美人。

「可是……」小紅突然有些猶豫。「可是什麼……」蘇襄聽出她有話沒說。

「小姐，她也是自幼就被賣來賣去的可憐人。可還有一樁，她右手只有兩根手指，中指以下都沒了，出生時就這樣了！所以她更常被打罵，我怕小姐嫌棄……但是那個姐姐眞的很好……」

小紅還想多鋪陳，蘇襄心裡嘆息：二個小女生沒有家庭的護持，顛沛流離，和21世紀的自己多像！

「她叫甚麼名字？」

「阿苟。」

「阿苟？」這名字實在……蘇襄皺眉。

「咱們是奴才，奴才是沒名沒姓的。賣到哪一戶就由那一戶起名，命也是人家的。小紅的話泛著苦味。

「是嗎？那甚麼時候才能恢復自由之身呢？」蘇襄再問。

「那得由三品以上的士族侯爺收爲家僕，再看他們願不願意發個牒文放我們這些奴僕自由。」小紅早習慣蘇襄的詢問了。她想：小姐雖是醒了，可忘了許多事呢！她傷的可不輕！

原來如此。蘇襄想了會兒，說道：「讓她來。我無法讓她來享福，可是一頓熱菜熱飯、睡個好覺、少頓責罵，我還給得起。如果她不介意，就叫……綠波吧。至於妳呢，小紅這名字雖沒甚麼不好，可也沒個性。明個起，妳就叫紅蓼吧。」

「紅蓼，紅蓼」小紅不知蓼是啥意思，但一聽就有學問，歡天喜地的應好。

紅蓼花香夾岸稠，綠波春水向東流。小船輕舫好追遊。

漁父酒醒重撥棹，鴛鴦飛去卻回頭。一杯銷盡兩眉愁。

蘇襄想起宋朝晏殊的《浣溪沙》，希望她倆都快快樂樂的，至少代替她快快樂樂。

蘇宅

蘇夫人宴客，請的都是與她身分相近的夫人及朋友舊識，這批人其實早被之前的蘇襄得罪殆盡。蘇襄央請母親出面邀約時，蘇夫人好不爲難。女兒過往從不把這些人放在眼裡，怎麼大病一場後好似不同了！再三詢問，確定蘇襄只想重修舊好，別無他想，便答應了張羅。可心裡也直打鼓，深怕蘇襄本性難移，又惹出事端。

宴客當天，紅蓼來報，賓客皆已就席，而且都按蘇襄吩咐，安排妥當。

「綠波呢？」蘇襄問。

「她在廚房裡支應著，都按小姐的命令。」紅蓼答。

「好，該咱們出場了。」

前廳裡，都城縣承吳夫人、後宮周美人與淳婕妤的娘親周夫人與淳夫人，周美人和淳婕妤皆不受寵，已經大半年沒見著龍顏了。另外還有魏夫人、謝夫人，之前都是宮中奶娘。加上悅來錢莊的掌櫃夫人包無邊、幾個地方仕紳的夫人都露臉了。算了算，來客約十數位，不算多，但蘇宅本就不是大門大戶，這些人的寒暄攀談倒也熱鬧。

午宴時，每位夫人自用一几案，有專屬丫頭隨侍伺候。奴僕小廝一個一個魚列而出，一手執壺，一手端盤，每個夫人餐點各自不同。荷塘田雞、鯽魚紅豆煲、飄香百合蒸烏雞、百里香烤牛塊、無花果雪梨戲水鴨……大夥新鮮地嚐著自己的佳餚，卻也不忘研究別人的吃的是甚麼。飯前酒是楊梅燒酒；餐前湯和主菜同時上；之後是甜點：有蓮子雞蛋羹、香蕉銀耳湯、桂香核桃凍、蜜汁紅薯……風味各異。相同的是每道餐食都色香味俱佳，妝點得叫人食指大動。眾人沒見識過不同主食的趣味，待嚐過珍饈，都讚不絕口。

「蘇夫人，這頓飯呀可真叫嚐鮮，沒見過這種擺弄法！」包夫人舔著唇，正要揩拭，一旁丫頭見狀已遞上絹帕，她滿意的點點頭。

「是呀，我也算開了眼！」周、謝夫人應和著。

「蘇夫人最近請了新廚子了？改天上我那兒教教我。」淳夫人問。

「老姊姊，大家都滿意，我可不舒坦。妳呀就是小家子氣。我吃的是百里香烤牛塊，可我瞧瑞夫人的鯽魚紅豆煲，油亮香甜，偏只有一份！饞得我呀！這不就是怕咱們吃嘛！罷了，銀子跟妳買總成。」魏夫人搖著頭。

「說的是呢……」眾夫人也響應。

「好好好……都是我的不是。我馬上要正主來跟各位賠罪。」蘇夫人堆著笑。

「這可更有趣了！」大夥你一言我一語。

「是這樣的……咳……」蘇夫人清清喉嚨：「小女蘇襄，前些時身體抱恙，一直不見起色，近日身子復原，只覺老天眷顧，受報感恩。她過往受各位提點不在話下，便央我請各位姊妹小聚，由她做些菜，聊表她的感念之情。」

「哦……」此話一出，氣氛頓時有些乾冷。

蘇襄撒潑，不是新聞；蘇襄會感恩，那才叫新聞。再說以往她們挨蘇襄冷眼不知凡幾，蘇夫人樸實易相處，才沒斷往來，可也疏遠不少。此番蘇襄無知無覺那麼多日後突然甦醒，消息早像地震波傳到天涯海角去了！茶餘飯後的熱議哪會少！蘇夫人驟然相邀，眾人總帶七分戒心，能推託就推託，唯恐這是鴻門宴。可蘇夫人軟磨硬泡，眾夫人也想探聽些眞相，也就半推半就出席了。這一聽是蘇襄相邀，心理戒備更增強二分，可神色不動。

「感念就不敢囉！我們人微言輕，哪有資格上她的眼，她可是側王妃呢！」周夫人冷笑。

想起當時，她去探望在後宮的美人，巧遇蘇襄。論品階，她該向美人行禮。周夫人好意提醒，卻只見蘇襄，不可一世的說：「區區美人，後宮之末，多如牛毛。天上若有石頭掉下來，隨便就能砸傷八、九個！何必小處計較。真要較真，等封了妃再行禮也不遲。」這等屈辱哪容易忘。

蘇夫人臉色僵硬，正要出言撫慰，此時蘇襄的聲音已到了廳堂。

「襄兒來晚了，就給諸位夫人們請安來了。」

門簾掀動，蘇襄一身素雅，只在腰間纏上雙琉璃雕花滾金絲腰帶。長髮及腰，綰成懶梳頭髮式，斜插一隻鑲彩珠金步搖。膚色賽雪，明眸皓齒，面帶淺笑，蓮步輕搖。霎時在座眾人都被眼前麗人給驚呆了！不是蘇襄的面容，他們都見過蘇襄。是……是……甚麼？很難說明白。好像氣韻不同了，光這身打扮就不同。以往蘇襄穿戴的，很是是珠光寶氣。現今，反璞歸真，沒啥綴飾，反倒凸顯出她的眉眼了。還在驚詫打量……

蘇襄蓮步款款，綠波、紅蓼隨立二側。轉眼到了跟前，眉目含笑，神色恭謹的行了禮。

「諸位夫人莫要見怪，是我要廚子這麼準備的。」

縣承夫人吳夫人居中，品階最高，官場現形也見過不少，總覺蘇襄有些不同，至少以前都是鼻孔對著她們的。摸不清蘇襄葫蘆裡賣的是甚麼藥，便眼觀鼻、鼻觀心笑著圓場。

「正主出來了。襄王妃可折煞我們了。這往昔，可沒請過咱們這些個不中用的老太婆！今個兒不曉得吹起甚麼風，說是請我們，又請的不夠過癮，意猶未盡。各位姊妹，且聽聽襄妃怎麼說，再罰她不遲。」

「我們無功受祿，白吃了一頓。你們呀……得了便宜還賣乖呢！」淳夫人話雖說得好聽，可表情是另回事。

「別吵別吵，聽聽王妃怎麼說。」其他夫人也順勢出了聲。

蘇襄好整以暇，福了一福。

「諸位夫人，容襄兒先告罪。我適才都在督促廚娘們，準備膳食，不許有閃失。直到這會兒才有功夫出來問候。有失遠迎，罪一也。其罪二是——襄兒自康復以來，前塵往事許多皆不復記憶。」她刻意停頓了一下，穿越回來，許多事仍在雲裡霧裡，失憶是個不錯的選擇。

失憶？眾人妳瞧瞧我、我瞧瞧妳，半信半疑。

「往日襄兒年少無知、不識好歹。而今鬼門關走一回，才悟得眾夫人的好，身邊人才是親近人！於是趁在家靜養，便想和諸位夫人話話家常，倒讓夫人們擔心了。」

蘇襄表現的誠懇悔過，眾夫人雖然不盡完全相信蘇襄所言，可是臉上嘲諷或旁觀之色已斂去三成。畢竟人之將死，其言也善。蘇襄算是經歷一場大劫，也許得了教訓，現在她可是服軟了。

「至於這道道菜色可是襄兒絞盡腦汁爲各位量身打造。吳夫人輔助縣承大人勞心勞力，襄兒以鯽魚和胃補虛，佐以紅豆養血，使人氣色紅潤、除溼利水消腫，相輔相成。

周夫人掛念周美人，鬱結五內，氣血不足。襄兒特地準備了飄香百合蒸烏雞。百合解渴潤燥、清心安神；烏雞可滋陰補血、養氣健胃，適用食慾不振、頭昏目眩。」

周夫人一聽，雖不至於完全對蘇襄解氣，至少覺得她拐個彎低頭了！

「那無花果雪梨戲水鴨又有何功效呀？」包夫人走南闖北，雖不覺有啥了不起，倒也開口問問，看看蘇襄到底有無做足功課。悅來錢莊包掌櫃文弱，包夫人雖是女流，卻是實際掌櫃，管著都城裡最大的錢莊。整日銀兩往來，大至黃金白銀，小至幾吊銅錢，帳目明細從未有絲毫馬虎出錯！加上裡裡外外的人事、黑白兩道的張羅，沒有個本事，是兜不轉的。

「包夫人鎮日走動，殫精竭慮，巾幗不讓鬚眉。但是少不得聲嘶力竭、腰痠背疼。我用了雪梨無花果燜出味，再加鴨肉紅棗薑，不油不膩，可以紓筋活骨還能養肺益肝。荷塘田雞則是用荷葉放蒸籠底部，田雞置於荷葉之上，荷香掩蓋了田雞的土腥味。田雞有豐富蛋白質，脂肪量少，肉質鮮嫩。治陰虛、精力不足，還對骨頭十分有益。」

「另外爲夫人們準備的甜品，也是對症下藥的。蓮子雞蛋羹可治心浮氣躁、神經緊繃；香蕉銀耳湯有養陰潤肺、生津整腸之效；桂香核桃凍可養生延年，用於鬚髮早白、皮膚乾燥；蜜汁紅薯可安神通便，增強身子抗力。」

蘇襄針對每位夫人平日的作息和身體狀況，將每道菜食療的療效一一解說。又補充道：「可適合甲的未必適合乙，才無法讓各位夫人每道菜餚都大快朵頤。」

每位夫人頻頻頷首，覺得自己的辛苦疲憊，終於有人理解，頗爲受用。

「我還不知道襄妃廚藝驚人呢！我今日眞是大飽口福啦。襄妃大病初癒還爲我們這群老太婆洗手作羹湯，難爲王妃了！」魏夫人半是應酬半是眞。

「我今日是領教了襄妃色藝雙全，只是吃人嘴軟，可有我爲襄妃效勞之處？否則我吃的可不踏實。」淳夫人啜了口銀耳湯，半眞半假的問。心想小妮子饒是失憶，性子幾曾這麼客氣有禮，怕是有詐！

「淳夫人言重了。如果各位不嫌就叫我襄兒吧。諸位夫人都是長輩，想爲各位做頓粗茶淡飯，還怕各位不賞光。只怕各位夫人嘴刁，我的雕蟲小技，入不了眼！要是夫人們喜歡，吃得盡興，吩咐一聲，我馬上備上一份，給夫人們送去。」這話蘇襄說的自然無諍、毫不造作。

接著，蘇襄和眾夫人開懷暢談，聊時興工藝珠翠、新款布疋樣式、市井小民的街談巷議。蘇襄又故作神祕聊到她昏睡時，見著閻王爺了。她還說到閻王爺的長相。閻王爺要她回人間懺悔，可再給她機會。她沒過奈何橋，卻喝了一半孟婆湯……

「閻王老爺還說啥了？」

「他桌上眞擱著生死簿？」

「有黑白無常嗎？」

「有沒碰見熟人？」

那些夫人們比她還緊張。蘇襄隨興編故事，間接穿插她很難過造成許多人困擾，餘生想青燈古佛爲伴，以贖罪愆。

「這從何說起呀？」

「縱有千般不是、萬般不是，襄王妃如今判若二人。俗話說知過必改，善莫大焉。」

「閻王老爺不也讓你回來了！」

「王爺應該不日就接妳回府了……」

「會不會是曇王妃作梗……」

「自己的妾室在外養病痊癒，不接回府，要有個萬一……王爺豈能心安！」

眾夫人一下子同仇敵愾起來，一個鼻孔出氣，迫不及待發表高見。一直聊到日落西山，欲罷不能。每位夫人手上都帶上一籃午宴上沒吃到的各色精緻甜食，才相辭散去。

「小姐，妳真的很厲害呢！那些菜色，我從沒瞧見過！可是光看著那些夫人吃，我就知道一定很好吃。」紅蓼坐在蘇襄房裡拿著小匙，舀著桂香核桃凍，津津有味的嚐著。桌上擱滿午宴時招待眾夫人們的主餐和甜點，她不敢相信小姐竟留了二份放在房裡，要給綠波和她的！

蘇襄坐在床沿，已梳洗完畢，換上寢衣。其實那些菜很普通，只是這時代的人還沒有水果入菜、食療、或擺盤的觀念！天天魚肉也會膩口，她先透過蘇老夫人知道其他夫人的日常作息、身體狀況，再利用些許中藥材及養生花草，將菜色變清爽不油膩；碗盤配色裝飾一下，搭上西餐四道式上菜方式，新鮮趣味，看來很成功。

「可小姐從哪學來的呀？」紅蓼伸手要拿第三碟點心了！綠波恭謹的站著，對紅蓼的敢與主子平起平坐，明顯的擔心。

「綠波，坐下吧，只有咱們三人，不必拘禮。今個妳是大功臣，一定累壞了，吃點東西吧。」綠波長相普通不如紅蓼討喜，可她持恭謹嚴，做事一絲不苟，戒慎恐懼。她的右手缺三指，常把手藏著，習慣用左手，怕是吃了不少苦。眼中盡是觀察防備、與看不見的傷痕……她沒提她的手指，紅蓼說是母胎帶來的……蘇襄也沒問，有些傷口得自己舔。

「我不餓……」綠波低下頭說。

「怎麼可能不餓！我都餓死了！而且我還聽見妳的肚子在叫喊：「餵了沒？我餓我餓！」紅蓼誇張的比劃著……蘇襄笑了，原來達美樂口號創始者在這兒！

「我……」綠波偷瞥了蘇襄一眼，她是餓了。可是，能讓她早點休息，賞她兩碗米飯，幾口素菜，就是恩賜。能和那些夫人吃同樣菜色？主子說的是認眞還是假？紅蓼怎麼就不怕？這是主子的試探？試探知不知自己身分？然後領來更多責罰！

「綠波，妳聰慧善烹調。我只告訴妳一次烹調方式，妳就能堪擔大任，按部就班，幫我弄出一道道好菜。我還不知道該怎麼謝妳呢！妳自個的傑作，色香味俱佳，該好好嚐嚐。」

「哎呀！妳就坐下來吃吧！」紅蓼硬是把綠波拉下來坐著，又逼著她共享了百里香烤牛塊。

「吃完就去歇息，也別收拾，明天再收。今晚我也乏了，包準一覺到天亮，不會叫妳們的。」

「小姐是好人，沒見過這麼善待下人的主子，以後一定會有好報的。綠波妳就放心大膽的吃吧！小姐跟妳之前的主子不一樣的！」紅蓼充滿信心。

「小姐……」綠波抬頭，眼中有看不出思緒的複雜神情。蘇襄輕戳了紅蓼腦袋，讓兩個丫頭自在的吃食，逕自上了床。

二十一世紀，甚麼能搏人同情？開記者會，鞠躬認錯道歉。

甚麼力量能秒速傳遍整個社會？媒體。

甚麼最吸引媒體？八卦。

甚麼方法能逼人有所行動？輿論。

明日，所有消息都會連線，就像新聞快報，傳播出去……

焱王府來的比預期的快！

二日後，用過晚膳，蘇襄信步走到後院，一棵棗樹倚牆而立，因爲疏於照顧，枝殘葉落滿地凋零，唯有一老枝幹，斜飛而上直指蒼穹。暗藍天幕上有幾顆大星，距她如此之近，似乎伸手就可觸及。幾塊浮雲，孤寂無依，她一時惘惘，脫下繡鞋，踩上老樹樹皮疙瘩，再蹬上矮牆，手腳並用，慢慢爬到樹上，然後撿一老枝坐著。居高臨下，視野又是不同。遠遠近近，燈火閃爍，半輪明月，就掛在枝頭，清光幽冷，長照溝渠……

「逆天必會遭罪受罰，而且只剩一年半壽辰……」老和尚的話在耳際迴盪……自己一個人，從來都是一個人，一個人來，陪他一段，還了宿願。最終，一個人走，獨留青塚！可是，她無怨、不悔。這是她選擇的，她要的……

蘇襄輕輕嘆了口氣，想起蘇軾的水調歌頭譜成的曲，不禁開口唱：

明月幾時有，把酒問青天。
不知天上宮闕，今夕是何年。
我欲乘風歸去，又恐瓊樓玉宇，高處不勝寒。
起舞弄清影，何似在人間。
轉朱閣，低綺户，照無眠。
不應有恨，何事長向別時圓。
人有悲歡離合，月有陰晴圓缺，此事古難全。
但願人長久，千里共嬋娟。

她的歌聲暫歇，紅蓼的腳步聲就穿插而至……

「小姐，妳在哪？小姐？」急死人啦，還有心情唱歌！

從樹頭往下看，紅蔘著急地正東張西望。

「我在這兒呢！」

「哪呀，奇怪！明明聽見聲呢？人呢？」紅蔘急驚風似地轉身，就待往屋裡跨。

「我在上頭，往上瞧。」

紅蔘一抬頭，滿臉不可置信的張大嘴：「我說小姐，妳也忒不像小姐了吧！哪有大家閨秀上樹頭的事！再說，妳是怎麼爬上去的呀？」紅蔘估量著，這棵老棗起碼有五米高。

「慢慢爬唄。」蘇襄不想解釋，自己其實是身手矯捷的，還曾是馬術代表選手參加過運動賽事的。

「甚麼事？」

「喔……」紅蔘大夢初醒。她可是替小姐擔心極了。雖是丫頭，她也跟過不少人家。蘇襄的事和身分她聽說過，不是該想著重返王府嗎？這副模樣讓人瞧見，又要給人嚼舌根了。

「王爺……是王爺。王府派人傳話，明個要來接小姐回府了。」

「是麼？」預料之中。蘇襄聲氣平淡，沒有絲毫興奮之情。

「甚麼，甚麼呀，得趕緊！咱們只有今晚可收拾呢！」真是，也不多給些時間！不過話說回來，也不需太多時間。能趁早回去就別拖。

「綠波讓我來找妳，她已經先幫妳拾掇了。小姐怎麼不痛不癢呀？」

「有甚麼好收拾的，挑幾件日常衣裳就是。」

「蛤？怎能只是日常衣裳？當然得風風光光進門囉，莫要讓人看輕了！」

「輕與重，從來不是那身衣裳能決定的。」蘇襄輕喟。

「妳說啥？我聽不見？」

「行了，我就下來。」她有兩個得力巧婢，再不下去，她們可會整宵寢不安枕。

「我去叫人拿把梯子來。」紅蓼喊。

「不必了，我能上來，就下得去。」蘇襄邊挪動身子，往下攀爬。她一向不喜擾人，只是往下的難度較高，得倒退走。就在離地三米處，她掰著根枝椏，沒注意那枝椏已蛀空，縱然她身輕如燕，仍撐不住她的重量！只聽喀搭一聲，枝椏應聲斷裂！她心想不妙，便應聲往下掉⋯⋯

就在此時，起了一陣大風，風力之大，震得屋瓦簌簌作響，斷枝殘葉漫天飛舞。蘇襄下墜的力道讓大風給阻斷了，她順風勢恰好跌落一堆枯葉黃泥上！除了臉上髮上、一襲衣裙沾染黃土，她毫髮無傷！紅蓼嚇得尖叫不斷，飛奔到她身旁，直到蘇襄一再保證她沒事，紅蓼才恢復鎮定。她一邊拍自個胸脯順氣，一邊扶起蘇襄幫她拍去身上沙塵。卻也不忘一邊叨唸：「還好沒再出差錯。小姐要不要得空去算算命？是不是命裡犯土或冒犯了土地公？怎麼盡會跌倒？這樹斷是不能再爬的！我以後一定要看緊小姐，忌往高處，小心摔跤。」

這陣風來得快、去得也快。蘇襄瞧瞧那截斷掉的枝幹，斷口處木質參差不齊，如森森利刃。

她記得摔下來時，它就在腦袋上方，還好隨著強風偏到一旁去，砸出一個淺坑。若是直接插到頭上？後果不堪！

夜風襲來，蘇襄聞到一絲淡淡的香氣，「紅蓼，妳聞，我又聞到了……一股香氣，淡淡的……」

紅蓼用力地用鼻子吸了吸：「小姐，妳問過二、三次了。可是我、綠波、老夫人，家裡頭沒人有聞到！怕是妳病剛好，受過驚嚇，後遺症就是鼻子不太靈光了！要不就是妳想多了。」紅蓼不當一回事。

奇怪，這幽香只有她自己聞得到！別人完全無所感！蘇襄也懷疑，真的是創傷症候群？亦是自己過度敏感了？

「小姐沒關係，」紅蓼扶著蘇襄回房，嘴裡安慰說：「只要回到王府，遭的罪、受的苦可就結束了。」

蘇襄搖搖頭，只有她知道，回到王府，一切才剛要開始。

月光稀微，老棗樹稍遠處，拉出二道身影……

「驚鴻，你適才聞到一股子清香嗎？」一個冷淡的聲音，聲音不大，卻帶著威嚴。

「回王爺，驚鴻沒有聞到。」

那股淡香他也聞到了！爲何旁人聞不到？白衣赤足的纖影已遠、幽香已邈。她說的話言猶在耳——「輕與重，從來不是那身衣裳能決定的。」這是蘇襄口中說出來的？沉默了一會，

「走。」話聲未盡，一道男子身形縱上牆頭，快到不及眨眼。

驚鴻緊跟著男子，幾個起落，二人即消失無蹤。

第二章、重逢

世界上最遠的距離，不是生與死的距離；
而是我站在你面前，你卻不知道我愛你。

泰戈爾

王府的馬車既不鋪張，也不寒慘，就是對妃妾的格局。蘇襄的東西不多就一口箱子加上帶了綠波紅蓼二丫環，可說是輕車簡從。臨行，蘇夫人淚流不止，這陣子，她吃齋唸佛，感謝上蒼，女兒完全變了個人。她歸之於是——得了教訓、大澈大悟。所以她再三叮囑：要安分守己，恪守婦道，侍奉王爺……等等。蘇襄行了大禮，心裡惻然。這段時日，她替蘇襄盡孝，承歡膝下，她此去劫難重重，時日無多。恐怕母女再無相見時了！

馬車外，行人如織，市集景物依舊。車行轆轆，走了半天光景，焱王府已然在望。

蘇襄一進府就由副總管向喜負責照應，然後被安頓在之前的居所牡丹館。向喜謹言慎行，處事面面俱到。蘇襄看得出來，這間廂房才剛清理過——窗明几淨、一塵不染。床褥、紗帳都有漿過的氣味。閨房內還有一扇花窗，窗外，橫生幾枝翠竹，頗有韻致。雖然地點稍顯偏僻，也因如此，屋外旮旮角多了幾塊閒地，蘇襄很滿意。正想道謝……

向喜順著蘇襄的視線，先開了口：「王妃請見諒，老奴一直在找適合的堂屋讓王妃搬過去，可以距王爺處近些。那幾根竹，趕明個花匠就來挖除，改種王妃最喜愛的牡丹，請王妃稍加忍耐。」他還記得這位惹事王妃，過往天天堵王爺，堵不到就瞄準他，無一刻寧靜。爲了不知怎地冒出來的竹，跟他翻了好幾次！又爲了搬到落英館，更是鬧騰！他又接著說：「王妃舟車勞頓，不妨稍作休息。丫頭僕役共二十位，已在外候著，供王妃差遣。不知……」

「喜管家，」蘇襄輕聲地說：「這牡丹館挺好，我很喜歡，不必再找別處，都在焱王府裡，遠不到哪去。這間屋如此清爽舒適，必是經過好一番拂拭，辛苦管家了。至於那幾枝竹，可不能鏟，還要多種幾枝……我自己帶了二個丫頭，吃喝用度都是府裡，已經讓王爺和向總管費心了。這兒不會有甚麼大事，只消留下一半丫頭僕役就夠使喚了。您忙去吧！」

向喜看了蘇襄一眼，那一眼可至少二秒鐘。「王妃言重了，那老奴這就向王爺稟報。」他吩咐幾句，留下幾個僕役，便告退下去。

向喜前腳才走，綠波忙著把衣箱裡的物事搬出整理。紅蓼則是找了壺，燒水泡茶。一邊說：「小姐，這裡眞的很偏呢！咱們從正門走到這，越走人越少，王爺要來看妳都嫌累。可如何是好？妳眞該堅持換間屋呢！綠波妳說是不是？」

綠波手沒停歇，也沒應。

「悶葫蘆，都發配邊疆了，還不出聲！」紅蓼嘟噥著。

從大門到這兒，蘇襄一路上都在留心著，模糊的回憶變清晰……

這座大宅邸，亭台樓閣樣樣不缺。坐落在正中的院落叫逍遙居，綠瓦白牆、飛簷翹角，有沉穩之勢、卻無滯悶之氣。無疑就是焱王冷猍寢臥、書房和接見賓客的大廳。朝外扇形錯置散開是侍妾所居的廂房。最大最靠近逍遙居的是落英館，焱王正室留歡之前所住，目前空著，大門緊閉。

就在冷猍戴罪進宮面聖當日，留歡便與冷猍貼身侍衛風達不告而別、行蹤成謎！外頭議論：冷猍征戰在外，留歡耐不住寂寞和風達早有私情；在留歡睡榻繡花枕套裡，還搜出她和風達通情的信箋！他們怕焱王被降罪遭株連，乾脆遠走高飛。這等不光彩的事在焱王府完全沒人談論。

焱王有三個妾，夜曇、舞優、加上她。夜曇住在采香館；舞優住芳霏館；她在牡丹館。館房與館房之間用水榭園林作區隔，轉一個彎就一處景，每一房落自成一個小天地，館與館間無法互通有無。

管理方面配置有三位管家，向福、向喜、向祿，分別照料夜曇、她和舞優。往下再監督所屬的丫頭、僕役、小廝、廚娘，往上則向大總管向康負責。向康直屬焱王，同時侍候他。如今焱王不管事，整個王府都由向康代管。焱王仍是儲君時，還有一組人馬是焱王心腹，專職護衛，直接由他調度。說是護衛，但都是精挑細選的，最有名的二個就是風達和鷲鴻。現今都解散了，只剩鷲鴻。整個王府舊時二百來口人，現今不足七十，想著都寂寥……

回到王府，透過蘇襄原主的眼，加上她讀過的少許史料，蘇襄的模糊回憶鮮明了起來。記憶的拼圖也許缺了幾塊，但也拼湊出個藍圖了！

現在是聿乂王朝永盛二年。第一任皇帝建聿乂國，在位十三年，傳說是明惠帝朱允炆後代所建，因爲惠帝年號建文，「建」去邊，「文」去頂，剛好是聿乂。明成祖篡位成九五之尊，惠帝失蹤，成祖遣鄭和出海七次，其他成就不凡，但找人卻是無功！有一說：朱允炆隱姓埋名，招兵買馬，力圖匡復。這兩碼事是不是一條線，仍有待考證。

第二任興帝有五位皇子，依序爲焱王冷狨、鑫王冷獅、森王冷虎、淼王冷鰲、垚王冷蛟。焱王是仁皇后所生，最得興帝歡心；又是皇長子，被立爲儲君；老二鑫王和老五垚王是平妃所出；老三森王、老四淼王是英妃所生。仁皇后早逝，先帝後來立英妃爲皇后。晚年時北方蠻夷鬼魎屢屢進犯，老王原想御駕親征，卻病重不起，於是聽從中書丞相賈歡與輔國三公之一的輔國太保莊賢禮建議，下詔由焱王代皇帝親征。不料焱王卻兵敗被俘！十萬大軍幾乎全軍覆沒！隨兄遠征的垚王幸而脫險。

一個月後焱王遭鬼魎首領斬首於市，被俘戰士無一倖免。消息傳回都城，興帝哀痛，一命嗚呼，在位二十三年。按聿乂法典，皇帝由皇子中擇賢者繼位，若無子嗣或來不及立儲君，則由朝堂三公六部九卿五寺推選。森王冷虎在百官高呼之下即帝位，是爲玄帝，改元永盛元年。

不料六個月後，冷狁單人孤騎，回到都城並上表罪己。朝中有一派力主：焱王當爲十萬孤魂償命；也有一派力保：二軍交鋒誰甘願落敗？成王敗寇而已！爲避免動盪及安撫支持太子黨老臣，玄帝冷虎下詔：垚王浴血殺敵，軍功彪炳，封護國將軍，領三分之一禁衛軍、掌兵符、鎮守京城。冷狁享親王封號禮遇，加輔國三公之一，另賜良田親王府宅。焱王冷狁堅辭輔國，同時婉退親王府邸及二分之一良田，遷離皇宮，住到別苑消遙居，完全不碰政事，只做他的王爺……

以親王的地位來看，別的王爺少說也有四、五個妾，兒女一個接一個，還不算暗裡的！焱王已無正妃，只有三個妾，而且無一生育！有朝臣勸說，冷狁一整地不上心……

蘇襄原主魅惑君王，弄到身敗名裂，一個身敗名裂的女子卻又轉賜給焱王。新婦還沒過門，焱王就戴了綠帽！冷狁高呼萬歲、謝主隆恩。背後的訕笑，他一概地不理會……

焱王府院落樸實，他外出輕車簡從，遛鳥、品茶、下棋，從不議論朝政，一派地不沾鍋……

蘇襄蹙眉，記得她讀過的資料：聿乂朝約六、七十年，關於第四任皇帝傳說紛紜，有一說第四任是復帝，由舊皇子冷狁竄位；有一說叫越帝，又有一說根本沒皇帝！發生了甚麼狀況？斷簡殘篇，沒有多少紀錄。這個小王朝嚴格算來只是個歷史主流之外的小插曲，自生自滅，在歷史的長河中不起啥作用，所以也根本不被列入史書，就算湮沒也無人關注。冷猙表面雖然消沉，可對帝位一定有所圖謀。她穿越回來就是要阻止冷猙，他的圖謀會牽連太多無辜、製造太多冤魂。只要阻止現在的因，未來的果就不會發生。

蘇襄輕啜著茶，陷入沉思……渾然不覺有何異狀。直到紅蓼輕輕咳了一聲，她才注意到——他來了……冷猙就坐在她對面，也不知來了多久或打量了她多久？她一驚一呆，怔住了！那張臉……她在腦子裡想像了千百次！他的長相會是如何？比較長？比較方？比較瘦削？圓潤？或完全不一樣？她千辛萬苦穿越回來，會不會不認得他？可是又有個聲音告訴她，見了面，憑感覺也會一眼認出他。這些都多慮了！一模一樣，竟然一模一樣！一襲白單藏青外掛，搭著瘦削身形，一張臉同樣俊烈、陽剛，神情帶著七分閒散、二分淡漠及一分邪呼，正盯著她瞧。

她想念他、擔心他；想到揪心發疼。她在腦中反覆演練了多少次！在這一個時空，這一個舞台背景，她要說甚麼話？要怎麼應對？要如何重新開始？可是，卻是如此猝不及防！如此突如其來！她激動莫名，想撫著他臉龐問他：「你好嗎？」卻啞口無言，甚麼都說不出來，甚麼也都無法言說……

「本王嚇到你了。」看妳不知在想甚麼想得出神，便讓他們別通報了。不想反而驚著了妳！焱王不冷不熱的聲音，像極了他，嘴角彎出一抹淡笑，眼神卻直勾勾的，像要勾出她腦中的所思所想。

蘇襄穩住巍巍顫著的手，平復心情，才雙眼直視焱王：「王爺來看臣妾，我卻恍神了，王爺恕罪。」

「沒事。」冷豼環顧室內一圈，想起向喜報告的：襄王妃要留著東窗外那幾枝竹，以往襄妃自個兒都鏟了好幾次；王妃這次也沒嫌廂房偏僻，還只要了十個幫手，這……好像變了個人似……

的確是變了！這間屋子現在看起來很是不同，雅而不俗、靜而不喧、幽而不艷。然後他的視線再轉到蘇襄身上——逸而不媚、清而不濁、那股沉靜與氣質，完全不同以往！

「妳身子瞧起來養的還不錯！」冷貔口氣沒有任何溫度。

「還好，託王爺的福，累王爺擔憂了。只是，前塵往事有些已不復記憶。日後襄兒若有不是的地方，還望王爺體諒寬待，並多給襄兒些時間。」

「哦……」冷豼挑挑眉淡淡的回，像是一語雙關，「襄妃多慮了。有些事忘了也好，想不起來也是好事！」

紅蓼端上熱茶，她古靈精怪，沒在冷豼進門後就上茶，就是要王爺能坐久一點；先聊再喝茶，王爺就可留雙倍的時間了。她可要幫小姐製造些機會。

「王爺請用，奴婢剛泡好的茶，小姐教我泡的，可好喝了！」綠波則是執壺眼觀四面。

「哦……是嗎？」冷豼瞅了二婢一眼，靈巧的奴婢必是靈巧的主子教出來的。他掀開杯蓋，一絲香氣撲鼻而來。他先聞了聞，再輕輕啜了一口，冷熱適中，的確回甘留香。

「嗯，好茶。襄妃調教的好。」冷狁讚了句，不由又啜了二口，只覺神清氣爽，情不自禁一仰而盡。

「襄妃竟然這麼會泡茶！以往也沒見妳費心思，原來是深藏不露呀！」蘇襄見了，掏出帕子遞給冷狁。冷狁拿著帕子，隨意揩了揩嘴，順手放入衣襟，看了蘇襄一眼，笑道：「襄妃體貼懂事，是本王之福呢！」

屋外向康恭謹的聲音傳來：「王爺，大理寺卿留大人來訪。」

冷狁仍是挑挑眉，似是沒訝異也沒期待，「是麼？行了，我就來。請他到書房。」

「是，老奴這就去。」

冷狁掛著一抹似笑非笑的神情，站起身道：「改日再來喝茶。」

蘇襄也站起身，微微躬身，「王爺慢走。」

沒個謙讓挽留！這麼乾脆倒讓冷狁詫異：「怎麼本王覺得襄妃巴不得本王快走呀？」

蘇襄掩嘴一笑，如柳絮飛花：「王爺說笑了。臣妾覺得喝茶就是看心境。自己喝茶，心對了就好；和別人喝茶，人對了就好。心境不對，好茶喝了也成糟粕！日後王爺想和臣妾喝茶，襄兒隨時候著。」

「好……說得好。」冷狁大笑。

「王爺，」蘇襄叫了聲：

「嗯？」

「若王爺不介意，臣妾可否跟王爺借幾本書？」

「看……書……」冷犰挑眉！蘇襄識字他是知道的，可沒到能看完一本書的程度和耐心，

「妳……想看甚麼書？」

「我知道王爺書齋藏書頗豐，我想自個兒去瞧瞧，挑上幾本，打發時間。」

「行，找向康帶妳吧。不過，如果妳想看才子佳人、風花雪月的故事，可要失望……」

連蘇襄的謝字都沒講完，冷犰便轉身負手而去。

冷犰走遠，紅蓼忍不住了：「小姐，我也覺得妳根本不想王爺留久一點！那個甚麼卿的，想也知道是突然來的，王爺根本不用急著去書房。結果我根本聽不懂小姐在說啥？甚麼人不對……又是心不對……根本是小姐腦子不太對！這下可好，王爺甚麼時候會再來呢？」

蘇襄沒應，看著冷犰已走遠的方向。他不過來，那我就過去；他不找我，那我就去尋他……

王府一個月來無風無浪，可蘇襄卻是府裡熱議的焦點，就是網路的熱搜字。首先是蘇襄把牡丹館改名幽篁館，說她現下不喜牡丹。然後指揮向喜，找了幾個僕役在屋角旮旮地鑿了個小池子接了水，池身用石塊和窯土，外圍及底部做了活門，可以往活門裡添柴燒火。往外一圈又

植滿密密的翠竹，增加隱密性，就成一戶外溫泉池。另一處，則造了個窯洞，叫人抬了陶土，興頭的弄手拉胚，也不嫌髒，還果真燒了幾把古樸的陶壺陶碗杯盤，說要怡情養性！

更來勁的是幽篁管裡的丫頭、廚娘和僕役都得按課表讀書識字及寫作業。蘇襄負責教及批改。她本來還想教基礎算術，要他們背九九乘法表，後來發現這朝代不是十進位，是莫名其妙的十六進位，還常常以物易物，所以數學這塊就放棄了。

起初，大家還在觀望，後來發現，襄王妃可是來真的！寫作業、上課認真的，有賞，可休息；不認真的，罰，多幹勞役。讀書認字讓目不識丁的奴僕有了新鮮物事，學會寫自個兒的名字後，更是歡天喜地。之前服侍過蘇襄，一見她就如看見蛇蠍、得了瘟疫、遠遠走避的人，現在每天盼著要上課。

綠波和紅蓼同樣功不可沒，他們是最佳的公關：一個模樣嬌俏嘴甜，見著誰就姐姐哥哥的叫；一個勤快，誰吩咐就幫忙，灑掃烹飪洗滌少有拒絕，若要打聽個消息情報完全不費勁。

逍遙居大廳

冷豼負著手，立於窗前，窗外天色蔚藍、浮雲如絮。下人們，各自忙活，偶有幾句人聲自穿堂掠過。王爺府裡，各司其職，各安其位，日光之下安詳寧靜。如果聿乂王朝亦復如此，該有多好！他的手指節不自覺的握緊，緊到喀喀作響……

眼前，雲散了，天幕暗褐，如同一塊弄髒的畫布……黃沙大漠，寸草不生，殘陽似血，人馬浮動！數萬精兵烈馬，瘦如餓殍，貌似厲鬼。輜重補給完全中斷，將士斷糧、斷水，已十數日未食。挖樹根、接者找地鼠、尋貓狗。最後，不得不殺馬，食肉飲血。馬是他們的兄弟呀！就算那一刻，弟兄們仍軍紀嚴明，沒人吭氣，敬他信他！

大同一役，敵軍從容由四面八方包抄而下，他眼睜睜看著他的軍士撐著虛弱的身體，維持最完整的隊形，前仆後繼。倒下，後面的繼續補上，再倒下！敵方森然的劍鋒、長戟，泛著冰冷的光，以逸待勞，捅穿他們的身子！一朵朵劍花、一個一個血窟窿！他衝上前，鬚髮皆張，目眥欲裂。砍了一個，又來一雙！旌旗蔽日、敵軍如水，他被重重包圍，救不了跟他出生入死的弟兄！他無淚，蒼天無語……

驀地黑雲罩頂，由遠而近——是弩箭！躲無可躲，冷蛟在他身側，手中兵器已掉，正與二名蠻兵搏擊，毫無防禦能力。危急之中，他以身擋箭，斬了敵軍將領赤束之子布霍，割下其首級，並傳令左翼統領保護冷蛟，帶著布霍腦袋，騎著自己的汗血戰馬，務必殺出重圍回到都城。而他胸腹已中五箭！空氣中皆是刺鼻的血腥味，屍首一具具的堆疊，斷肢殘臂、身首異處、死不瞑目。

不知何時，殘陽落盡，換上一輪冷月。月色晦冥，寒風刺骨。點點火把在小樹林外慢慢向中間收攏，戰鼓聲暫歇。冷貀環顧四週，只剩右翼統領常德和一、二百眾。他們所在位置，已被重兵包圍，只剩後方懸崖。他知道時間不多了。只要戰鼓聲再起，就是進攻的時刻。血不斷從傷口處湧出，他吸了口氣，神色不驚，下令要所有人往下跳！他初步觀看了一下，雖是懸崖，但林木茂密，存活機會很大。反之！不是戰死就是被俘，他判斷鬼魎不可能善待俘兵。

而他則是留下二十名敢死親衛和他一起斷後，拖延敵軍。眾人不動，他取出兵符，軍令如山！他知道這些手足兄弟不願意留他一個，不願棄他而去。他只能以軍令命令他們……

常德走上前，目光堅定，喊：「得令。」冷猻不疑有他，心神稍鬆。常德趁他不備，點了他的穴道，迅速取了軍符，換下他的服飾，又用劍畫花了自己的臉！這麼突如其來的血腥畫面，旁邊的士兵似早就知道常德的計畫，具無動作，只是摒氣凝神，目中泛淚。

「將軍，我們不是被鬼魎打敗的，我們是被自己人坑的！我相信你心中也明白……我一輩子聽將軍的，唯有這一次例外。咱和剩下的兄弟不回去了，咱們要陪躺在這裡的弟兄，和他們作伴。可是將軍得走，而且一定得活下來……將來替我們報血海深仇。我也不能和您打商量，您一定是不准的。所以，將軍莫怪。黃泉路上常德再領罰。現下我得斗膽冒充將軍了。不知能不能像將軍一樣體面？」

常德帶笑說著，笑中帶悲。冷猻口不能言、體不能動、渾身簌簌顫抖、眼如銅鈴！不——不——常德，你不准……他內心狂喊！

戰鼓聲變了，由緩而急，嘈嘈切切，一聲急過一聲，變得倉促。樹林外火光範圍同步縮小……

常德將冷豼揹到懸崖邊……

「殺！殺！」鬼魎兵進攻了，殺聲震天。

「將軍，得罪。來生再報將軍知遇之恩！」冷豼被推下懸崖同一時間，穴道也被常德解開。

冷豼最後看見的是——常德那張劍痕交錯、血跡斑斑的臉龐；他的子弟兵故意欺敵、保護常德衝鋒陷陣。算不盡、數不清的鬼魎軍，將他們團團圍住，刀起刀落，白進紅出！山風呼嘯、有如鬼泣！他急怒攻心，口鼻溢血，撕肝裂肺的嚎叫：「不……」

「王爺，王爺……」冷豼閉閉眼再睜開，殺伐之聲漸漸隱退，窗外依然靜好，是向康恭謹的聲音。

「說，」冷豼仍舊看著窗外。

「工程一切順利，約莫再半年即可打通。」

很好，冷豼點點頭。在他的估計當中……

「垚王來了。」向康才說著，冷蛟步履已然來到。他手裡拎著個鳥籠，裡頭是隻金絲雀，活蹦亂跳。冷蛟一進堂屋，就見冷豼站在他最常站的位置。自從他一年半前回到都城，當起閒散王爺，立於窗前或坐在書桌後是最常見的景象。他完全清楚，大同之役疑雲重重！目的就是就是要置冷豼於死地！

血戰前這位皇兄已三日未食！伙伕送來的米糜，冷豼堅持分給軍士食用。他爲他身中五箭，只說：二個皇子，至少要一個活著！冷狁要他突圍回到都城，並叮嚀：「敵我未明前，絕不可表態、受到坑陷；朝廷有內鬼，怕引起殺身之禍！我若戰死，你只消好好地遠離權力中心，安生做個吃飯王爺；我若有幸脫困，日後再圖……」

冷狁命撿回來後，表面上看起來似乎一切都不關痛癢，一派閑散，不問政事。暗地裡他一直在調查，很多事開始露出端倪！當年先皇病重，下詔由皇長子冷狁代父出征。可是沒人見過這詔書！宣旨太監宣完詔便要冷狁進宮面聖，稱先皇有事囑託。待他進宮，先皇昏睡不醒！英皇后請他顧及父皇龍體，盼勿驚擾！並要他先回去打點準備出征事宜。他也未細想！一直到他領軍出征，都無緣見到先皇最後一面！

負責補給的是兵部尚書，卻在他出發後一個月，突然暴斃家中！不出二日，兵部侍郎上表以年事已高爲由，請求告老！巧極地是：接替兵部尚書及侍郎者是中書丞相的妻舅與輔國太保的外甥！他們掌兵部實權，自他們上任，糧草就全斷！

冷狁苦撐數月，派人八百里加急傳書，日夜趕路，一天一封，急如星火，催促補給。離奇的是，那些使者沒一個回來覆旨！兵部稱他們完全沒見到使者！後來他查出八百里加急的使者在進兵部之前，通通都被安排在城郊一處行館，之後就失蹤了！沒人見過他們！當年的宣旨太監，在新皇冷虎登基時留書，他要追隨服侍先王，懸樑自縊。先皇詔書想當然耳再無下文！

一切的一切都和當今皇帝冷虎及冷虎的生母英皇太后脫不了干係！

那場血戰改變了冷狃。之前冷狃身為皇長子、又是儲君，行事穩健，兄弟之間縱然不是一母所出，他一樣提攜照料、親厚有佳。他做甚麼大家都看得到，極獲先皇喜愛與朝中大臣信任。

現在的他，莫測如晦，無喜無悲。他做甚麼只有他知道或他說了後才看得出來！他問過這位皇兄，怎麼從鬼魎軍魔掌下逃生的？冷狃輕描淡寫的說了常德在樹林替他的事，三、二句話就講完了！彷彿說的是喝茶、嗑牙的家常話！只有他知道那三、二句話背後的字字血淚！他失去了！背負著！

「大哥，」冷蛟喚道，隨手便把鳥籠擱著。

冷狃轉過身，淡淡掃了他一眼，看見他額頭上的傷，皺了下眉，

「怎地？真打！」

「當然要真打！要演就演像一點。」冷蛟豪邁的大笑。「不過，大家都是練家子，知道輕重。」冷蛟指指自己額頭，「這傷呀……看起來嚴重，其實都是皮肉而以，小事！不過大哥，你真是神算！我照你說的，暗暗和他們接頭，果然他們早已萌生反意，就等時機……」

冷蛟數日前才在茶樓計畫性遇見隸屬衛國將軍及鎮國將軍之下的總兵元極和雄本風，雙方故意一言不合大打出手！

冷垚是護國將軍，領禁衛軍，鎮守京城。雖表面上受冷虎器重，但指揮禁衛軍必須同時持禁衛軍三巨頭衛國將軍、鎮國將軍及護國將軍令牌；緊急狀況時任二塊令牌就可調度！意思就

是只要任二人勾串，另一人的令符根本沒多大用處！而鎮國與衛國將軍英柏青、英自溫都是英太后的人，也是冷虎的心腹！直屬冷蛟調度的總兵夏秋冬，也是他們的人！所以冷垚這護國將軍頭銜，其實是口惠而實不至。

冷虎卻不知，朝中許多舊臣與有識之士，自他即位就自動形成一股伏流。他一意孤行、剛愎自用，無心於民政，卻一心剷除異己。反對新王、或提出建言者都以莫須有之罪流放或賜死，見風轉舵拍馬逢迎之人，馬上高官厚祿！剩下的有識之士縱使心生不滿，可是群龍無首，只能沉潛銷匿、壯志難伸！

元極和雄本風也在其中。他們一路由基層幹到總兵，正可以升爲將軍，一展抱負時，天上卻掉下來空降部隊！皇帝派來了鎮國和衛國將軍！他們不僅連練兵都不會，窘態畢露，偏還惱羞成怒，當然不得軍心。英柏青甚至曾當眾折辱元極；英自溫則對雄本風就像對個小哨兵，頤指氣使。元極和雄本風基本上是漲滿氣的球，拍的越大力，彈的越高。

冷蛟和他們衝撞自然是要演給冷虎看的，讓他以爲冷蛟血氣方剛、魯莽衝動，和其他將軍及部將不合。此舉有助降低冷虎戒心，更有助成事。

冷鈚踱到書案後坐定問道：「聽說老三已決定要出兵……」

「是呀。赤東這兩年動不動就在邊境上騷擾，叫陣完，等咱們出兵，他們就跑。守邊城的朱烈怕這是誘敵之計，也就只守不攻。朝中有人編排他，說他貪生怕死。皇上可能也煩了，便想著要徹底消滅這些蠻子。二年前若不是有人搞鬼，我們早剿了他們老巢！所以皇上估計，這回絕對勝券在握……」

冷鈋沉吟一會兒，在書几上攤開一張疆域圖說道：「老五，你過來瞧瞧。」

冷蛟聞言，立即靠近仔細端詳。順著地圖北邊、西北邊、西邊，冷鈋手指著，「這一大塊是鬼魎蠻族。西邊首領是瓦先，他一向主和；北邊是赤束，向來兇悍。咱們砍了他兒子布霍的腦袋，他不可能善了，除非讓他吃點苦頭，否則他絕不死心。明個兒，老三最有可能派總兵衛錦夫帶兵會同朱烈出征。你要自行請纓出戰，表示忠心。他不會讓你有太大兵權，最多就是個副將。衛錦夫好大喜功，朱烈謀定而動，他倆遲早會出現矛盾。同時，赤束兵力不及我朝，只是靠熟悉地形做掩護，終不久長。我估計，最快三個月，最慢六個月，戰事可告終。一但赤束敗降，這天大的功勞怎能由旁人分杯羹！這時二人心結將無可解。直至一人被殺！不管誰被殺，你只消站在活下來那人旁邊。」

冷蛟撫着下顎，繼續聽著……

「而北邊這三個關口長沙、人止、荒漠，赤束會打這兒叩關……」冷鈋細細分析戰略，冷蛟頻頻點頭。

「最重要的是，去到那，不准拼命，不准犯險，不准出頭，能否就否，留著你命回來。」

冷蛟咬咬唇，出門征戰，要裝否好裝死？這不是……太沒志氣了唄！他還眞不慣！正想出聲抗議……

冷狃打斷他，沒法商量的口吻：「老五，聽著，現在還不是你拼命的時候……」

冷蛟點點頭，他爭不過大哥的。只好問：「前幾日，大理寺卿留丹青大人找你做啥？」

「只是來瞧瞧我。又告訴我，留歡絕計不會做出敗壞門風、有辱婦節、苟且之事。要我一定要查出眞相。見我這副樣子……只覺恨鐵不成鋼吧！」冷狃苦笑。

「留大人一身風骨，就是腦子硬的像石頭。這都是甚麼時機了！大哥不想牽連他才不太搭理他。他怎麼就想不透！他要不是先帝重臣，先帝金口，不論他再怎麼觸怒龍顏，都能免死。要不就他在朝堂上老頂撞皇上的樣兒，怕他早死十回了！」

沉默一陣，冷狃道：「你拐個彎提醒他：剛則易折。留有用之身，供日後之用。留大人雖迂腐，但不笨，他聽得懂。」

冷蛟點頭。

「沒事你就回去吧！別讓老三生疑。」

冷蛟搖搖頭，嘻皮笑臉道：「大哥，你準備要用晚膳了吧！我可以陪大哥小酌二杯……我先去溜溜……」

冷狃瞅了他一眼，「想要滿足好奇就去吧！別拿我當晃子。」

冷蛟一拍大腿，「知我者大哥也。大家都傳說，襄妃不是襄妃卻又是襄妃！明明一模一樣，可是和以前有天壤之別！你說，百聞不如一見，我就該去會會她。我……」

「去就去，哪這麼多話？」冷貀仍研究著桌案上的地輿圖。

「我這就去……馬上去……」冷蛟腳不沾地，急匆匆就往幽篁館去了。

青竹、燒陶、讀書、一樁樁事，冷貀暗忖：蘇襄為何完全變了個人？以往的她，只是個鄉野鄙婦，張牙舞爪而已，不具威脅性；現在的她，除了美麗聰慧，更是充滿神祕，摸不清她要甚麼？他還記得月色下的她，唱著「明月幾時有，把幾問青天」時，臉色淒清，卻是傷而無怨！也是這神韻讓他出手救了她！否則讓她摔下來，不死半殘的繼續待在蘇老夫人處，可省卻很多麻煩。

在幽篁館她見到他時，眼中的激動與思慕，不像裝的，可是她壓抑著；以往蘇襄一見著他，想方設法的黏著，像揮之不去的蒼蠅！可是，那天，她說甚麼來著……「和別人喝茶，人對了就好。心境不對，好茶喝了也成糟粕。王爺慢走……」那張臉，純淨平淡，不爭無爭。一雙眼眸，盛滿眷戀，卻是顯而不露。她是……蘇襄？蘇襄從來都要他顧及她！冷貀低頭拿出她的帕子端詳著——很簡單的白棉帕，對角用紅色繡線繡著蘇襄二字。她以往的服飾絹帕不是金絲描鴛鴦就是銀線纏蝴蝶再鑲玉鳳凰，炫麗耀眼。不像她，真不像她！大病初癒會讓一個人轉性？變成另一個人？

幽篁館

月亮出來時，你們看見最清楚的那顆星星上，有著這麼一個國家……在距離此處很遙遠的地方……

「甚麼叫國家？」紅蓼馬上問。

現在是襄王妃私塾時間。除了少數職責在身的下人，大家都聚在幽篁館前的小院裡，各自用舒適的姿勢坐著，聽襄妃講書。

蘇襄想了想，該怎麼解釋？「就是王朝。例如像咱們聿乂朝……」

「哦……」紅蓼點點腦袋。

「在那個國家，採一夫一妻制。男女平等。男女享一樣的權利，可以讀書識字、可以外出工作……嗯……就是外出掙錢的意思。男人有了別的女人，女人可以訴請離婚……我是說，可以休了男人！女人不會因爲生不出小孩，就犯了七出之罪，而被休！因爲沒有子嗣，男女都可能有責任！原本底下傳來竊竊私語聲，然後愈來愈大聲，七嘴八舌。

「好了，有甚麼看法？舉手。一個一個來。說得好的就可以不用交作業！」蘇襄巡逡一眼、慢條斯理的問。

紅蓼又是第一個舉手。蘇襄頷首，示意她說。

「女人讀書識字挺好的，我就喜歡讀書。可是男人有別的女人，不是天經地義的嗎？怎麼能休了他呢？」

「是呀！」一堆廚娘頻頻點頭。

「紅蓼，爲什麼男人有三妻四妾是天經地義呢？這一條是誰規定的？如果從今個兒開始，朝廷規定：女子可以娶三四個男人，五代以後的子孫不也認爲這是天經地義的事嗎！所以說天經地義，也許不是天經地義，而是既得利益者的藉口！」

這會兒，點頭的人不多。多數人都遲疑！

「可是朝廷不可能這麼下令。」有人發話。

「現在討論的不是會不會的問題。是何謂天經地義的問題。」蘇襄說。

「可是，女人怎麼掙得過男人！」一個僕役有些得意的說，其他男僕役也會心的默認。

「天賜，」蘇襄對著剛才發話的僕役道：「你的針線活可比得上任何一個丫頭或廚娘？」

天賜搔搔腦袋，有些不甘願地說：「那是女人的活。」

蘇襄平心靜氣地說：「是呀。現在靠勞力粗活，也許女人掙不過男人。但若是靠針線活，男人就靠邊站了！這就是我所言，也許有天男女平等，大家都可靠自己本事過活，而且活的獨立！」

「可要是男人女人都出去掙錢，女人和男人有一樣的權利，有啥好處呢？」一個丫頭沒甚麼自信的問，她還是不解。

蘇襄安撫的笑笑，耐心地解釋：「小雲，權利就是選擇權。你可以自己決定要或不要！你嫁給一個男人，他要你在家相夫教子，你就得在家。他叫你出門掙錢，你就必須出去奔波，這就是毫無自主權。可是如果，你能自己決定要在家或要出門，男人不能干涉你，這叫權利。被迫去做和想要去做是截然不同的！」

「是呀，是呀！我就說，我不嫁人，我要去當個郎中，給人治病！我娘就說不行。女孩家怎能不嫁人！」

「所以在那兒，我們要是瞧著不順眼也可以也可以拿婚書來，把男人休了！那就太舒服了！」一些年輕丫頭興奮地說笑起來，幾個廚娘抿著嘴笑。

有些個男僕役臉就垮了，「這怎麼成？不就……就……亂了套了嗎？」

「怎麼就不成？」

「就是不成！」院落裏喳喳呼呼，熱鬧非凡。

「有趣有趣，本王爺長這麼大，第一次聽見如此高見——男女平等，受教了！」一派喧嚷中，突然出現中氣十足的男聲，蘇襄循聲望去……

冷蛟已來到院裡，眾人紛紛讓位。見禮之後，各自忙活去，井然有序。

「見過襄王妃。」冷蛟打了招呼。

蘇襄一襲白衣，未著襪履。長髮飄飄，席地而坐，悠閒之至。他一向討厭束縛，當下便生好感。沒等蘇襄起身，也逕自在她對面坐了下來。

蘇襄落落大方道：「垚王爺大駕光臨，可我這院落沒規沒矩，讓王爺笑話了！」

「皇宮內苑，繁文縟節不勝枚舉。難得有處清閒地，可以掙脫束縛！又有松風、竹韻、流水、花香爲伴，眞是快意人生！」

垚王冷蛟性子豪邁和善，不拘小節。蘇襄打量了他一眼，果然人如傳聞。

「五王爺要是喜歡這兒，歡迎常來。」

「適才襄王妃說的男女平等，我可是舉雙手贊成。只是宗法社會，重視的是三綱五常。祖制法典就是規矩，沒有規矩，不成方圓。封建社會有它的道理才能源遠流長！王妃說的地方，怕是只存在於想像中！」

「五王爺心胸開闊，令我佩服。有些地方，有些時空，我們沒看見、沒去過，不表示他們不存在，只是我們不知道而已！甚至到那時，每個子民都能選擇誰當皇帝！」蘇襄意味深長的說著。

「噓……」冷蛟警覺地四下看了看，四下無人，才吁口氣。「襄王妃，此話不可再提，這可是誅九族的大罪！不過，襄王妃，我喜歡大病一場後的妳！」

蘇襄笑了，「王爺眞是性情中人，我這場病生的還眞値呢！」

兩人相視而笑。綠波取來棋盤，紅蓼送上清茶。

「好好好……」冷蛟撫掌。本王不知襄王妃會弈棋！我倆來對弈個三局。他快手快腳地把棋盤和自個兒的棋布好、擺好。蘇襄慢條斯理，掂著棋子，也擺弄起來。她邊擺，冷蛟的眉頭就鎖一次；擺完，冷蛟額頭已然三條線！

「襄王妃，這……」棋盤上橫七豎八，放了幾排棋子。不像布棋，像在畫畫！

「垚王爺，我的棋沒個章法，你姑且聽聽：西北邊境有三個關口，這是長沙關、人止關、荒漠關。」冷蛟順著蘇襄的手望向棋子。

「長沙關外瓦先盤據，雖說都屬鬼魎蠻族，赤束與瓦先不合，沒瓦先的同意，不可能侵門踏戶分兵至此，讓自己腹背受敵！所以只剩人止與荒漠。垚王爺不妨獻策：只消派五百兵眾駐守人止關！」

冷蛟大駭！這種出兵征戰大事，蘇襄這婦道人家怎會知道？冷狁不可能告訴她！他正要打岔，蘇襄揮手制止，「垚王莫急，待我把話說完。這五百兵牽著馬，馬尾巴綁上樹枝，枝上要有葉，在樹林裡穿梭走動。敵軍會誤以爲林中有數萬伏兵！所以赤束必擇荒漠關而來。我們便把重兵放在荒漠關！荒漠關顧名思義，出關之後，黃沙一片、荒漠萬里、懸崖峭壁、不見人煙。蠻兵要攻要撤，只有二條路：一是通天峽谷，二是不歸古道。通天峽谷路徑崎嶇狹窄，人馬難行，二側叢山峻嶺，古木參天；而不歸古道，路徑平坦，前後較無屏障……」

蘇襄的手在棋盤上依序落子，「王爺認爲赤束會走哪一條？」

冷蛟心思雜亂，還未回應。蘇襄笑問：「王爺，有這麼難嗎？」冷垚忙收攝心神，落下一子在通天峽谷。

蘇襄微微一笑，王爺與我所見略同。「赤束以爲我大軍會集結在人止關，所以主力會往荒漠闘來。其兵馬至少三萬！三萬大軍若無屏障，一眼即可見。其次，赤束是蠻族，雖知峽谷較險峻，但自恃對地形比我軍熟稔，占了地利，絕計不會爲我軍發現！故而，我軍必須搶先在通天峽谷上方布軍。待赤束兵馬進入峽谷……」

冷垚搶先一步，落下二棋子。抬眼篤定的說：「封住前後出口……火攻！」

蘇襄又一笑，似乎早知道這個答案。「垚王怎麼說就怎麼是！」

冷蛟面色一歛，更是戒懼。眼前之人對用兵、對疆域、對我朝即將出兵之機密，可說聊若指掌！而且還藏在大哥府邸！

他收起玩笑，歛聲道：「襄王妃懂得可不少！一般尋常女子……」

「垚王爺，你忘了，男女其實是平等的！女子其實也可以是女將軍、帶兵打仗的巾幗英雄！我可能有這天分，只是被埋沒了而已！」

冷蛟不置可否，這可不是男女平等的問題！

「襄王妃，這盤棋叫我眼界大開！但還有一難處——兵馬在峽谷上方，務必禁聲。一個都不能被敵軍發現，否則前功盡棄。」

冷垚出這題是要知道蘇襄的底有多深？這些戰略冷狃才剛提點過。

蘇襄頷首：「沒錯，是難，也不難！」

冷垚皺眉，「願聞其詳。」

「所有戰馬，抹上黑炭；所有兵將著黑衣黑褲；口中咬著木桿。不論是誰落了木桿，殺——無——赦！」蘇襄說來不帶一絲情緒。

她竟也能想出冷狃想出來的法子！冷垚有點發汗，簡直坐不住。他想立即插翅去和冷狃說：你的府裡頭，有個橫空出世的女將軍！

紅蓼準備的茶早已涼透。蘇襄講完起身，剛好向喜來報，要用晚膳了。

入夜，幽篁館的溫泉池，水溫微熱，氤靄蒸籠。蘇襄讓綠波、紅蓼去睡了。王府裡雖不像皇宮重兵防守，可是焱王的府衛都是精心挑選過的，訓練有素，所以她倒也不擔心閒雜人等會闖進來。

頭有些疼，蘇襄慢慢地往下躺，直到頭也都浸在水裡……

晚膳時是她回王府後第一次見到舞優和夜曇。她到冷狃用膳的聞香齋時，夜曇早已入座。焱王居中，垚王坐其側，她坐在東榻；西榻有二席，舞優坐在其一；蘇襄歉言來遲，便也在西榻坐下。自古以來東榻較高，位尊者落坐；西榻低，位卑者坐。

夜曇姓常，父親叫常德，是王爺的左翼統領，跟著王爺出征時戰死沙場。大同一戰，人如畜生，互相撕咬殘殺，只因民族不同立場不同！大哥捨身護我，常德捨身護大哥……只有身歷其境，才能體會人命如螻蟻般輕賤！生死兄弟、情深義重，可以到怎樣的程度！冷蛟閒聊時曾告訴她……

夜曇在留歡之後入府，連同她的丫頭爭芽和奶娘寧嬤嬤。她眞的像夜霧中盛開的曇——自開自謝、清冷絕艷、孤芳自賞，對每個人都不太假辭色，除了焱王。而焱王對她，殷勤關照、處處上心！倒的酒份量要剛好、入口的菜鹹淡要剛好、碗碟的輕重也要剛好……伺候百歲人瑞都不需如此周到！可是夜曇一點都不遷讓，理所當然地受了。她似乎極爲篤定，壓根不怕別人搶食！夜曇儼然就是個正妃……

舞優原是伺候留歡的丫頭，也是冷犹的通房丫頭。留歡私逃後，隔了月餘，冷犹升了舞優當側妃，其實就是妾。與舞優同時當丫頭的彩丹便服侍舞優。通房丫頭地位不高，只是王公大臣們練習洩慾的工具！可能是這因素，舞優就算當了側王妃，地位與夜曇、蘇襄一樣，可她仍總是看人臉色，大氣不敢喘！在外頭不敢撒氣，只敢回房折磨彩丹。彩丹和紅蓼談得來，便常偷偷摸摸找紅蓼哭訴。

至於蘇襄原主則是冷犹當王爺的三個月後，由皇上下旨賜婚。照傳言來看，皇后應該不樂見她——一個勾引她老公的女子。也許會對她不利！

整個晚膳簡直沉悶乏味，只有冷犰、冷蛟說些不相干的話。夜曇本就話不多，舞優不是怕自己不得體、就是怕冷犰不高興，也就是裝笑陪酒，她則是眼觀鼻、鼻觀心，觀察著……清醒些了。蘇襄抬起頭，浮出水面，也看到了一些光點……

散席時，冷犰、冷垚先走，然後是夜曇。經過她身邊，她微微施禮，夜曇旁邊攙扶的丫頭爭芽以及寧嬷嬷出現在她視線中！突然，回憶從四面八方湧現！她想起當日的爭執：她衝進夜曇房中，好些丫頭上來拉，可是她惡名在外，誰敢眞拉她！只有寧嬷嬷！她會武，拳腳功夫不俗。她出手拍向她的腦門，順勢一推，她便撞向檀木桌……爭芽還落井下石踢了她一腳……然後她甚麼都不知道了！

爭芽的神情戒備，似乎也正窺視著蘇襄是否憶起往日情景？接著夜曇若有似無的瞧了她。那一眼，在外人眼裡，瞧不出門道。可是人的眼神可以透漏許多想法的！可能夜曇自己也不自知她無意中透露出的潛意識：妳們贏不了我的！

蘇襄突然一個激靈，若非得到主子同意，寧嬷嬷、爭芽二個下人只能被動地擋，哪有膽子傷害同樣是側王妃的蘇襄原主？何況是頭部要害？照受寵程度，目前的她沒對手。那顯然是她想給蘇襄原主一點顏色瞧瞧，惹著她可沒好下場！

夜曇眞的像她的外表這麼自開自謝、與人無爭？

至於留歡，是大理寺卿留丹青之女。冷犰是皇太子時與之成親。留丹青爲人耿直、官聲極佳，甚得先皇信任。留歡溫良恭讓、品貌具佳，冷虓與留歡雖是先皇賜婚，沒感情基礎，可是夫唱婦隨，和樂融融，未有齟齬。

說留歡與風達有私情也讓人不解！當年他與驚鴻是皇太子冷虓貼身侍衛，兩人情同兄弟。是比驚鴻還楞頭青的楞頭青！驚鴻適逢母喪，回鄉服孝一年，是故冷虓出征沒帶上他；風達則留下照顧皇妃。焱王被俘斬首的假消息傳回都城，留歡不再是皇妃，她立即搬出皇宮住在此別苑，一些在太子殿跟隨焱王的僕眾也來了。要遠走高飛，為何要等六個月？剛好在焱王返回這一天！彩丹告訴紅蓼說：在別苑的這六個月，風達擔負整個王府護衛工作。留歡大門不出、二門不邁，從未出府；不是在神傷、思念冷虓，就是練字。練字時陪在身旁的是舞優；夜時常做惡夢，是舞優或彩丹睡在寢居裡陪她！她和風達完全沒交集！這私情從哪兒產生的？

可是彩丹也說，留歡與風達傳情的書信，筆跡的確是留歡的。她和舞優都認得出！

驚鴻抵死不相信風達會做出如此罔顧情義的事，可是他毫無證據，他的好兄弟背叛他的主子兼好兄弟，他的話就更少了！

蘇襄坐起身，泡個澡，鬆弛許多。晚風吹拂，略有涼意，她肌膚起了一陣雞皮疙瘩。但耳清目明……

這府裡頭事多，祕密也多！美國總統林肯曾說：

「你可能暫時地瞞過所有人，

或永遠地瞞過某些人，
但是不可能永遠地瞞過所有人！」
至理名言。她會揭開這些祕密的！

第三章、暗潮

起初不經意的你，和少年不經世的我，
紅塵中的情緣，只因那生命匆匆不語的膠著！
想是人世間的錯，或前世流傳的因果，
終生的所有，也不惜換取剎那陰陽的交流！

羅大佑《滾滾紅塵》

英皇太后宣蘇襄進宮請安。

蘇襄打扮妥當，帶著紅蓼、綠波出門。有了皇太后旨意，太監帶路領著她們。一路上，雕梁畫棟、水榭廊台、曲徑通幽、花叢綠樹、小橋流水。到了皇太后的福壽宮，宮內一側琉璃屏，燻了淡淡檀香。英皇太后端坐在花廳，髮上簪著象徵萬壽無疆萬字簪，手上攢著玉佛珠，一派雍容華貴！

「襄丫頭以往時不時就吵著來宮裡看看我，這陣子不見妳來，著實讓我擔心呢！身子骨如何呀？」

「謝皇太后惦記。托皇太后的鴻福，襄兒身體好多了。襄兒也惦記著皇太后呢！可是又怕擾了皇太后清幽！要不，襄兒早來了。」

英太后微微頷首。一旁端茶伺候的小宮女捧著鎏銀托盤，送上一杯茶。皇太后端起那青花瓷杯，掀開杯蓋，輕啜了口茶……挑挑眉，便放下杯子。這麼細微的動作，卻讓那小宮女嘴唇抖到不行！馬上顫著聲說：「領皇太后罰」。蘇襄瞧那小宮女面目清秀，不過十三、四歲的年紀。

英太后瞇了瞇眼：「嗯，都十日有餘了吧！茶湯入口溫熱還學不好！宮裡人人一張嘴，每日得用多少米糧！養著妳這廢物作什？」這話說來也不見火氣，可卻讓小宮女身子骨抖索到幾乎站不住！

「皇太后饒……饒命……慈祥……」

「襄王妃難得來一趟，卻讓她笑話了。」英太后氣定神閒，這種掌握生死、讓別人恐懼的優越感，她做起來駕輕就熟。她轉頭瞧著蘇襄：「襄丫頭，妳瞧，該拿這蠢笨的丫頭如何是好呢？」

蘇襄心念一動——試探，英太后在試探她！她恢復意識後，可以變得不同：可以變溫馴、懦弱，可是不能慈悲！進宮之前，她就審慎的琢磨著。

蘇襄原主犯了魅惑皇上的後宮大忌，卻還能下嫁王爺！聽說是英太后護著。政治就是利益的結合，朝中居上位者，哪一個不是背後都牽動著錯綜複雜的家族關係和軍政實力！蘇襄明明只是個奶娘的女兒，既無權勢、也無才德，甚至只會惹麻煩！可是皇太后卻不計前嫌，還召她晉見，她和皇太后一定有些甚麼！

蘇襄原主要得不難猜：要不就是日照宮封妃，退而求其次就是焱王府正王妃。那皇太后要甚麼呢？

她背對著皇太后站起身來，緩緩朝著小宮女，面罩寒霜。

小宮女跪著，不斷的抖索……

「頭抬起來。」蘇襄道。

聽見蘇襄冷冰冰的話，小宮女緩緩得抬起臉，怕到臉有些扭曲。

「叫甚麼名字？」小宮女抖抖索索的回：「我叫小桃。」

蘇襄緊盯她的心口，覷了下眼……

「小桃，記著，心眼。要長點心眼，學著些，別再犯錯！」接著毫不猶豫就朝小宮女心口踹了一腳。小宮女慘叫一聲，就癱了過去……

紅蓼差點失聲尖叫！心想：控制茶湯的冷熱眞的難！茶湯煮沸後要擱多久才能入口？春夏

秋冬四時各自不同！可以入口又不表示是口感最舒服的！太涼或太燙又因人而異！那杯茶肯定只是抓不到皇太后的口感，絕不至於涼到寒或熱到燙嘴！這才練幾天，就要被罰……皇宮真不是人待的地方！更讓她害怕的是——蘇襄，她從不曾這麼……殘酷過！

在旁侍候的其他宮女，快手快腳地把小宮女拖了出去，彷彿家常便飯。

「貽笑大方、掃興之至。」皇太后嘆口氣，但表情卻頗滿意。

「皇太后別惱，下回襄兒親自泡壺好茶，讓太后解氣。」蘇襄寬慰著，巧笑倩兮。紅蔘聽了，心裡直打鼓……這萬一又不對皇太后的脾胃，可如何是好？

「好，我等著呢。」皇太后旁已換上一杯新茶。

「我瞧著襄丫頭可是出落得更加標緻了！骨肉亭勻……可見焱王爺把妳照顧得很好！怎樣？焱王還是寵著曇妃嗎？」皇太后似笑非笑的問，一邊細細瞅著蘇襄。果真如傳聞，蘇襄好像變了……不似以往張揚，多了幾分溫婉，更加靈動。

「王爺對咱三姊妹都一樣，不分軒輊。只是曇姊姊更懂得王爺心想，王爺疼愛姐姐也是應該。」

「嘖嘖……」皇太后吱了聲，回頭望向在旁服侍的楚嬤嬤。「襄丫頭病了一場，可生出了歷練！往常到這兒來，不是哭就是鬧，想方設法地要將曇妃去之而後快哩……現在可清心寡慾，也不計較焱王偏寵曇妃了！我呀是窮操心……」

楚嬤嬤拂著七巧珍珠扇，幫皇太后搧風，瞟一眼蘇襄。答著：「太后佛心。襄妃不可同日而喻，不需要太后囉！」

蘇襄一聽，激動地跪下了。綠波、紅蓼也跟著跪……

「皇太后，是襄兒不好。自從回到王府後，襄兒的腦袋迷迷糊糊，鎮日擔心王爺會休了襄兒！您瞧，王爺讓襄兒回娘家，不就是這打算！萬一王爺狠下心，我便甚麼都沒有了……我哪敢和曇妃爭？」蘇襄目眶含淚，卻硬生生忍住。

皇太后與楚嬤嬤交換了一下眼神。

「說甚麼呢？孩子話。誰說妳甚麼都沒有？妳有皇太后呢！」楚嬤嬤安慰著。綠波、紅蓼上前扶著蘇襄一起站起來。

蘇襄睜著淚眼，無措的站著……

皇太后慢條斯理的攏攏衣袖，「妳呀，別弱了自己威風，未戰就先降了！就算曇妃有焱王的心，妳可以有焱王的人呀！以往妳操之過急，把男人給嚇跑了。還沒得寵，竟然就大搖大擺上門叫陣！人家曇妃就沉得住氣，以逸待勞呢！可見焱王還是喜歡女人含蓄點。妳出事反而因禍得福，我看妳氣韻風華更甚以往！這不爭不奪、欲擒故縱的角色比較適合妳。耐著性子點，男人不會不上鉤。」

「是，襄兒謹記在心。」

「近日，焱王最近忙活些甚麼呢？都見了誰？做了啥？」皇太后狀似關切焱王爺，閒話家常。

蘇襄沉思了會：「王爺都在書房裡看書，要不就是和曇妃在一塊。近日垚王來過府裡一次。」皇太后神色不動，看不出是滿意或不滿意她的答案。不過這些也都是實情，皇太后當不會懷疑！

「嗯，多養些閨房樂趣。有空我會再讓妳進宮，我要歇息了。楚嬤嬤，送送襄妃。」

蘇襄行過禮，跟著楚嬤嬤，來到福壽宮外的御花園。

「襄王妃，皇太后可是真心待妳好的。要不也不會法子都想好了！」

法子？甚麼法子？蘇襄在腦子尋思。

「對了，襄王妃還是處子吧！」楚嬤嬤一點不避諱，饒是蘇襄再有心理準備，也不禁紅了臉！」

楚嬤嬤見蘇襄模樣，相當滿意的點點頭：「要我說，沒有男人是吃素的，尤其喜歡第一次的勁！妳來得巧，上次妳見過的神仙涎，恰好開花了！再不摘，又得等五年。所以說，老天爺都站在妳這邊！配上妳這臉蛋身子，接下來就要看襄王妃怎麼使勁了！」說罷上上下下打量蘇襄，那眼神像青樓老鴇瞧著手中待價而沽的獵物，淫蕩至極。

蘇襄忍著那股子不舒服，「襄兒明白，謝楚嬤嬤提點。」

「老身就不多送，我還趕著回去伺候皇太后。待會，管事公公會帶妳出去。」楚嬤嬤下巴一抬，逕自轉身走了。

蘇襄明白了，所謂的法子，就是色誘。而神仙涎不難猜，定是與男女交合有關！可是當下有些不妙，她不認得甚麼是神仙涎，可又不能問！明顯地她見過這東西。只是她沒接收這部分記憶，現在可怎麼辦？由名稱又判斷不出它的形狀、顏色、還是特徵？只知道現在正開花！

花園裡一簇簇爭奇鬥艷的紅花綠柳，以花居多，種類可不少！她不認得的同樣也不少！蘇襄故作悠閒，緩步在園子裡轉悠，但心裡發急，正想要二婢加把勁……卻發現他們異常沉默！尤其是紅蓼，根本是踮著腳尖走路！綠波則是一臉陰鷙。

蘇襄停下，有些明白，她們被自己剛剛的狠辣嚇到了！輕輕地，她像在說給自己聽：「綠波、紅蓼，有些事，很難說得明白！剛才小桃的事，妳們認爲我很殘酷吧！可是我不得不做，因爲皇太后要試探我……我也不得不演戲。」紅蓼睜圓了眼。

「試探小姐？試探甚麼呢？」紅蓼一臉迷惑。

「我與她是否仍一心？宮裡波濤詭譎，不同心也許就是敵人。敵人越多，他們的地位就越岌岌可危。小桃不會太嚴重，我使力有分寸，她只是昏了過去！若不如此，恐怕她非死即殘！二害相權只能取其輕。還好，她眉眼伶俐，看得懂我的暗示。」

「暗示？小姐怎麼暗示？喔……心眼……妳叫她小心心眼！聽起來是罵人，其實是暗示妳要踢她心口！小姐眞聰明！」紅蔘雀躍起來。更開心的是，小姐還是小姐，一點沒變，剛才可把她嚇壞了！

這小小耽擱，時間就更急迫了。

管事公公馬上要到，紅蔘心思玲瓏，一看就猜到蘇襄八成忘了神仙涎是甚麼了。不由得生出不平：「楚嬷嬷也眞是，她不是個資深嬷嬷嗎！幫小姐準備好，直接給咱們有這麼難嗎？還要我們找，這不就是端架子！綠波，妳說是不是？」

蘇襄道：「也不光是端架子。神仙涎是甚麼我忘了，但是皇太后此著是爲了明哲保身。所以她也講得隱晦模糊。萬一出了岔子，這東西也是我自個兒掏弄來的，與她無關！」

紅蔘流露出了然的表情，官場和大戶人家一樣，處處是算計。那至少皇太后比較喜歡小姐，要不爲什麼要幫小姐呢？

蘇襄冒著細汗還在巡梭著，皇太后並非喜愛她，只是互利共生、各取所需罷了！

「小姐，妳瞧那邊！」綠波在叫她，音頻不太一樣。順著綠波手指的方向，有打造出來的流泉飛瀑，泉水蜿蜒處，各色花種，奼紫嫣紅，色彩繽紛。皇家喜愛的朱紅色牡丹，開得正豔……不就是牡丹花？怎麼了嗎？紅蔘眼睛都看凸了，看不出名堂！

蘇襄定定地瞧著，大朵大朵的牡丹盛開花，枝……葉連成一氣，像一片花海……

咦……她注意到了，藏身花叢間，竟然有一些碩大葉片，葉柄細長、色澤紅豔似牡丹、形狀也似牡丹花瓣，幾乎可以亂眞！但它們根本不是花，是葉片！多虧了綠波，竟叫她看出端倪！蘇襄沒見過這種植物，她望著綠波……

綠波知道蘇襄的疑惑，自動地說：「小時我和娘住在山裡，曾見過，要我分辨並不算困難，可是不知道叫它就是神仙涎，只曉得像極牡丹花，卻又不是牡丹！幼時覺得這葉瓣火紅漂亮，便摘了串成串，別在襟上、或戴在頭上。娘見著了便罵：騷蹄子。要我扯了扔掉。我問娘爲啥？娘叫我別問，只說那是男人和女人……在……一起時用的！」綠波有些難爲情，說的扭扭捏捏。「加上剛剛楚嬤嬤說的，和男人……我想，應該就是了……」她一說完，三人有默契的，開始忙活。

出了宮門，蘇襄和二婢經過市集，她想逛逛，便讓向喜及轎夫先回王爺府。向喜說府裡無事，王妃也可能累著，隨時需要轎夫。便在市集外候著。蘇襄想他們應是怕她惹出麻煩才跟著，也就由他們。

她們走了開，紅蓼憋了半天終於等到機會問道：「綠波，妳眼力忒好！竟然發現了神仙涎……」

「是呀，綠波。只有幾株神仙涎都叫我們摘了！就差那麼片刻，管事公公就進來了。」蘇襄也說。

綠波搖搖頭，靦腆的笑笑……

「綠波，男人和女人在一起時，這神仙涎怎麼用？」紅蓼單刀直入，充滿好學精神。

「這我哪能知道？」綠波臉紅了起來。

「妳不知道？怎麼不問你娘呢？」紅蓼可不打算放過這話頭，打破砂鍋問到底。

「我娘都叫我別問了……」

「妳娘叫妳別問妳就不問了！妳心裡不想知道嗎？妳一定也想知道。搞不好妳知道了男人和女人那些個事……可妳不告訴我！」口舌上少有人能占得了紅蓼便宜。

綠波臉紅透了，氣急敗壞：「妳胡說，我眞的不知道……」

「那妳得證明妳眞的不知道。」紅蓼得理不饒人，而且還是個歪理。

綠波簡直要掏心挖肺：「要怎麼證明呢？」

「行了，紅蓼，別再逗綠波了！小心她不睬妳，妳就無聊死！」蘇襄知道紅蓼愛惹綠波，可是整座王爺府，只有綠波和她最要好。她倆是閨密，是姊妹，要綠波眞惱了，受不了的可是紅蓼！

紅蓼一聽，吐吐舌頭：「好姊姊，我逗妳的呢。」綠波作勢要打，二人打鬧起來……半晌，紅蓼又想起：可小姐知道怎麼用嗎？費了這麼大勁兒，要不會用不就白搭了嗎！紅蓼可是替蘇襄發愁。王爺府的情勢她可是看在眼裡，那個曇王妃受王爺專寵，可瞧她冰冰冷冷的，挺難說上話，遠不及小姐，親民仁慈。論外貌，自家小姐也不輸。就不知王爺是喜歡她哪一點！

蘇襄搖搖頭，「沒關係，把它收好慢慢琢磨吧。」

紅蓼將神仙涎妥當的收著，這可干係著小姐的幸福呢！

市集匯聚了各種攤位，賣吃食、賣瓜果、肉舖、胭脂水粉、布疋飾帶，主街上茶肆酒樓林立，人來人往。

綠波、紅蓼從來無法自由的逛街。蘇襄則是沒體驗過；主僕三人如飛出籠的鳥，東瞧瞧、西瞅瞅，甚麼物事玩藝兒都要摸上一摸，活像劉姥姥進大觀園。

朝東鄰街有棟樓，雕花木窗，幽香陣陣。艷色燈籠處處高掛，在風中搖曳，搖出一波波人聲笑語、搖出穿梭不息的男人！正門上懸著扁，寫著：憐君閣。

面向大街的窗帷全拉了上來，裡頭的姑娘，探出上半身，對著街上男子，揮動手中羅帕，頻送秋波……

「小姐妳瞧，好氣派的樓呢！」紅蓼突然手朝上比劃。「有個姑娘就站在窗邊，她的窗特別大，特別不一樣——是玫瑰花窗。也不見她搖帕子，可樓下一堆色瞇瞇的男人，擠在街上瞧她呢！」

蘇襄抬頭淡掃了一眼，一個窈窕身影，看不清面容……該是憐君閣頭牌、花魁之類。青樓名妓的故事，不勝枚舉，打勝仗似的喜慶，滿樓紅袖招……掩蓋了多少女子的悲哀！

她低下頭挑了素紗、絲綢、抹胸，見隔壁攤在兜賣文房四寶。想了想，又拿了串吊錢買了紙墨筆硯。筆，多買了好幾管！

紅蓼見蘇襄不搭理，自覺沒趣。一扭頭又興致盎然挑三揀四，買了喜歡的物事。

一陣喧嘩聲，打斷她們的興致……

二人二騎一路衝了過來，旁若無人，口中吆喝：「四王爺回府，閒人迴避！」快馬撞倒了菜簍子、帶翻了珠翠玉石、踩踏了不及退開的老弱！一時間，大街上一片狼藉——殘瓜裂果，豆腐、菜葉、肉脯、散落一地，糊了層泥；人推擠人，跌倒的又被後面的人堆疊上去，哀嚎聲不斷！猝不及防，蘇襄磕磕絆絆，綠波、紅蓼也被擠散了！她退無可退，擠到一翻倒的五金板車邊，卻嚇一大跳——木板後邊擠著許多男童，五到九歲皆有，腦袋挨著腦袋，就躲在那兒！

蘇襄還沒緩過來，一頂金碧輝煌的轎子，由十六個轎伕扛著，進入眼簾。後頭跟著一四輪拉板，二匹騾子拉著，左右各有四個勁裝大漢看管！拉板上像捆粽子般，綁著五、六個稚齡童子，個個相貌清秀。只是現在，有的嚎啕大哭、有的喊爹叫娘、有的嚇矇了、目光呆滯！更後頭，一群百姓，有男、有女、有老、有壯，追著騾車，一路哭喊著：「我的孩子……王爺，不行呀……求求您！」此起彼落。

冷不防，一名婦人氣喘吁吁趕上前。噗通一聲就跪在轎前，「王爺，王爺，求求您，我兒才四歲！他……他身子骨弱，藥罐子不離手！手不能提、肩不能挑！這……這……是個累贅，只會拖累王爺。」

蘇襄定睛一瞧，是悅來錢莊包夫人！她身上的比甲沾了髒汙，髮上桃心髻也歪了，看來是拚了命的奔上來的！她一輩子大概從沒這麼無措、狼狽過！

轎子停了下來，前面開路的二騎轉回頭。爲首的，一張馬臉，盡是凶狠。不由分說，一馬鞭抽了過去，「大膽，竟敢攔四王爺的轎！」

包夫人衣衫裂開一大道口子，滲出絲絲血痕，衣衫裡頭該是皮開肉綻！包夫人咬著牙沒喊疼，仍帶著笑：「王爺，王爺，是我該死，衝撞王爺。我……賤婦是……是悅來錢莊掌櫃包無邊。一直沒機會見到王爺！賤婦有樣物事想請王爺鑑賞……」

說著，她自衣內掏出一張銀票，上面多少票值看不清，「趕明個兒，我送二十個壯丁到王爺府上。他們各個吃苦耐勞，比我兒強上百倍！」說罷，恭敬的捧著銀票。馬臉男粗魯地搶下銀票送到轎旁。轎簾掀動，馬臉男將銀票遞了入……好一晌，這一晌過得漫長！包夫人汗水大顆大顆的滴落，她指都沒揩！

轎子裡傳出了聲音：「包夫人有心了。這物事勉強入我的眼，就免了妳攔轎的死罪！我王爺府不缺二十個奴才，免了吧！妳可以退下了！」這是啥意思？包夫人一下還沒意會，接著瞬間明白：他銀兩收了，但還是要綁孩子……簡直是晴天霹靂！包夫人氣血直飆，沒讓，狂喊著：「不不，王爺……王爺，您聽我說……」

蘇襄怒不可抑。這四王爺簡直是寡廉鮮恥，銀兩拿了，竟不放人！典型的什麼都要，就是不要臉！她腦子裡的史料連結上這位四王爺——冷鰲。淼王冷鰲與冷虎皆為皇太后所出。他仗著皇帝是親哥哥，皇太后是親生母，為非作歹、殘忍冷血、凌虐下人。最變態的是，他只要出門見到稚齡小兒，便命人抓了，並閹為太監，養在自己府裡！所以民間只要看到四王爺出門，都把小孩藏起來！

眞是百聞不如一見！孰可忍孰不能忍！蘇襄擠出人牆，攔在轎子前。馬臉男見前一個不讓，又來一個，臉色更沉。但他還沒揮鞭前，蘇襄先發了話：

「我乃焱王府側妃——蘇襄。我娘當年哺育過你家王爺，你這狗奴才敢碰我一片衣裳，我要你死無葬身之地。」

這般氣勢讓馬臉男愣了一下，望向轎子，不敢輕舉妄動。

蘇襄接著高聲說：「見過四王爺。」盡量平心靜氣。

轎簾稍稍掀了掀，又恢復原狀。接著轎內傳出聲音像火雞打嗝，混濁不堪！

「襄王妃，難得一見呀！怎麼不在龍床上待著或焱王府床上待著？看來是春閨寂寞！可惜本王另有要事，無法相陪！」

蘇襄不理會冷鰲的嘲諷，「四王爺，我好得也是個王妃！你坐在轎子裡，我站在大街上，顯得王爺不懂禮數，有辱皇室威儀！王爺是不是該下轎讓我見個禮？還是王爺……見不得人？」

話說完，轎簾瞬間掀了開，一雙金銀繡線襪履跨了出來。一張陰側側的臉、雙眼斜吊、蓄滿落腮鬍，黑白無常都比他俊俏！冷鰲著大紅蟒衣，仍是金銀繡線、繡龍繡虎，張揚跋扈，睥睨一切！他本來就不講禮義廉恥，就算蘇夫人哺育過他，站在他跟前，他也不會放在眼裡！聿乂朝能叫得動他的只有英太后和皇帝！蘇襄就更算不上東西！只是他依稀記得英太后好像告訴過他：蘇襄有所用，別太爲難她之類……此時，他目露凶光，上下打量著蘇襄……冷冷地說：「襄王妃口舌不同以往了！」

蘇襄瞟了眼轎子，再瞟了眼他的蟒衣，道：

「四王爺的風華也不同以往了呢！皇上御輦十六名轎伕，王公大臣、親王、王爺十二名轎伕。可王爺這架勢是御輦規格了！」蘇襄故意慢條斯理：「王爺這蟒衣，龍騰虎躍！天子爲龍，是九五之尊，難不成王爺想當皇帝？」

冷鰲的臭臉刹時有些白。他只是囂張膨脹慣了，沒人敢管他！他並無意於當皇帝，可當皇帝的總是多疑！冷虎也不是心善之人，萬一有人見縫插針，故意逮他小辮子……總不好收拾！他第一次覺得氣悶！

冷鰲輕咳了聲，終於不再鼻孔朝天。愼重的說：「襄王妃，可別胡言亂語。朝中誰不知道本王忠心護皇上，鞠躬盡瘁，爲皇上分憂解勞……」

蘇襄很享受他前倨後恭的德性。

「王爺可知，近月來，都城東南，四郡八道遭到蟲害。稻作欠收，饑民無糧可食，開始往都城來，沿途搶盜！西北蠻族屢屢進犯，大軍出征掃蕩必有死傷。皇上勤政愛民、苦民所苦，一定爲此夜不成眠！可是王爺綁了這麼多稚齡小兒，將其閹割，豢養於王爺府！不只他們的父母、其親人、鄰里勢必積怨難平，聞者也必定會同仇敵愾……民怨如洪水猛獸，一發不可收拾！值此多事之秋，本王妃擔心王爺這般地分憂解勞……卻會變成提油救火……」

跟在騾車後頭的百姓都已趕了上來，圍在二側，不哭也不嚎了，只怒目而視！沒人帶頭，他們只是一盤散沙；有人點出輕重，他們有了方向，可以同仇敵愾，小蝦米也可對上大鯨魚了！

冷鰲捋著鬍子，環顧四週，氣氛凝重，百姓怒目而視！衡量輕重，現在的確不能生出事端。民意不可欺！尤其他的小辮子才被逮到！他只好示好道：「我只是見這些孩子可愛，想帶回去陪他們玩玩，也讓他們見識一下王爺府，開開眼界，別無他意。看來本王好意被曲解了。白做好人！白做好人！來啊，放開他們。」

騾車旁大漢立刻替孩子鬆綁。那些在旁等候的男女老壯蜂擁而上，抓緊自家孩子，深怕冷鰲後悔，幾乎連滾帶跑，一時散了大半。包夫人也衝上去抱住一個男娃，緊緊摟著……

待騷動稍歇，看著空蕩蕩的騾車，簡直是……顏面掃地！更恨的是，卻又無可奈何！冷鰲充滿恨意：「襄王妃滿意了嗎？」

蘇襄躬身：「王爺說錯了，我無所謂滿不滿意。王爺該擔心的是——皇上滿不滿意？」

岔點噎死的感覺！「妳好，很好。本王小看了妳！走……」冷鰲頭也不回就上了轎。不過走時，只有十二名扛轎夫，其他四名亦步亦趨跟著！

還算長眼，蘇襄正想著。

「襄王妃，老身多謝了！」包夫人牽著一男童欠身施禮。男童長得清俊，「安兒，跪下謝謝襄王妃。」

男童隨即跪了下來，脆聲說：「謝謝襄王妃。」

「這是做甚麼！快起來！」蘇襄說著拉起小孩。

「襄王妃，剛才若非妳相救，安兒一定凶多吉少！」包夫人說著還不捨地看了安兒一眼，「想我，走南闖北，也算見多識廣，還真沒碰上這種人渣！我平常給四王爺送的禮送的銀兩可不少，他竟連這情分都不顧！」

蘇襄知道包夫人的營生管得寬，她明著是悅來錢莊掌櫃，暗的還有賭場、妓院，可謂包玩、包樂、包賭、包娼，都包了！果真是包無邊！這麼多明的、暗的生意，要賄絡打點縣衙官府是必要的。她能打點到四王爺算了得的！沒想到，就算她暗示冷鰲她是包夫人，換來的是冷鰲翻臉不認人！按照記載，聿乂王朝五位皇子中，對老四冷鰲的陳述是：好大喜功、驕奢浮誇、殘酷不仁！所以要指望他投桃報李，不如直接扔到河裡！只是包夫人當然無法事先知道。

「包夫人，妳別客套。說眞格的，我出手，也不是只爲妳或安兒。四王爺所作所爲實在太過，泯滅人性，我不能視若無睹！」

「各朝各代，百姓要的不過是吃飽穿暖！只是貴賤分明、官官相護、世風日下、眾人也只能明哲保身。如今卻有人敢發不平之鳴，還是個女流之輩……」包夫人激動地抓著蘇襄，「襄王妃若不嫌棄，老身願意交妳這位貴友。日後有需要老身的地方，老身義不容辭！」

蘇襄目光澄澈如鏡，道：「我大病初醒後，總算有個好朋友了！」兩人相視一笑。

「包夫人，此地不宜久留，妳趕緊帶安兒回去吧。還有妳的傷……」蘇襄看著包夫人身上的鞭傷。

「不礙事。襄王妃。」

「既然是至交，咱們就別見外。妳就叫我襄兒，我叫妳一聲包大姊……可好？」

包夫人爽朗的笑開了：「好，算我占便宜，就這麼著。」接著嚴肅的說：「襄兒可得防著四王爺……他是王爺，上有皇太后、皇上撐腰，他要陷害妳可是易如反掌！」

「大姊，妳安心。我已非昔日蘇襄。要陷害我，可沒那麼容易！」

包夫人回想著適才蘇襄的一言一行，的的確確，除了那皮相，完全變了個人！她還想再囑咐幾句……

蘇襄打斷她：「我會小心。趕緊回去吧！」千催萬請，又約了一起喝茶，包夫人才離去。

不知何時，紅蔘已然站在身旁，綠波帶著向喜朝這趕！紅蔘帶著哭聲：「小姐，剛才嚇死我了！我們和小姐沖散了……看到小姐不顧危險，攔著四王爺的大轎子……我們本來要出去，後來想起小姐教過：別把所有雞蛋放在同一個籃子裡！我就叫綠波去找向喜來，我在這守著。我也不知這樣對不對？我好怕那鞭子抽到小姐身上！我好怕那四王爺把小姐綁了！我好怕喜管家不來！好怕……」紅蔘說著說著，就放聲大哭起來……

向喜走近，擔憂的問：「向喜來遲，王妃受驚了！」

蘇襄嘆口氣：「我沒受驚，受驚的……」指著紅蔘，「是她！」紅蔘的確嚇得不輕，淚珠就像關不緊的水龍頭，沒完沒了！

總算，喧嘩暫歇；憐君閣鄰街的玫瑰花窗，也悄然闔閉。

回到王府，蘇襄一整日下來曲折跌宕。晚膳隨便用了，便去泡了澡。這是她心思紊亂時或疲憊時的習慣。

沐浴完，她一身光潔，只穿上一褻褲，披件內單，便進了寢居。甫一進門的景象讓她心臟跳得不像話！冷虩斜靠在床上，那副樣子，就是……等著就寢……

「王……王爺，怎麼來了？臣妾毫無準備，怠慢了王爺。我去喚紅蔘、綠波……」蘇襄仍在震驚中，有些口齒不清。

冷貒邪氣的笑了笑，把姿勢擺弄得更舒適些。

「是我讓她們別來擾我們。」說罷很故意似地，將蘇襄從頭瞧到腳、再從腳瞧到頭……

隨著冷貒的視線，蘇襄想起她那件薄薄的內單。她手忙腳亂想遮，卻根本遮不住身上風光！她也想過有這麼一天，可是應該是在自己計算中，不像現在，意料之外、措手不及！而且，她也沒讓任何男人瞧過她的身子……

「襄妃，過來。」蘇襄還在發窘，用雙手環著胸口，便聽見冷貒柔聲喚著。

該死！不是都女人色誘男人嗎？現在好像她被色誘了！她有點僵，慢慢地移到床畔；她想說點話轉移一下焦點，卻看見冷貒眸中炙烈火光，感到彼此的鼻息。她的心跳快到不行，這個男人給了她壓迫感，她甚至不敢直視他的眼睛！

冷貒溫柔地抬起蘇襄的臉，頭一低，唇準確的壓在蘇襄唇上，雙唇仔細地描繪著她的唇瓣。蘇襄只覺腦門轟地一炸，思考能力通通被炸光了！冷貒絲毫沒閑著，他的舌長驅而入，靈巧地翻轉挑逗著蘇襄的舌，吸吮她的柔軟！雖說她是現代女性，但不曾有和人喇舌的經驗！她被吻的喘不過氣，忽然冷貒的唇像有了思想，緩緩地朝下迤徙，掠過她的頸項，停留在那深深的嗅著……蘇襄的感官突然變得敏銳，覺得一陣熱一陣痲。身上那件薄薄內單盡退，她感到一雙大手，充滿厚繭卻溫熱無比，延著她的頸線撫過她的鎖骨，緩緩的滑到胸口……蘇襄一陣緊張，下意識知道要發生什麼事！可是她渾身乏力，無力攔阻，也許她根本不想攔阻！

那雙手來到挺立的渾圓處，繞著峯頂畫圓，輕憐蜜意；輕輕地二隻手掌揉上峰頂的嫣紅……

「啊……」蘇襄脆弱的嬌喊，殘餘的理智讓她的手想推拒，可只能無力攬著冷狘的頭頸！受到了鼓勵，冷狘的嘴湊上去含住愈加紅潤的蓓蕾，唇齒時而輕嚙、時而輕舔……

蘇襄周身著火，每個細胞燥熱不已；渾身無力，只能無助的擺動，搖散一頭秀髮！看到蘇襄咬著紅唇，受到情慾蠱惑的臉龐，漾著潮紅，冷狘那雙手再接再厲，一把扯掉她的褻褲，露出白皙的雙腿——霎時玉體橫陳！那絕美柔滑的身軀，簡直讓他差點失控！

蘇襄只覺下身一涼，睜眼才發現她一絲不掛！而冷狘不知何時也渾身赤裸！他精壯結實的肌肉貼著她，刺激著她的感官；尤其是他的熱楔，昂揚挺立！她沒見過男子的裸身，羞得她不知該往哪看！緩緩地，冷狘的手探到她腿根處，處子的羞赧讓蘇襄直覺的夾緊雙腿。模糊中傳來冷狘誘惑的聲音：「妳夾這麼緊，待會兒我怎麼出來？」

蘇襄一急沒細想，自動撐開雙腿，霎時門戶大開。看不見冷狘臉上得逞的笑，她覺得她病了，發著高燒，燒到極限，無法思考……冷狘伏踞在她身上，用眼神膜拜著……手指則在桃源口流連忘返，揉著帶珠尖兒的花瓣、撥弄著通往桃源的花徑，輕佻的輕攏慢捻……

蘇襄嬌喘不止，嬌喘聲支離破碎，雙臂忘情地掐住他的肩胛：「王爺……王爺……」

桃源洞口泌出涓滴細流！

「襄兒，妳濕了！別憋著，舒服、不舒服，都喊出來。」冷狘哄著。然後他壓下身，勃起奔騰，一吋一吋推入！溫存的、忍耐的……待蘇襄眉頭舒展了些，似乎較適應他的灼熱，再徐徐地箍著她的嬌臀，有節有奏、深深淺淺的律動著……

窗外，日上三竿，天清氣爽。

帳內，滿是愛慾的氣味。蘇襄醒時，渾身酸痛還不明究裡！忽然驚覺自己被攬在一男人懷裡時，差點蹦起來，可是她動彈不得！因爲男人與她四肢交纏。瞬間昨夜的記憶涓滴不露全活了過來，她從女孩成爲婦人了！她身上都是青青紫紫的吻痕，冷犽的烙印和冷犽的氣味！臉一熱，自己都覺得難爲情……

可是她很想仔細看看這個男人的臉——她的身子和心都交托的男人！她從「未來」愛到「現在」的男人！她略略抬起下巴，瞧見的是冷犽的下顎。她再偏過頭往上調了調角度，看見了嘴角、挺直的鼻樑。冷犽的臉眞叫俊！再往上，看清了，是深邃的眼——像鷹隼，看穿人似的鋒利！

天……那雙深邃的眼，晶亮發熱，也正一眨不眨的盯著她瞧！原來他醒了，而且早看到她的一舉一動！蘇襄又羞又冏，頭一低，躲進他懷裡。卻不料豐挺的胸部密實的抵著他剛硬如鐵的胸膛，他的雙手緊緊的摟著她的纖腰，她敏銳的感覺到他身子突然的緊繃，更羞的是他的那……那兒……正抵著她的……她的那兒！

「你想看我？」冷不防被冷狁問了這麼句。

眞是那壺不開提那壺！蘇襄又羞又惱，臻首埋得更深了。啐道：「誰要看你！」

彷彿可以聽見他心裡的竊笑，冷狁也不辯白。可雙手不安分的從蘇襄兩側腰線上上下下的游移、撫摸著她的脊樑骨，很快地就移到胸前的粉蕊，狎佞的揉弄！

「王爺，別……」蘇襄禁不住撩撥，嬌弱的求饒。

叩叩……敲門聲響起。「王爺、王妃，午膳已備好了。是否要先梳洗？」門外紅蓼恭謹的垂問。蘇襄臉又一熱，這下可好，全王府的人都知道她昨晚有性行爲了！而且持續到晌午！她可算一戰成名了！

冷狁無回應，雙手繼續來到蘇襄小腹，芳草萋萋的三角洲……

「啊……」蘇襄招架不及，喊得更嬌脆了。

「王……」紅蓼話聲未落，腳步聲已遠。她識趣的知道來得不是時候！

蘇襄羞到從耳根子到腳趾頭一片通紅。完了！別人一定認爲她如狼似虎、欲求不滿！她本想立馬起身，可昨夜冷狁溫言軟語、溫柔體貼、小心翼翼與忍耐自制，必未得到滿足！誒……這樣的男子，她願意爲他付出一切，遑論閨房之樂！想罷，她不知羞的自動張腿圈住冷虒的腰身，讓他兩股間硬如烙鐵的熱杵與她密合！

「不怕累壞？」冷狁悶哼了一聲，雙眼中赤裸裸的慾火高漲。

蘇襄雙頰緋紅，彷彿默許。

冷豼挺身舉槍而刺，由緩而急、由淺而深、陣陣龍吟、聲聲嬌啼！他結實的臀急速抽動，直抵花核。

「王爺！王爺！」原來眞有欲仙欲死這件事……

「叫我……」

「冷豼……豼……」

冷豼抽動得更快了，「再深點？」

「啊……啊……」蘇襄忘情的呼喊，像在洶湧的浪中浮沉，一波接一波的撞擊，浪頭越來越大、越來越高！她緊緊依附，直到最後一個大浪捲起，將她沖上岸！她放鬆四肢像朵舒捲的雲，而他的男人是風，承載著……吹拂著她……

冷豼一連數日都到幽篁館過夜。他自己也有些迷惑，爲何如此無法自拔？不可諱言，他喜歡蘇襄的身子，她的身子——處處是風景！但眞正的原因可能是蘇襄的情眞意切。這和曲意迎合、虛情假意完全不同。她眼中盛滿眷戀愛慕，這是僞裝不來的，最重要是她的聰慧！

他第一晚來蘇襄處，只是想探探。畢竟，冷蛟告訴他蘇襄精通軍事布陣、又通曉蠻邦局勢！她與冷鰲對峙表現的機敏！前前後後、一切的一切太不像她！可是那晚，她像一江春水，他情不自禁跌入她的溫暖、溺足其中！及後蘇襄自顧自打開話匣子，說起她請向康從他書房拿了四本書——《聿乂見聞錄》、《機關巧製》、《建築誌》、《疆域圖說》已經看完了！近日會再借幾本……又說皇太后很關心他，常問起他的起居作息；再點評起冷鰲的弱點……說到冷貔不得不吻住她的嘴，堵得她紅著臉、喘著氣，無法發話！

她總在不經意間告訴或提醒他：他需要知道的一切！他本想冷一冷，今晚不再去幽篁館；可是腳步不聽使喚，就是往那走！他很不喜歡這樣的自己，很不喜歡！

幽篁館大廳裡串串笑語。啥事這麼熱鬧？

進了門，才發現桌上有十二道菜餚，菜色雖不罕見，卻精緻可口。還有二顆壽桃！蘇襄、綠波、紅蓼主僕三，圍坐在桌邊開心地吃喝著。看著不像主僕，倒像家人！這又是蘇襄另一面，她心中無貴賤之分！一見到他，綠波、紅蓼立刻起身見禮。

冷貔揮揮手，「免了，不用拘禮。坐吧。誰的壽辰呀？」桌上貼心地多備了一份杯筷，早等著他似的！

蘇襄接口：「是綠波。」綠波仍是低著頭，無措的笑著！她的人生受盡屈辱責難，第一次有這麼盛大的生日宴，覺得像做夢！又擔憂是個騙局，局終又是她災難的開始！她不知道該相信哪一個？

「綠波，妳啞巴呀！說句話呀！」紅蓼催促。

「謝謝王爺。謝謝小姐。」

蘇襄毫不介意，自綠波跟著她，她總是心事重重、察言觀色、戒慎恐懼；跟她的手應該脫不了干係！

「綠波，這一桌子吃的，是紅蓼做的。她的廚藝不及妳，可是誠意十足！我也要送妳個物事……蘇襄自袖內挑出一小布盒，掀開蓋，裡頭並列放著三個護甲！大小不一，共三組。

紅蓼張大眼，盯著看，「這是？」

「這叫護甲。上回我買了筆，其實是爲了筆管。我用了較低調的莫蘭迪灰綢布，做成管套，縫起來。掂量著綠波的手指，做了大、中、小、號。可當裝飾，又不妨礙工作！綠波妳試試。」

綠波的右手仍是習慣性攏著，她躊躇走上前……

蘇襄看出她的猶豫，鼓勵地說：「綠波，天生萬物，俱有缺憾。妳若一直在乎它，它永遠是一根刺；妳若無視它，它不過就是一顆痣，無足輕重！」

綠波慢慢伸出手，她右手中指、無名指、小指都只剩下一個指節，斷口平整，顯然是刀砍的！可紅蓼聽她說是胎裡帶出來的！蘇襄沒細究，每個人都有不想說的、或想維護的，何必追根究底！

蘇襄幫綠波套上護甲，尺寸剛剛好！不仔細也不會發現那三指是護甲！

「喜歡嗎？」

綠波伸出手，左瞧又瞧，像孩子似研究著自己心愛的玩具，點點頭。

蘇襄鬆了口氣，「那就好。萬一壞了，還有二套可以替換。」

「不公平！小姐偏心！那護甲可美翻了。我也要……」紅蔘不依。

「妳乖巧些，我就教妳。」

紅蔘樂了。「一言爲定！不過坊間可沒護甲這玩意兒，聽都沒聽過！小姐怎麼會呀？」紅蔘還是一樣好學，果然是她教出來的模範學生！

「我看書的。自古便有，後來失傳了……」蘇襄亂掰了一句。總不好說清宮劇裡的嬪妃娘娘都帶著護甲，看連續劇學來的吧！

夜裡白紗帳內，冷鈚摟著蘇襄。他聞到一絲淡淡香氣，便道：「妳用了什麼胭脂或薰香嗎？」

蘇襄偎著冷鈚胸膛，「我不愛用胭脂，除非有必要！今日也未用薰香，怎麼了？」

「我嗅到一絲香氣」。說著，冷鈚嗅著蘇襄的肩頸，又嗅到胸前……

蘇襄又酥又癢，左閃右躲。忽然想到：

「王爺，我也曾聞過香氣——淡淡的清香，時有時無。可是別人都無所察！我以爲是錯覺……」

「是嗎？」冷鈚回想起在蘇宅老棗樹下，蘇襄所在之處，只有她本人或他能嗅到一絲淡香，心有靈犀嗎？

蘇襄支起身子，道：「王爺還在琢磨這香味嗎？夜深了，睡吧！王爺該琢磨的事兒還不夠多嗎！」

蘇襄黑髮如瀑、膚賽似雪、眼若夜星。冷狃摩娑著她的髮，雙手環著她的纖腰，直視著蘇襄的眼。第一次卸下他的邪氣與吊二郎當，眸光深不可測！

他問：「蘇襄不再是蘇襄了嗎？」

蘇襄回望著冷狃，眼眸深邃靈動。她輕輕開口唱了首冷狃肯定沒聽過的歌：

起初不經意的你，和少年不經世的我，
紅塵中的情緣，只因那生命匆匆不語的膠著。
想是人世間的錯，或前世流傳的因果，
終生的所有，也不惜換取剎那陰陽的交流。
來易來，去難去，數十載的人世遊，分易分，聚難聚，愛與恨的千古愁。
本應屬於你的心，它依然護緊我胸口，
爲只爲那塵世轉變的面孔後的翻雲覆雨手！
來易來，去難去，數十載的人世遊，分易分，聚難聚，愛與恨的千古愁。

於是不願走的你，要告別已不見的我。
至今世間仍有隱約的耳語，跟隨我倆的傳說！
滾滾紅塵裡有隱約的耳語，跟隨我倆的傳說！

曲罷，蘇襄說：「王爺，有天當你完全信任蘇襄的時候，蘇襄自會告訴你，蘇襄到底是不是蘇襄？」

第四章、風起

是了，該來的總是要來的！
縱然摧肝瀝膽、痛徹心肺，她忍！
縱然周而復始、萬劫不復，她願！
縱然相逢不識、生死茫茫，她受！
她沒有後悔過……

逍遙居的密室不大，進出由地道，一側出口在市集大街的老古中藥鋪後院。老古中藥鋪是個僞裝，掌櫃的就叫老古，原名吳不醫，無所不醫，是冷豼仍是皇太子時的宮中御醫，醫術精湛！冷豼怕他遭株連，讓他改名易容，並安插在此。地道另一頭通往東宮太子殿。冷豼精通建築、工事，又對防禦、結構有興趣，密室與地道都出自他手。住在東宮太子殿時，只是爲了好玩和實驗，就鑿了祕道通往自己別苑，外界看不出來有動工痕跡！但只鑿了三分之一，便受命出征！住進消遙居後，他命向康加緊趕工，只剩月餘即可鑿通。

密室四周石壁粗糙。壁上及壁頂嵌著好些銅架，燃著百支燭火，室內燈火通明。

室內主位上坐著冷狁，一臉森然，看不見平日閑散無謂的脾性。左右則是大總管向康、貼身護衛驚鴻。

二側太師椅上出現有禁軍總兵雄本風、元極；輔國三公之一的輔國太傅周仲廉、六部之首吏部尚書文成章、都察院史籌光遠及九卿代表。朝堂之上的重量級人物皆齊聚一堂，這些人跺跺腳，足可震塌半壁江山！

冷狁環顧室內一周，道：「驚鴻，先將你探得的事，說來聽聽……」

「驚鴻經年追查，發現當年先帝龍體違和，英皇太后在旁服侍。先帝薨逝翌日，日照宮內所有太監婢女御醫共八十八人遭集體處決！可是人算不如天算，有一女官叫子黽，跟著老御醫見習，早有預感必遭橫禍，所以先服了止息散詐死！外表狀若死亡，其實只是假死人。她親口證實：先帝的湯藥中，摻有昏睡劑。服用之後，日日神智混沌。英皇太后才能乘機假擬詔書，讓嫡長子的王爺代父出征！」

眾人盡皆駭然。欺君罔上、幾同弒君，大逆不道，莫此為甚！凌遲都不足以謝其罪！驚鴻接著說：「後來的事諸位不難想像，王爺的補給糧草是被刻意斷絕。兵部尚書暴斃，經查，乃三王爺府上的人下的重手。在前線派出的八百里加急傳訊的使者，兵部推說沒見過，以此卸責。

他們都埋骨在驛館後方的青草坡，共三十人。屍骨已挖出，王爺已下令厚葬！」

「可恨哪！這蛇蠍婦人、噬血猛獸！」吏部尚書文成章咬牙切齒：「仁皇后早逝，英妃處心積慮要當皇后。先帝曾在朝堂上明言：除非皇太子認可，否則貴妃就是她最終的謚號。虧皇太子焱王爺仁義，不但親自迎她爲皇太后，更以大禮侍奉……她竟然恩將仇報，欲將焱王爺至於死地！此婦千刀萬剮，也不足消其罪過！」

相對於眾人的激動，冷貔只緩緩地擺了擺手。唯一不同的是——他墨漆的眼中透露出幽邈森冷的寒芒！就滴溜溜一轉，室內每人背脊皆泛出涼意……

「目前朝中情勢如何？」

周仲廉是二朝元老，輔佐過先帝，德高望重。他早對先帝薨逝起疑，對英皇太后及玄帝不服，原想告老，若不是冷貔請他留於朝堂之上，牽制莊賢禮、賈歡，他早拂袖而去！如今總算眞相大白！他捋著花白鬍鬚，「莊賢禮越發蠻橫了！仗著皇太后當靠山、賣官鬻爵、中飽私囊。而趨炎附勢之徒，送禮賄賂，在他府宅門口等著拜會，綿延數里，毫不避諱。眞是有辱斯文！不過也因爲如此，在朝在野的有志之士都已結成一氣，磨刀霍霍；只是按兵不動，與那幫小人虛與委蛇！就等王爺一句話……」

冷貔微微頷首，「禁軍呢？」

「王爺放心，」說話的是元極。「都已在握。看來皇上氣數已盡，才會任用衛國與鎮國將軍這二個膿包。禁衛軍現在都認人不認令！」他嗓門大，聲音粗，密室中都是嗡嗡回音。

「唯一麻煩的是——兵部是三王爺的人馬，目前還沒找到縫。而三王爺又與皇上親近……就算有了皇城禁軍，兵部可調動的兵馬甚多，若是他們包圍皇城，可大勢不妙！」

「我呸……還沒打，就長他人志氣！你怕就退下，我來！」聲源來自雄本風，帶著不屑。

「我怕個啥！我怕你娘奶奶地！我只是分析，知己知彼……你懂個屁……」元極面紅耳赤。兩人都是武夫，嗓門一個比一個大，就要不可收拾……

「都住嘴。」冷犹出聲，密室陡然安靜下來！「兵部可用之處甚多，先觀其變。其他呢？」

「咳……北方蠻夷有動靜！」雄本風自認適才有些衝動，想著要彌補一下。

「我得到密報，西北蠻族之首鬼魎，他有二子一女；小女兒在七、八歲時失蹤。長子赤束，勢力較小，但生性好戰；次子瓦先，勢力較大，願意互利共生，不欲啓戰端！大同一戰其實是瓦先和鬼魎愛妾私通，還生了個孩子！鬼魎卻被蒙在鼓裡，就是兒子讓老子當了王八！結果赤束以此要脅瓦先，一起出兵進犯我朝。」雄本風翻著銅眼、口沫橫飛。「眞是雜毛子就是雜毛子！不懂三綱五常、亂七八糟……」他講得興起，沒注意到離題了。直到大夥盯著他瞧，不免訕訕然！

「這一戰，雖然蠻子大獲全勝，把我們殺的……」

「咳……」吏部尚書文成章皺眉，輕咳了聲，室內諸人皆有些尷尬不忍！

這可提醒了雄本風，他是個武將粗人。適才沒想到，大同慘烈的一役恐怕是焱王最深最不願回憶的痛！換做任何人都不願再提！這不是揭焱王爺的傷疤嗎？他猶豫起來，合該還要不要繼續講？

「無妨，就事論事。」冷貀神色如常。

他的痛早滲進骨血，只是外表用銅皮鐵肌密密封著，他要不斷地痛著，愈痛愈好！他要自己記著……當年十萬大軍，都是跟隨他的好兒郎。他們家中誰無老父、老母？誰無稚子、嬌妻？若不是他相信兄友弟恭之情、重子孝母慈、人倫之義，今天他們何至於成孤魂野鬼，在邊城遊蕩？在風中嗚咽？常德與他的親衛軍何至於血染異鄉、魂魄無依？他不殺伯仁，伯仁卻因他的疏忽而死！血腥味……他聞到血腥味；啼哭聲，他聽見一家老弱的啼哭聲，如影隨形！

「唉……是。」雄本風清清喉嚨：「不過那些蠻子也元氣大傷！不久，鬼魎病死。瓦先就不受赤束威脅了。我朝這次出戰，大獲全勝，但總兵衛錦夫陣亡！密報曰：其實……」

雄本風突然壓低嗓門……元極不耐，吼著：「我說老雄，這已是密室了！你神祕個甚麼勁兒！」

「說的也是！」雄本風如夢初醒，傻笑了聲。

「他是遭守城將領朱烈殺害！原本是衛錦夫要殺朱烈，結果反而被殺！你們瞧，這叫狗咬狗一嘴毛！」

「還有呀……」雄本風吞了口口水……

元極又受不了，嗆道：「你有屎趕快拉，別憋著。眞是占著茅坑……」

「我正要說，你急啥？趕著回去給姥姥上香麼？」

兩人又要爭執，都察院使籌光遠輕輕咳了聲，兩人遂住了嘴。

「朱烈與垚王爺即將班師回朝，赤束將同時遣使來朝，締約互不侵犯。可奇的是——赤兀仍積極練兵練馬！那模樣不像要求和！不知是否有陰謀？」

冷翫言：「朱烈是老三的人，實質上也是老二的人。衛錦夫是老二的心腹，他被殺，老五應有獻策。朱烈必想方設法將其掩飾爲他爲國殞命！傳書老五，要他戳弄朱烈，論功行賞時，務求留在兵部。

至於瓦先，不論眞假求和，於他好處道不盡！各位想想，只要瓦先求和進貢，貢品粗糙，換來的是皇上卻賞賜莊稼種子、牛、馬、羊、布疋……以宣示國威、皇恩浩蕩！可是這些都是我朝立國的命脈。我國庫空虛，他們日益壯大。他們既可休養生息、又不費吹灰之力獲得大批賞賜！何樂不爲！」

「王爺高見。」眾人頻頻點頭。接著，眾人又商議著其他些事，才由密道離去。

采香館

蘇襄已是第三次訪夜曇。基於禮貌，她回府沒多久，就去拜望，夜曇也應許了。到了采香館門口，爭芽回報，夜曇身子突感不適，無法接見！

第二次又相約拜望，到了門口，同樣是爭芽來報，曇妃正爲常德將軍超經迴向，無法接見！紅蔘嘀咕：「這采香館的門還眞難進……」蘇襄一笑置之，架子高的人，摔得重。

這次是夜曇主動邀約，蘇襄同樣應允。到門口時，爭芽領著她紅蔘、綠波穿過小迴廊。蘇襄注意到采香館，屋樑較芳霏、幽篁高出甚多，也更寬敞，看起來與落英館不相上下！

到了花廳，夜曇一身素白。亮點是——耳上戴著副珍珠扇貝金翅耳墜，果然是個麗人！她正在桌上弈棋，與自己對弈；她時而皺眉，時而舒展，也未招呼蘇襄！寧嬤嬤和爭芽也像吃了啞巴藥，默不作聲！紅蔘受不住蘇襄被晾著，正要出言，蘇襄制止了她，兀自靜靜站著，也不擾夜曇。足足過了一刻鐘，夜曇二隻纖纖玉指，落下最後一棋，才抬眼，面露訝異：

「襄王妃何時來的？怎麼不喚我一聲？我沉迷棋局，竟然沒發現！眞是失禮。讓襄妃久候了……」話雖這麼說，夜曇倒沒任何歉疚之情！

「爭芽，妳也是沒個規矩。怎麼不提醒我？」

「是襄王妃不讓我提醒王妃的！」爭芽回得理直氣壯。

紅蔘杏眼圓睜，簡直是說瞎話！明明是故意冷落的……可是蘇襄制止過她，她只好自鼻孔哼了一聲。

聲量不大，爭芽倒聽見了。瞪了紅蔘一眼，紅蔘不甘示弱也回瞪了去！二人頭各自偏開，不約而同，鼻孔同時又哼了一聲！

蘇襄溫聲說：「沒事，我剛好趁這機會跟曇王妃學：動心忍性，增益其所不能！忍字頭上一把刀，能忍人所不能忍，終成大局。」

夜曇仔細端詳著蘇襄，這張臉，冷靜卻俱有強大殺傷力。說的話，字字在理、句句雙關！「襄王妃有見識，請上坐；爭芽，泡好茶！」

蘇襄不由想到讀過一則軼事，有說是蘇東波、有說是鄭板橋、有說是紀曉嵐，眾說紛紜。就是：坐、請坐、請上坐；茶、泡茶、泡好茶。端看人的檔次決定待客之道！敢情夜曇也將人分上、中、下等了！而且在她眼中，她是個角兒！

二人坐定。寧嬤嬤收拾好棋盤棋子，爭芽送上茶。

「襄王妃會弈棋嗎？得空，我們弈個幾局……」

「我不懂棋，只會壞了曇王妃興致。」

夜曇道：「棋可以學。棋中自有乾坤：有時得攻其不備、有時得斷尾求生、有時當然得趕盡殺絕！」

蘇襄微微頷首，雲淡風輕地說：「這學問，曇王妃想必早已運用自如了！」

夜曇也是波瀾不驚，似乎沒聽見，只端起茶碗品了一口……

蘇襄也端起茶啜了一口，不料卻讓她差點吐了出來！這茶粗澀不堪、毫無茶味、茶渣浮動，怕是連水都沒煮沸！她硬生生地吞下喉，像飲了一口潮黴的腐葉水！

夜曇瞧著蘇襄的動靜，見她放下茶碗。問道：「襄王妃覺得這茶泡的還行嗎？」

窗外，起風了！對開的松紋木窗微微搖晃，一開一闔……

蘇襄忍住胃裡冒出來的酸水，不驚不乍，回道：「醉翁之意不在酒，在乎山水之間；茶客之意不在茶，在乎閒情逸致之間！客雅則茶雅，人俗則茶穢……」

窗外，風更大了。風聲大作，呼嘯而來，直衝屋內，窗櫺躁動，碰碰作響！

夜曇眸光一冷，「襄王妃胸襟氣魄勝於常人，又得皇太后語王爺眷顧，可謂左右逢源！不過……」話語未盡，她迅雷不及掩耳，自雙袖中各抽出一柄短刃，一望即知是上好精鋼鍛鑄而成。刀尖上泛著寒芒，可以削鐵如泥！綠波、紅蓼大驚失色，驚呼：「曇王妃……」

夜曇不理，擒著利刃，對著蘇襄舞了起來。她舞步輕盈、如足踩蓮花；雙手握刃，似流星飛旋，卻刀刀不離蘇襄周身！

「襄王妃，山高豈礙白雲飛，竹密不妨流水過。明白嗎！」夜曇的雙刃舞得更急，帶起蘇襄衣裙颯颯飄飄。項莊舞劍，意在沛公。蘇襄心平氣和的應：「再明白不過。」

慢慢地，慢慢地，夜曇緩了下來，直到足跟著地。她的臉不紅氣不喘！除了她的髮式慵梳頭有一小撮髮絲鬆了開……

「寧嬷嬷，棋譜備好，讓襄王妃帶回去琢磨琢磨。」夜曇吩咐。

「謝過曇王妃。蘇襄不懂弈棋，但是蘇襄知道，棋局裡起手無回，所以落子更要小心。一步錯，可就是步步錯，無法再回頭……」

窗外，風停了。現世安穩，歲月靜好的模樣！

窗內，二柄寒光凜凜的短刃，映照出夜曇、蘇襄的翦影……

訪完夜曇數日，換舞優邀蘇襄茶敘。蘇襄想著：古時嬪妃妾室，日子還眞無趣，只能鎮日喝茶、八卦、賞花、遊園！所以也不用羨慕現代貴婦名媛，她們過的是同樣日子——喝咖啡、聊是非、拍照po網、遊自家豪宅！

紅蓼倒是開心。從采香館回來，她三不五時就嘟噥：明明是故意將咱們晾著，還裝清高！那二把小刀，揮來揮去，萬一傷著了小姐……要算誰頭上呀？眞是！又一副冷冰冰的樣子，像根冰棍。我猜，放在胸口，捂著個把月，也捂不熱！不像小姐……是暖陽。見著了，就覺得暖呼呼！蘇襄一聽失笑，形容的眞好。

舞優正在練字，蘇襄不認得她臨的是哪位大家的帖。但舞優臨的唯妙唯肖，不是大師級很難認出差異！

綠波、紅蓼、彩丹在旁膩在一塊兒。這裡的氛圍確實比采香館愉悅許多。等到婢女不注意時，舞優迂迴曲折、雲裡霧裡、繞了大半圈，蘇襄才弄清楚，原來舞優找她的目的是要跟她討教房中術！她在床上是怎麼伺候冷狃的？才讓冷狃接連大半個月都留宿幽篁館！

蘇襄還眞是尷尬，她和冷狃好像自然就火熱纏綿起來了。況且以色侍君，終不久長！但她無法跟她說，這只會讓舞優誤會她故作清高！或故留一手！她只好在腦子裡極力搜尋，電影三級片、色情刊物裡有哪些招式、體位之類……講到最後，腸思枯竭……蘇襄自己口乾舌燥，舞優紅霞滿面！終於……色情教學告一段落！蘇襄要回去了，並要舞優留步。舞優堅持要送，兩人說笑著，來到近門處——有棵三人合抱的老榕樹聳立，枝葉茂盛、垂條密布，直入雲霄！不細看還沒見到老榕樹幹半橫臥在一井口上！看來早已枯竭廢棄……

蘇襄瞧著：「舞王妃，這老榕枝葉太密了，不見天日。妳不嫌太暗沉了？找祿管家將它鏟一鏟……」

舞優拉著蘇襄。「別……我住這時就有這老樹，我去請益過護國寺大師。他說這榕和那口井有靈性，可不能動，否則大禍臨頭。我從來都避得遠遠的！走吧！」

可是井口旁落葉堆積，井口卻無塵土？蘇襄尚未細想，就被舞優拉走了！

芳霏館外，蘇襄正要往消遙居去，恰巧看見夜曇迎面而來，左右是寧嬤嬤和丫頭爭芽攙著，端的就是正妃的架子！既然照面了，她不得不上前問安。舞優動作倒快，奔上前親熱地喊著：「今個兒天氣好，曇姊姊也出來轉悠！我才剛和襄妹妹喝茶，還叨念著咱三姊妹從沒一起喝茶敘敘呢！我們……」

「我不是出來轉悠。是王爺找我到書齋！我其實也不得閒！」夜曇白皙的臉龐沒有表情。一句話堵得舞優面紅耳赤、張著口，不知該怎麼接！

「咦……曇王妃也愛看書！我家小姐也愛看書呢！」紅蓼見著爭芽另一隻手抱著四本書——《聿乂見聞錄》、《機關巧製》、《建築誌》與《疆域圖說》。這幾本我們小姐才看過……」興奮地插了句。

言者無心，但聽者有意。夜曇臉色一沉，像被嘲諷她拾人牙慧……

「放肆！」爭芽不由分說，快步走了過來，「啪——」一巴掌甩到紅蓼臉上！「王妃們說話，有妳這奴婢插嘴的份嗎？」

紅蓼重心不穩，晃了晃。臉立即浮起五道指痕。綠波想扶，卻不敢。大戶人家都有奇怪的性情，下人越被同情，上面的人越不解氣，就罰得更重！紅蓼嘴癟了癟，想哭……一時不敢動。她跟慣了蘇襄，蘇襄沒架子，她和蘇襄講話都是有來有往，從沒有想過有這規矩！空氣好像一下被抽掉了，只剩下風聲，翻起落葉、沙沙作響！

蘇襄轉頭淡淡地對紅蓼說：「紅蓼，妳太沒規矩了！還要爭芽教妳！是該長點記性，還不跟曇王妃謝罪？」

「曇王妃，我該死。不該不該冒犯王妃！」紅蔘跪了下來，咬著唇，眼眶泛淚……

夜曇垂下眼：「罷了！往後記得自重！」爭芽一付看好戲的表情！

「既然曇王妃原諒了，妳起來吧！換妳好好看著，記住！」

蘇襄迅雷不及掩耳，反手一揮，一聲脆響，同樣一巴掌甩到爭芽臉上，只是力道更大。爭芽站不住，直接趴在地上！她臉上血痕，紅中帶紫，比紅蔘有過之而無不及……大出所有人意料，在場眾人圓睜著眼，都傻住了！

「賤婢，國有國法、家有家規，妳和紅蔘輩分一樣——都是婢。她犯了錯，憑甚麼由妳來打她？要打要罰也是我的事！妳好大膽子，竟僭越本分！」蘇襄的話像冰珠子，又刺又寒。

寧嬤嬤過去扶爭芽，眼中噴火，怒瞪著蘇襄……

「怎麼了？寧嬤嬤，妳不服嗎？下人沒規矩，一定是上梁不正！可是曇王妃有爲有守、自尊自重，怎可能御下不嚴呢！爭芽是妳調教的，所以……其咎在你囉！」說完，蘇襄舉手又要揮去，寧嬤嬤反射性抓住了蘇襄的手腕。她已是六十餘老媼，可她步履輕盈、行動敏捷、手勁特強；手掌指節突出，盡是厚繭，分明是練家子的手掌！

「唉呦！疼死我……」蘇襄扯著喉嚨，呼叫的用力，就算失火，大概她也沒喊這麼響，相信一里外都能聽見！

寧嬤嬤一驚，不妙，她抓的是側王妃的手！於是立馬鬆手……但蘇襄手腕已印上一圈紅痕！

蘇襄一邊揉著手腕，冷笑著：「寧嬤嬤，妳的手勁可真大！大到可以拎起一個人去撞檀木角了吧？」

寧嬤嬤眼神閃爍，「老身不敢。襄王妃請見諒……」

「妳有啥不敢的？」趁她鬆懈，蘇襄又一巴掌。寧嬤嬤這次倒不敢閃了，所以打的結結實實……同樣紅中帶紫！

「蘇襄，妳過分了！」夜曇的高冷和無動於衷第一次有了波動，她的胸腔起伏，幾乎是咬著牙說話。

「曇王妃，我知道。我說過，國有國法、家有家規。妳的下人犯事，該由妳處置。是我僭越了！我們位分一樣，王爺可以處罰我，要不我們去找王爺？」

蘇襄抬起臉，直視著夜曇，不畏不懼。

風聲、葉落聲、竊竊私語聲……周遭早有僕役在探頭，現在更多了。

夜曇輕吁了口氣，像電腦不明原因當機，瞬間又恢復運作。她回復了高冷無垢的狀態！畢竟先挑事的是爭芽，冷豼雖不太管事，但他也有禁忌——禁止欺凌下人。這點她無法占上風……

「襄王妃嚴重了！奴婢不懂事，是需要教訓……」

「我就知道曇王妃明白事理、寬宏大量！」蘇襄對著夜曇福了福：「幽篁館的廚娘才採買了些紅柿，本想著和大夥分享，送些給曇妃嚐嚐。不過柿子大家都愛挑軟的吃，曇妃看來也不例外。可我不一樣，喜歡硬的，也只買了硬的。只好跟曇王妃告罪一聲，就不送過去采香館，我怕妳—吃—不—下！」

「舞王妃，得空咱再茶敘一番。蘇襄先告退了。」說完，蘇襄也不等反應，就模仿宮廷嬪妃，一搖三晃，往自己院落走。她正式宣戰了！至於背上三雙眼睛，死死地盯著她，光用感應的，也知道充滿怨恨與陰狠！她不介意，既然宣戰，就不會畏戰！

有些道理，千百年不變：人善，善而迂，會被人欺；馬善，善而弱，會被人騎。

紅蓼、綠波默默跟著，跟著跟著，蘇襄就聽見紅蓼壓抑的飲泣聲。回到幽篁館，一室溫暖的燭火。紅蓼一放鬆，撲通就跪了下來，淚珠滾滾而下：「小姐，對不住，給妳惹麻煩。」綠波也跪下，「小姐，紅蓼性子直純，妳別罰紅蓼。」

蘇襄嘆口氣道：「妳們兩個都起來。」綠波紅蓼不動。

「再不起來我可真要惱了！」

紅蓼臉上又是眼淚又是鼻涕，怯怯看了蘇襄一眼，好像跟往常沒兩樣，仍是一臉平靜！這才站起身，順便拉綠波起來。

「紅蓼，妳沒惹麻煩。是采香館有意要示威，她們不是要妳好看，是要我好看！如果她們只是罵罵人、端個架子也就算了；可是她們竟敢動手，那就太小看我了！妳們是我幽篁館的人，是我的妹妹！妹妹受了莫名氣，做姊姊的不出頭，誰出頭？所以別哭了。妳挨了一掌，我替妳加倍奉還了！」

紅蓼本來只是啜泣，一聽之下，嚎啕大哭，帕子都擦到皺了！「小姐，我有姐姐……綠波，我們有姐姐了！姐姐待我那麼好，我以後一定好好侍奉姐姐、聽姐姐的，好好識字、好好泡茶、好好鋪床、好好燒柴……」說到最後紅蓼自己都不知道在說甚麼！

綠波則是說不出話……

「行了，愛哭鬼。從今個起，記著一件事：謹言慎行。」

綠波、紅蓼重重的點頭。以往她們只負責打雜，跟了蘇襄後，見識了英太后、楚嬷嬷；領教過四王爺冷鰲；對陣過夜曇、寧嬷嬷；虛虛實實、眞眞假假！日子完全不一樣了。窗外夜風習習，一陣一陣，一樣地虛虛實實！

蘇襄正在小院裡搗鼓三隻壺，自她又從冷毤書案上取了本《工藝玄機》，讀完後足足弄了二個月，弄壞了不下五十隻，終於有三隻毛胚完成了！就等高溫窯燒。按機率，可能只有一隻能燒成功，她想就命名爲自作壺吧！

前一日，包夫人差人來請蘇襄，說要幫兒子包居安辦個生日宴。蘇襄想起那個眉清目秀的孩子，爽快的應了。看時辰差不多了，她火速整理完，便帶著綠波出門。紅蓼癸水來，疼到不行，沒法跟著。

經過采香館，四下無人。她問綠波：「有聽說曇王妃上哪兒了嗎？」

「和王爺去祭拜常德將軍了！」

她正躊躇要不要進去……

向福正在前院打掃，見到蘇襄，垂手道：「襄王妃，曇王妃吩咐我知會一聲，讓妳將東西放廳上即可。」

「我知道了，謝謝福管家。」夜曇就是夜曇，人不在還是要顯擺！明明出了門，還是要她今日歸還棋譜！套句現代話，勝負欲還真重！

搖搖頭。蘇襄進了屋，將棋譜擱在花廳桌上。夜曇曾戴過的珍珠扇貝赤金耳墜，就隨意的扔在桌上……

未作停留，她便帶著綠波趕到悅來錢莊。包夫人就在門邊候著……一見她便迎了上來。

「襄兒，可想死姊姊我。這四王爺有沒爲難妳呀？」

「我也念著大姊呢！妳別爲我操心。我沒去爲難鰲王爺就不錯了！對了，安兒呢？我準備了一份禮……」

「這兒人多口雜，咱們進去說……」

蘇襄跟著包夫人，穿堂過室，到了最裡間的廂房，環境安靜、舒適，不受打擾。裡頭的人聽見她們的步伐聲，門——吱呀，一聲開了。蘇襄環視室內一眼，轉頭告訴綠波：「這沒事。妳去外頭休憩，一個半時辰後回來。」

綠波腳步聲遠去，蘇襄才入內。

果然，屋內備有午宴，菜色豐富，但絕非生日宴！因為只有包夫人、她、和一名女子！她忖道：必有些不可為外人道之事，故而支開綠波。

女子一見她，雙膝下跪，行了一個大禮。「民女徽徽見過襄王妃，謝王妃二次救命之恩！」

蘇襄拉起她，仔細端詳。這女子身形窈窕，臉蛋雖不特別、但楚楚動人，頗有書卷氣……她完全不識得！

「姑娘言重了，這救命之恩從何說起？」

包夫人拉著二人，「先坐下吧，邊吃邊談。」

三人分賓主就座。包夫人嘆口氣說：「徽徽是個苦命女。那日襄兒搭救的安兒，其實是徽徽的孩子！徽徽，由妳來說吧。」

在蘇襄的詫異中，徽徽娓娓道來……

「襄王妃，我本名宋思書。先父宋子瀾，先帝任為兵部尚書。時皇太子焱王爺帶兵出戰，先父負責軍備增援、糧草補給。某日三王爺派人與先父關室密談，後來不歡而散！原來來人要先父不援軍、不補糧、不理會！先父一身風骨，斷然拒絕！不料隔日，我尙書府竟遭滅門！他們——他們在水中下鴆毒！全府七、八十口，包含我的夫君，無人倖免！他們七孔流血、死狀悽慘。只留下我及幼妹！因當日幼妹纏著我帶她去看水燈，瞧熱鬧，才逃過一劫！」

黴黴說著，不斷哽咽。蘇襄惻然，數度遞了絹帕……

「我及幼妹回府時，還有數十名黑衣蒙面男子正裡裡外外的搜索。我猜他們在找我們。我當時已懷有身孕，帶著幼妹東躲西藏，不敢回去！數日後竟傳出先父暴斃之說，卻無人知悉尙書府滅門之事！

原來，冷鰲府的人將屍體棄置。又假扮成尙書府我家人、僕役管家，然後替我爹祕密發喪！當時朝堂上風聲鶴唳，二股勢力對峙，無人有暇顧及尙書府出了冤案，可憐他們曝屍荒野……及至新任尙書受印，府邸前車水馬龍……我們宋家從此再無人聞問！」黴黴拭去眼角的淚。

「慘、慘、慘絕人寰！」

「我本想一死了之，但腹中胎兒及幼妹讓我明白，我得活下去，他們才能活下去！我要復仇，我要冷鰲嚐嚐人爲刀俎、我爲魚肉的滋味！幸而，天見可憐，我遇見包夫人。她施以援手，在鄉下僻靜處，找了個地方讓我們安身！可是孩子跟著我，風險太高，包夫人又想要個孩子……於是我們商議，由包夫人詐孕，再謊稱她歲數已高，只相信自己娘家的產婆，所以都由她照料，自然這產婆也是自己人！待安兒出世三日，便抱至包夫人處移花接木，謊稱包夫人生了，再由包夫人撫養……」

「的確是天衣無縫。但宋姑娘在此出現，不怕被三王爺府的人瞧見嗎？」

徽徽露出確定的表情。「襄王妃，妳不到風月場所，所以妳不知……我早被人瞧見了！」

包夫人道：「她是憐君閣花魁——徽徽姑娘。整個縣城想一親芳澤、爲她一擲千金的可多，見著她的人當然也不少！」

「原來如此。蘇襄想起那日安兒被擄，問到：「在玫瑰花窗裡的就是宋姑娘吧？」

「是。包夫人知道我念著安兒，得空就會帶他出來戲耍一番。我站窗邊就能看見他！是我這個當親娘的無能，才讓他遭禍。」徽徽表情混著思念、不捨、自責與母愛。

「所以，我要謝謝王妃，那日若不是襄王妃仗義出手，安兒進了冷鰲府，就算日後能出來，怕是人不人、鬼不鬼的樣子了！」

「宋姑娘，妳別掛懷。可是冷鰲府裡養著的人可不少，萬一……」

徽徽讀出了蘇襄的顧慮。「我已改名易容。包夫人請了位醫術高明的郎中，整治了我和我幼妹的臉，我們現在的模樣和過往迥然不同了！」再聽徽徽細說後，蘇襄才知她動了眼皮、隆鼻、縮下巴、豐頰手術，只是她是把雙眼皮縫成丹鳳眼！

古時的消毒、痲藥、開刀技術都不發達，宋思書姊妹必然受了很大的苦，九死一生！

「宋思書已死，日後襄王妃就叫我徽徽吧。冷鰲和他府裡的也都見過我了，冷鰲也是我的入幕之賓！他們沒絲毫懷疑！」

徽徽接著道：「冷鰲殘忍浮誇、驕奢淫逸，知道有花魁女子，豈能放過！明著他來過憐君閣幾次，只要他來，憐君閣就得歇業，所有姑娘一起伺候他；暗裡，吩咐四人轎子將我抬進府，黎明再送我出來。」

徽徽雖然說的不帶感傷，可蘇襄卻能感受到她的屈辱！面對著滅門仇人，她還得屈意承歡，陪著賣笑，任他糟蹋自己的身子……若不是有強大意念支撐著，她如何能這般忍辱負重！

蘇襄心裡難受，不知如何安慰。沒經歷過的人無法理解，有些痛，只能用血還！她握著她的手說：「徽徽姑娘，妳委屈了！」

她笑著答，只是笑中帶淚：「不委屈，只要能還我宋家公道，就一點都不委屈！我接近冷鰲，自然有所圖。包夫人說襄王妃已非彼時人，應有所圖，但絕非小我小利。我不認得彼時的襄王妃，也不知襄王妃圖的是甚麼？更不求襄王妃告知！只是，我今日坦誠相見，若王妃與我所圖有重疊之處，那麼徽徽願爲股肱，效犬馬之勞！」

蘇襄凝視著徽徽：「何以見得我已非彼時人？也許我只是突發奇想……順便救了安兒！」

徽徽又笑了：「襄王妃可還記得皇太后福壽宮的宮女小桃嗎？」

蘇襄略略一想，就想起來了。

「她就是舍妹。我透過些關係，讓她進了宮當差，探聽消息。不想剛進宮就面臨凶險！若非王妃，恐怕……宋府恐又多賠葬了一條命！而王妃與小桃素昧平生，王妃無所爲而爲，確有好生之德。」

蘇襄這才瞭然，徽徽所說的二次大恩！

「徽徽姑娘，皇宮波濤詭譎，小桃隨時可能喪命，妳想清楚了嗎？」

「襄王妃，我與小桃早已置於死地而後生！只求人仇可以得報。若我們皆命喪黃泉，也是命該如此！至少宋家還有安兒……」

蘇襄無法攔她。如同她自己，宋思書知道她要甚麼、得犧牲甚麼！換作是她，她也會做同樣決定！

「徽徽姑娘打算怎麼做呢？」蘇襄問。

「我還沒個盤算。」徽徽有點苦惱。

一陣沉默後，蘇襄不斷在大腦的檔案裡搜索。驀然，靈光一閃……

「徽徽姑娘，妳知道冷鰲身上有何特徵嗎？」

她想了會兒，「有。他身上有五顆明顯黑痣。」

蘇襄點頭。再問：「徽徽姑娘，有個問題可能會冒犯妳！」

「襄王妃，我已歷經羞辱生死、家破人亡……有甚麼問題不能答的！」

「好。那麼冷鰲要妳侍寢時，可盡興？」

徽徽有些意外，不知床第之事會有何相關？仍道：「青樓女子的本事就是要男人盡興。但是有時一天有七、八位要伺候！所以，我們都會備上催情藥！只是催情藥有色有味，很容易被發現！只能在喝個七分醉時，摻入酒中或菜餚熱湯裡！冷鰲的酒肴飯菜都是王爺府備好的，他在縱慾後，二名貼身侍衛立刻就會進屋，嚴加護衛！襄王妃若是打算在他逞慾後殺之，或在酒菜中下藥、下毒，都沒可能！我已想過千萬次了！」

蘇襄有些困惑！爲何史載：冷鰲縱慾傷身，時有錯亂呢！她仍在納悶時……

徽徽道：「除非，找到一味催情劑，無色無味。交合時抹在他命根子上。劑量重時，會讓人神志不明、胡言亂語！可是這東西難找！五年才開一次花，每次花期才三星期，錯過了，得再等五年！完全可遇不可求！叫——神仙涎！」

「神仙涎……」

蘇襄差點以爲自己聽錯了！神仙涎！山窮水盡疑無路，柳暗花明又一村！

她要包夫人幫她找樣物事。然後她與徽徽頭挨著頭，商議了起來……

綠波來接她。主僕出了悅來錢莊，蘇襄只覺通體舒暢。看見綠波盡往一賣珠翠、飾品的鋪位瞧，戀戀不捨、欲走還留，便領著她往那鋪子逛去……

一大清早，屋外艷陽高掛，翠竹掩映，綠葉婆娑，叫人心情大好！

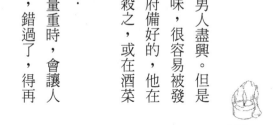

可是，還沒開始享受這份幽閒，向喜來報：「王爺請襄王妃立刻到大廳，有事相議。」

「到大廳？現在？甚麼事？為啥這麼急？」紅蔘問。

向喜不答。只向蘇襄躬身：「王妃，請。」

到大廳？這麼趕！蘇襄直覺知道必有變故！她瞧了瞧，滿園綠意。昨個兒才順順利利！古人說：禍兮福所倚，福兮禍所繫。果然有智慧！

向喜在前帶路，神色肅穆。綠波、紅蔘跟著蘇襄。紅蔘憋不住，直問：「喜管家，王爺沒說是甚麼事嗎？為什麼要王妃到大廳呀？要吃、要喝、要下棋、要寫字？總有個譜吧！我說，喜管家，你倒是說句話呀！」

向喜不語，趕得更急了！

「紅蔘，別逼喜管家了！能說的他自然會說，不便說的，又何必為難他！」

「謝王妃體諒。」向喜回頭道謝。

接著一路無語，來到逍遙居大廳。廳上主座紅木椅，冷狁、夜曇分坐二側，後方是寧嬤嬤、爭芽；驚鴻罕見地也在！下首是舞優、彩丹，一坐一站；另一邊，向康、向福、向喜、向祿，都齊了！正確來說，府裡頭主要成員都出席了！滿室鴉雀無聲，全盯著蘇襄！紅蔘有點發抖，就像三堂會審。她問綠波：「出甚麼事了？」

綠波默默搖搖頭。

蘇襄環顧一圈，欠了欠身子，平靜地問：「王爺，好像沒臣妾的位置呢！」

寧嬷嬷動作倒快，出言酸了句：「襄王妃脾性果然非常人。待罪之身還敢要求賜坐！這可沒王妃坐的地方。」

蘇襄不冷不熱回道：「寧嬷嬷記性也非常人！才挨了一耳刮子，就忘了爲什麼！這可沒有妳說話的地方！」寧嬷嬷耳根一熱，又恨又窘，低頭不語。她仗著夜曇，跋扈慣了！還真忘了再怎麼輪，也輪不到她說話！

向喜隨即挪了張太師椅過來，蘇襄老實不客氣落了座。也不顧廳上所有人都在瞧她，她順了順衣裙，才慢條斯理，體體面面地問道：「有人說我是待罪之身，我不明白，我何罪之有？其次，就算有人指控，事情還未水落石出，就認定我有罪，這叫未審先判，也有失公允！王爺認爲呢？」冷狁未發一語，一臉莫測高深。

向康恭謹地代爲回話，「襄王妃，有椿事的確還未查清楚，因爲和王妃有關，所以才請王妃移步到此，想聽聽王妃怎麼看……」

蘇襄答：「願聞其詳……」

「是這樣的。昨日，曇王妃與王爺至五丈原祭拜常德將軍。出門前曇王妃最珍愛的一付珍珠扇貝金耳墜，就擱在花廳桌上。晚上回府後，發現耳墜已被調了包！贗品雖像，但與皇家等級相去甚遠！而這付金耳墜，昨日晌午在市井攤位上流出！金翅耳墜乃已故仁太后贈予王爺，王爺賜與曇王妃之物。皇家至尊至貴之物在外兜售，辱衊先太后及皇室，這可是殺頭的大罪！很不巧，昨個兒只有襄王妃進入采香館；又恰好……襄王妃昨個出了門，到市集上轉悠……」

蘇襄尋思了會：「昨個兒，我是去了采香館，是曇王妃想拿回棋譜，要我送過去的！我是見著了耳墜，可我沒碰。若說有人暗暗拿了出去，或是早就暗渡陳倉脫了手，碰巧昨個流了出去……也是有可能的！」

向康點點頭。「這倒是。不過昨個兒，曇王妃、寧嬤嬤、爭芽都跟著王爺出府去了，應該是沒有時間溜到市集再趕回去！」寧嬤嬤、爭芽面露勝算，似乎暗示著：早料到妳會這麼問，我們有不在場證明！

「另外，」向康繼續，「這攤鋪老掌櫃也說：昨個是二位年輕姑娘，一主一婢，到他的鋪位上，挑了支金不搖。走了沒多久，他就發現這付金翅耳墜。他料想是這姑娘們落下的，便擱在一旁。想這主婢若發現落掉了，就會回頭尋。卻沒想到，不久衙門就來人，說接到密報，他盜賣皇室珍藏！果然搜出這金翅耳墜！若說是早就被調包……」

「我知道康總管要問甚麼！」這巧的也太厲害！她剛好在采香館無人時去還棋譜、剛好去逛市集、剛好金翅耳墜在那出現……

「我的確和綠波去到個賣珠花胭脂鋪子，買了支金不搖也是實情，可這掌櫃如何肯定金翅耳墜是出自我身上？或者，這掌櫃若受人指使要構陷於我……」

「王妃所言極是！這掌櫃願意和王妃對質，他就在外頭候著。不曉得王妃願意……」

「我不做虧心事，不怕與他對質！」

「是。」向康朝外點個頭，立馬有小廝帶了個六旬多老者進來。

這老者一進來，就撲通跪地。一邊擺手，一邊狂喊：「王爺，我是冤旺的！王爺，我眞的是冤旺的！」他老臉皺紋滿布，涕泗縱橫，像暴雨後的溝渠！一轉眼，他看見蘇襄，如見救星，頻頻磕頭，「姑娘……不，王妃，妳救救老朽！昨個兒，才昨個兒，妳帶著個婢女，買了支金不搖。我還跟妳搭拉，我孫女兒在旁，妳還誇她敏慧！王妃，我沒半句虛假，我沒盜賣御賜耳墜呀！您幫我做個證呀！那耳墜是您倆走後落下的！我前一晚才盤點過，是不是我的貨，我一目瞭然的呀！還有……自打您走後，還沒下一位買倌，衙門的就找上來了！王妃，只有您可證明我的清白呀！求求您，我一家老的老、小的小……我們……我們是良民呀！」

老人說不下去，泣不成聲！

滿室沉寂……

蘇襄仔細端詳，這掌櫃的確不知情！他的護犢、市井味、肢體動作，俱俱顯示他也是蒙在鼓裡的棋子！

當然，她可以硬說她不知情，畢竟她並沒有當面拿出贓物或放下贓物，也就是老掌櫃沒有目擊她與贓物同時出現的畫面。但如此一來，老掌櫃一家必死無疑！不是老掌櫃一家死，在場的只剩綠波，就是綠波死！可是她蘇襄不是這種人！

老先生請起，蘇襄起身要扶起老掌櫃，他本來要起身了，想想不對，硬是跪著。「不不不……王妃，我不能入大牢，我進去就出不來了！求求您，我真的是冤枉……」

「老爹，」蘇襄打斷他的慌亂。「別怕，你可以回去了，安生過日子！此事與你無關！」

「當真？」這老爹有點矇，以爲自己聽錯了！

蘇襄挺直背脊，朗聲說：「事到如今，紙包不住火，我認了，是我幹的！我見曇王妃的金翅耳墜，心生妒忌，便狸貓換太子，以贗品替了真品。趁著出門逛鋪子，將它攪或在一堆珠花珠翠裡。我也不是沒想過扔了、或埋了，但王府人多，總有被看見或被發現的風險。反而是，珠翠鋪子賣的物事種類多，東西兜售來、兜售去，就會神不知鬼不覺地到天涯海角，曇王妃就算發現可能也過了一段時日，到時也難溯其源了！」

所有人皆未置一詞，只有眼神透露出些許訊息：或驚詫、或懷疑、或納悶！可能是從沒有個大禍臨頭的人，這般篤定自信、口條流暢，不等問，就解釋完了，深怕犯罪理由不合裡似！

蘇襄直直看著冷戠，道：「蘇襄讓王爺府蒙羞，願意領罰！」

然後她淡掃了一眼夜曇，她也正瞧著她，似乎在說：「好樣的！蘇襄，我沒錯看妳。」

冷戠神色複雜，難得的凝重。「襄妃，盜竊王妃財貨，侮蔑皇家御賜之物，其罪從輕者——褫奪王妃封號、貶爲奴僕；從重者——賜三尺白綾！」

「不，不行，不是的……」紅蔘彷彿無法再也不敢聽下去！她雙腳一跪，「王爺，不是王妃，是我……我偷的！王妃不會做這種事！昨日，我故意跟王妃說我癸水來了，不舒服，要留在幽篁館。我就是利用那時，偷跑出門，想典賣那付耳墜。不料看見王妃來了，我嚇得不知如何是好，就隨手將耳墜扔在攤位上，先走了。王爺，我領罰。您送我去刑部，怎麼罰我都成，跟小姐無關！是我，都是我！你們放了小姐……」紅蔘哭紅了眼，啞著嗓子。

寧嬤嬤又耐不住，「襄王妃主僕情深。紅蔘願意為襄王妃頂罪，真令人動容！不過……」她下一句還未出口，只見冷豼瞟了她一眼，那一眼煞氣盡露，暗藏兇芒！嚇得她六月天裡寒毛直豎，直覺也跪下了，「奴婢多嘴。」

夜曇也為之一顫，她沒看錯嗎？自她入府，冷豼不曾如此……過激！而且他還讓寧嬤嬤繼續跪著……他也從未曾如此對待下人，特別是高齡僕役！驚鴻也注意到了，他略略心驚。他跟著冷豼不算短的時日，冷豼於他，亦主、亦兄、亦友……他遇事總是鎮定自若，冷靜自持，罕見情緒，如同磐石，堅不可摧！如今，是甚麼讓這磐石鬆動了？

「紅蔘，昨個兒，妳身子不適，我才會只帶著綠波出門。我擔心妳要喝碗湯、喝口水都沒法子，所以便讓鶯聲照看著。晚上我問過她，她說妳躺了整天，但已經好多了！怎麼，還要王爺勞師動眾把鶯聲找來嗎？我做的事，我自己擔待，不用妳來頂。妳的心意，我領了，別再攪和了！」

「我不要……我不要。小姐……」紅蓼哭得喘不過氣。綠波垂著頭，左手指包覆著右手護甲，不言不語。

蘇襄不再理會紅蓼。繼續說：「王爺，最重的處置就是臣妾的一條命！不過，我想和王爺談個條件。王爺可願聽聽？」

眾人又是一次愕然！從沒聽說戴罪之人還能談條件！不都是磕頭、磕頭、再磕頭，求開恩饒命嗎？還眞是前無古人！眾人視線全望向冷玳。夜曇有些難安，但思及適才冷玳反應，又想維持自己的寬容，便一樣保持沉默。

「說。」冷玳言簡意賅。

「臣妾想以我的一條命，換三里窪全村一百口的命！」這次眾人的反應是混沌！不過焱王府的是一個模子刻出來，沒有喧嘩、沒有激動，只有不解與眼神的交換！

「怎麼說？」

「三日後子時，天降大雨，五日不絕，水深滅頂！若不事先安頓，百口人畜，逃無可逃，將盡成白骨！也許王爺認爲臣妾是緩兵之計，可是要臣妾的命也不差這三天！若三日後如我所言，百條人命因而得救，那就是上蒼有好生之德！請王爺讓臣妾將功折罪，既往不咎！若有一點和我所言不合，一條白綾，我自己了斷，絕不皺一下眉頭！」

靜……寂靜……死寂的靜！大夥想的都是同一回事：現下已過小暑，汛期已過。氣候愈來愈乾燥，只可能大旱，怎可能大水呢！

思過堂

蘇襄被幽禁在思過堂，就是一間斗室、三堵牆、一把椅、一個蒲團、一扇門！進來的人跪在蒲團上面壁思過，累了可坐在椅上小憩。早、午、晚膳由專職小廝送至門口。不許與人交談，不許有人探視，自然也無法得知外頭消息。

這是蘇襄的第三日了。晚膳已過，她只能大至推測現在約是亥時。外頭天象如何？有下雨的徵象嗎？她暗忖……

史料上載：聿乂朝辛卯年，小暑、大暑間，天有異象！突降豪雨，雨勢五日不絕……三里災……村……走避不及……人畜盡滅！一百餘口……

小暑、大暑間有十五日，此時已過小暑，再約三至五日即大暑。當日在大廳，她也是急中生智，想到這段……但仍有二天誤差！若是三日後才降雨？或史載有誤呢？

突然，她覺的心口像許多針在扎！自她穿越清醒後就有徵兆。剛開始只是小疼，她不太在意。接下來大約每半月就痛一次，每回疼痛加劇一些，而這會兒就像有隻鷹，用尖銳的喙，劃開撕裂她的胸膛，再一口一口的啄咬。那股疼，摧肝瀝膽、痛徹心肺……她的身子弓成蝦狀，豆大的汗濕透她的領椽，她用力咬著下唇，傾盡全身的意志力，忍耐這彷彿永無盡頭的折磨！

她想起老和尚曾說：逆天必須承受椎心之痛！是了，該來的總是要來的！

縱然摧肝瀝膽，痛徹心肺，她忍！

縱然周而復始，萬劫不復，她願！

縱然相逢不識，生死茫茫，她受！

她沒有後悔過……

她的意識慢慢模糊，疼痛似乎減輕了！她模糊地看到老和尚，看到冷玨、看到驚鴻、還有百髮蒼蒼陌生人、看到紅蓼、綠波……

「不，大師，我任務未了。您說過，我有一年半的！還沒到時候，我還不能走！」

「冷玨，你給紅蓼、綠波下個牒文，除了她們的奴籍，讓她們做個平民百姓，嫁個好人家！」

「冤冤相報、因果循環……」

「不能……」

「我不走，求求您，我得活著！」

蘇襄看到甚麼臉孔就說啥，沒個章法。她看見老和尚向她揮手，她急！急的不得了……然後，她一路沉……沉到一片黑鄉裡！

第五章、雲湧

第一最好不相見，如此便可不相戀。第二最好不相知，如此便可不相思。
第三最好不相伴，如此便可不相欠。第四最好不相惜，如此便可不相憶。
第五最好不相愛，如此便可不相棄。第六最好不相對，如此便可不相會。
第七最好不相誤，如此便可不相負。第八最好不相許，如此便可不相續。
第九最好不相依，如此便可不相偎。第十最好不相遇，如此便可不相聚。
但曾相見便相知，相見何如不見時。安得與君相訣絕，免教生死作相思。

倉央嘉措【愛情詩】

逍遙居書房

冷狁注視著窗外大雨，傾盆而下，彷若海水倒灌，已連續三日！遠方雷聲隱隱作鳴，看來雨勢不會停！這雨也和他的心一樣，翻江倒海……

整椿竊案最可疑的莫過於綠波！可他瞧得出蘇襄要保她，不惜搭上自己的命！但是，只要她說點別的，他是王爺，自然可以找到保她命的法子！偏偏她似乎不想讓他爲難，硬是把話說絕了。她的神情不像百分百有自信，比較像豁出去了！聿乂王朝，未出現炎炎暑日大雨之天候，她是憑哪一點賭這把的？這女子眞是……眞是叫人揪心！

雖說聽完蘇襄所言後，他先做了準備，私心卻相信應該是用不上了！他絞盡腦汁在想著的是：接下來若沒降雨，他要如何把這死結解開？他自己從沒細究爲什麼他這麼在意蘇襄的安危？或者說爲什麼他這麼害怕蘇襄會死？

第一、第二天無風無雲，第三天仍是無雲無雨。自酉時，戌時，到亥時，他不自覺的在書齋裡踱著方步……驚鴻則默數著冷豼踱了幾步！等數到亂了，再重新數！

焱王府上上下下的人，有秩序地在做自己的活。但不經意總要抬頭看看天色，盯著一陣子才罷休！午夜，子時一到，還沒跡象！冷豼打定主意，蘇襄得活著！縱然他還找不到能讓她活著的理由！

子時一刻，驀地！平地一響巨雷，轟地天地震動！豆大的雨點，一顆、十顆、顆、萬顆……乒乒乓乓直落了下，形成瀑布似雨幕！外頭僕役們，嘈嘈嚷嚷的喊：「下了！下了！眞的下了！」預言成眞讓他們興奮，襄王妃不用死了，讓他們鬆了口氣。冷豼只覺胸口呼吸順暢起來，連空氣吸著都香！

他正想喚人去思過堂放蘇襄出來，向喜匆匆來報：「王爺，襄王妃昏厥在地！」

蘇襄臉色慘白，整頭整臉全汗濕了；她全身弓著，無法伸直，似乎連呼吸都疼！冷豼就她的姿勢，將她抱回幽篁館，找來吳不醫……

吳不醫診了脈，眉頭深鎖，說：「襄王妃脈象極弱，幾乎把不到脈，照說……照說，沒呼吸的人才把不到脈！可襄王妃呼吸急促紊亂，互相矛盾，實屬罕見！老夫膚淺，行醫數十年，尚找不出病灶……王爺……見諒。」

「找不出病灶！找不出病灶！」這句話一直在他耳畔嗡嗡作響，冷豼久久未回應。

吳不醫覷了一眼，感覺不出冷豼的表情有何異動。但他彷彿感覺的到頭皮有點冷，他心裡有點打鼓！「我先配好幾副止疼、行經、補氣藥方，再親自抓上好藥材，看這兩天王妃是否可舒坦些……」

蘇襄意識不清，有人接近，她就亂七八糟的說著話。紅蓼見到蘇襄的模樣，一下就哭了，「不是好端端進去的嗎？怎麼會這樣？」

待聽到蘇襄說的話，二丫頭哭得更慘了！

冷豼緊擁著蘇襄，抿著唇，感到憤怒！有人說王爺抿著唇時，連閻羅王都要忌憚三分。

「王爺，襄王妃好似舒緩些了……」是吳不醫心驚膽戰又有點討好的聲音。

蘇襄原本弓著的身子慢慢伸展了些！冷豼這才發現他的肌肉也一直處在緊繃僵硬的狀態。

他爲什麼那麼憤怒？那麼激動？那麼牽腸掛肚？他不願意承認，可是他有答案了——他想聽她說話、他想聽她唱歌、他想陪她喝茶、他想夜夜枕在她身側……

甩甩頭，他叫吳不醫留在幽篁館照顧蘇襄，他則回到逍遙居主廳。向康、驚鴻接獲命令已外出動員。而他的心分成二半，一半繫在蘇襄處，一半則指揮三里窪救災。

逍遙居

腳步聲近，驚鴻披著蓑衣，仍渾身濕個通透！

「進來說話。」驚鴻足靴留下大灘水漬。

「都已照王爺吩咐，六板坡立了雨帳，可容二十戶；護國寺可容十戶；事先說好的幾處地方客棧，加起來可容二十戶；其他廟宇亦可容十五戶。糧食、用水、衣物都已造冊逐戶發放；膳宿所需銀兩都已由康總管支付了；牲口也趕至高處。到目前爲止，歿者三位，皆爲高齡老者——其中一個是受了驚嚇，二個是痼疾。失蹤者二個；流失的家禽約三十餘隻。全村幾乎沒有損傷，可說是全身而退！百姓們感恩載德……

「吳縣呈怎麼說？」

「如王爺所料，吳縣呈那人，能躺著，就不坐著；能坐著，就不站著；推拖拉擋，完全不管事，也不想管……更不信節氣近大暑，會降驟雨！驚鴻告知所需物事、人力、糧餉、處所，都準備妥當，他只消同意這些安排即可，他不用費一點心思，反正他也沒損失！若豪雨成眞，百姓們會感激他這地方官，何樂不爲！這才讓他眉開眼笑……」

冷貔仰頭，天色墨黑、烏雲層層、驚雷處處，這雨暫且不會停歇。「吳縣呈必然追問我如何能預知天象……」

「沒錯。我照王爺指示說：焱王爺夜夢海龍王，龍王爺示警，要王爺積德行善、布施念佛、消彌業障，並且不得洩漏！海龍王還指示焱王爺，務必將此事交託給能未雨綢繆、有勇有謀、厚德載物的父母官！王爺立馬就想到吳縣呈……那會兒，他笑的像廟裡頭的木魚，合不攏嘴。

「提點他了嗎？他是隻官倉裡的大老鼠，肥吃肥喝。沒提個醒，八方吹不動！」

「驚鴻記得。拐了彎暗示他別忘了三王爺，天子腳下，就三王爺最大，把功勞給三王爺，還怕三王爺不提攜他！」

「做的好！」

「可是，王爺，我們出銀出力、救人民於水火。外人不知無所謂，但何必把功勞做給不仁不義的鰲王爺？」

「你不了解冷鰲。他一向好大喜功，現在更是孫猴子上天宮，得意忘形！所以他才敢穿上龍繡蟒衣、乘十六人大轎招搖過市！如果加上治水患有功，他就更加躊躇滿志了！可是別忘了，功高震主！冷虎怎堪讓冷鰲在戲台上當主角？放心，他也只剩少許日子可以趾高氣昂了。順便，散布首歌謠出去……」

驚鴻一聽歌意，道：「驚鴻明白了。」

「還有椿事……水澇後，疫病易蔓延。請吳不醫開方子，讓向康到各藥鋪抓些防感染、強身補氣的藥。別全集中在老古處，引人側目！多抓幾帖，一樣挨戶發放！」

「是。」驚鴻調頭欲走，和迎面而來的吳不醫差點撞個正著！

吳不醫一樣滿頭臉雨水，沿庭院大廳喊進來：「王爺，王爺，襄王妃醒了！襄……」

他話還沒說完，冷狃一個閃身，便消失在往幽篁館的方向！

「唉，這……王爺，我不就來告訴你個詳細，你怎麼就走了！這，我……唉……我又得折過去！有這麼個急法嗎？」這……吳不醫看看翻江倒海似的雨，嘆口氣，只好又一頭扎進雨水裡……

幽篁館

蘇襄醒來發現她躺在自個兒的床上，外頭淅瀝嘩啦的雨聲，不聽見也難！她問了紅蓼，她預言的第三天子時一刻，雷電交加，瞬間就降下大雨，如千軍萬馬！至今已三日，沒個消停……

所以，史載是屬實的！她撿回了一條命，而她也昏迷了將近三天！

外廳有壓低的話語聲，接著寢居的門緩緩地被推開，燭光搖曳，冷玨輕手輕腳的走進來，慢慢坐在她床緣。

蘇襄望著他偉岸的身軀，怎麼覺得……他瘦了不少！紅蔘說：「王爺天天來，見她比較不疼了，眉頭就鬆一分；見她沒醒，眉頭就鎖十分！」他鬍髭未刮，髮上還有雨珠兒，有些狼狽……

冷玨盯著蘇襄好一會兒，輕聲說道：「氣色還好，只是看起來有些乏……怎麼不說話？平時伶牙俐齒的！」

蘇襄沒回嘴，只伸出手，撫著冷玨的臉龐：「王爺近日爲了三里窪百姓，一定忙壞了！你憔悴不少……」

冷玨感到她雙手的冰涼，都七月天了！他用被褥裹著她，攬在懷裡，「冷嗎？」

蘇襄笑著道：「王爺，我不冷，但我快燜死了！」

冷玨將被褥鬆開些，仍環抱著她。「紅蔘說你用過膳了，但吃的太少！明個兒至少吃兩大缽；累了就別下床走動。吳大夫開了藥，照著吃，紅蔘會盯著！有事讓向喜……」蘇襄用手按住他的嘴。「王爺，歇歇……你抱著我就好！抱著就好！我想聽你的心跳聲……」

冷玨摟著蘇襄，讓她靠著自己。蘇襄數著冷玨的心跳，一、二……有力的、穩定的……她覺得安全、幸福……九……十三……也許此生就只有這一回，就這麼一會兒！但有這麼一會兒，就足了，就夠了……十八……二十九……

這一覺她睡得又香又甜！

翌日，蘇襄醒時，襟被上仍有餘溫，可見冷玳剛走不久！她下了床，身子不疼、不痛也無異狀。她想著：這椎心之痛，應該是來得急，發病時痛不欲生，走時也乾脆！只是隨著時日，痛的時間愈來愈久，昏睡的時間愈來愈長……直到她……不再醒來！

信步至外廳上，紅蓼一見她，激動地上來抱住她，「小姐，妳都好了嗎？昨晚我就想守著妳，可王爺不讓，還不准我吵妳。我擔心的要命，我怕！妳不知道王爺從思過堂把妳抱回來時，我以爲妳死了！回不來了！昨個兒妳醒了，我怕是不是我看花了！」蘇襄看著紅蓼，心裡感動，嘴裡說著：「行了，又哭又笑，不害臊！我好好地，沒事了！妳趕快替我熬碗粥，我餓了……」

「是，是……」紅蓼抹眼淚、抹鼻涕。「我趕緊去。還有，吃了粥，接著得服老古大夫開的藥方。趕緊地……」她一路叨叨絮絮出了大廳。

廳內只剩綠波。蘇襄正想翻弄本書，也是她從冷玳書房借出來的，叫機關賞鑑。說是機關，其實還有介紹兵器、刀、劍、斧、戟、槍、鎚……不勝枚舉！

「爲什麼？」

綠波充滿情緒聲音在她腦後響起，她直勾勾的看著蘇襄。

蘇襄平靜地回望她，沒回答。現在的她不是女婢，是個想知道答案的債主！

「妳知道是我，爲什麼不說？」

「要說甚麼呢？我只是順著天意走。以我所知的妳，既然希望我身首異處，一定有妳的理由……」

「不是。不是。我希望死的是蘇襄，不是妳，妳不是蘇襄！蘇襄不會替下人出氣、槓上其她王妃；蘇襄不會爲不相干孩童冒死頂撞四王爺；蘇襄不會爲下人過生辰、送她護甲；她更不會自己都要死了，還記著還下人自由！她不會……不會！」綠波憤怒地嚷著，徹底崩潰、歇斯底里……

「當日在大廳上，我就知道是妳。最後在采香館看到耳墜的人，只有妳和我；要老掌櫃親眼見著我的臉、把我引到鋪子上的，是妳！當然掌櫃的也可能是共犯，故意栽贓。後來我見了他，便知他也是無辜的！問題是：妳要如何神鬼不知當著我的面取走耳墜，再混入一堆飾品中呢？我尋思了一下，護甲！珍珠扇貝金翅耳墜，珍貴之處是扇貝可折合，如扇一般可開可收。御用工匠才有此手藝。妳將扇貝收折好，剛好可藏在妳的護甲裡！

這套謀劃天衣無縫，唯一的破綻是：若我抵死不承認，會有二人受株連：一是鋪子掌櫃，二是妳。而夜曇抓住了我的軟肋，她算準我不會任不相干的人枉死！就這點而言，她的確是贏了！」

綠波無語……默認了。

「我納悶的是：我雖不是個多出色的主子，至少，待妳與紅蔘也算上心。那為何妳會如此怨恨我？思過堂那三日，我可沒在悔過！我是在琢磨！終於讓我琢磨出來了……」她看著綠波戴著護甲的手，說道：「是我，對吧！妳的手……是我砍的……」

像一針扎在鼓脹的氣球上，綠波瞬間炸了開來：「是妳，沒錯，就是妳！只因一小匙熱湯，汙了一雙繡鞋，妳就砍了我的手指！我變成殘疾之人！妳逐我出門，我差點因血流過多而亡！我遭受欺凌，只能乞討，與狗爭食！我的命如此輕賤，妳知道我有多恨嗎？直到紅蔘說：妳要找個丫頭，還說妳忘了許多以前的事。我就想著，姑且一試……就算妳認出我，也無妨。我爛命一條，死了還比活著強！妳的確不認得我，可是妳不一樣了……我好恨，妳為什麼要對我好？為什麼不再凌虐我？這樣我就可以心安理得了的殺妳了呀！」

綠波哭著說完，再說著哭完……

蘇襄心疼又歉疚，不過就是個心善的孩子，想殺人卻又心慈！「綠波，讓妳受苦了……我不記得以前……」

「不記得！不記得就好了嗎？我的指頭、我的痛苦……為什麼妳忘了？為什麼妳可以忘？為什麼？」

「出來江湖混，總是要還的！我還有心願未了，妳給我些時間，等事情一了，妳可以砍斷我的手、或殺了我，只要能消妳心頭之恨！」蘇襄誠懇的說。

綠波圓睜著眼，一臉不置信，「殺了妳？」

門外匡噹一聲，茶壺茶杯碎了一地！紅蔘奔了進來。她本來在熬粥，想起自己不擅此道，便先泡了茶，回來找綠波去搭把手……不想，她全聽見了！

「綠波，不行，妳不行這麼幹……小姐對咱們這麼好，妳怎麼能殺她！她從沒把咱們當下人，她當我倆是妹妹！甚至她知道妳要報仇，也沒說破！妳都知道的，妳怎麼忍心下得了手！」紅蔘又喊又哭，擋在蘇襄前面。

紅蔘說的句句是實，綠波跪了下來，洩了氣似的，不知怎麼辦。她低頭飲泣：「那我呢？我做錯了甚麼？我只錯生在貧窮人家，就活該了嗎！」

「綠波，妳沒錯。一點兒都沒錯。貧窮也不是錯。錯的是鄙視貧窮、剝奪了貧窮人的選擇權、繼而剝奪他們整個人生的人！」

綠波聽的仔細，不言不動。

「不，不不，都沒錯！小姐沒錯，妳也沒錯！」紅蔘急的，「綠波妳想想，現在的小姐是不是跟以往不一樣了！現在的小姐，寬……寬宏大……大量，嗯……悲天憫人，還有……同舟共濟，還有……知書達禮，這個……宜室宜家……」她把學到的成語都用上了，也顧不得適不適用！「以前的小姐一定是被附身了！對，被邪靈附身了，才幹這麼可怕的事！我娘說過，眞有這等事。後來一定是……邪靈走了！小姐的魂又回來了！而且有神仙幫襯！要不，要不……

小姐怎能知道要落大雨！而且這麼準，就是子時開始的！這叫，嗯，邪不勝正……要不，妳若還不解氣，妳妳……砍我的手指頭，算賠給妳！」紅蓼下了好大決心。但想想，又後悔了！

「這……手指頭可能比較疼。要不改成……捅我五刀！不……三刀……比較……比較剛好！成不成？」紅蓼哭喪著臉。

蘇襄暗想：「這妮子，眞有本事！悲劇都能變成喜劇，正經事能變成討價還價的家家酒！」

綠波忍不住，破泣爲笑。她抹抹眼淚。

「小姐，紅蓼說得對。我思前想後，妳不是蘇襄——以前的那個。妳是另外一個人！以前的蘇襄不會說貧窮沒有錯！就是她說：我錯就錯在生於汙穢豬圈裡，我家貧是活該，我命賤也是應該！以前的蘇襄不會認錯，不會說她願意賠我一條命！小姐，對不住。我想害的是那個邪靈附身的蘇襄，眞的不是妳！我不該害不相干的人！要不我也會遭天打雷劈的！妳會原諒我嗎？妳……妳還要我這個婢女嗎？」她越說聲音越小。

蘇襄蹲下身，扶著她說：「綠波，這話應該是我來問。無論如何，是過往的我讓妳受這許多活罪，妳能不能原諒我？妳還要不要我這個姊姊呢？」

綠波放聲大哭。她一輩子從未如此的發洩、從未哭的如此盡興！彷彿多年的心魔都已讓淚水洗淨了，灰飛煙滅！

紅蓼哭得更是驚人，水庫洩洪的聲勢！她記得有句成語，叫雨過天青。沒錯，雨過天青……現在應該算是吧！

節氣已進入大暑，艷陽高照，熱氣蒸騰。連日豪雨之後，街道上積水處處，泥濘滿布。還有些撐不住大雨的破瓦、破磚、爛木頭；另有些被雨沖走，溺死的牲口屍骸，發出陣陣惡臭！都城百姓大致都在打掃屋院，晾曬潮濕的家當；三里窪的百姓也逐一回去，整建宅院。雖然大多數都潮腐霉朽，可他們還是謝菩薩、謝神佛，畢竟大夥都平安……

吳縣呈騎著馬，後頭跟著衙役，威風凜凜，敲鑼打鼓的巡視。迎著他的都是百姓的打躬作揖、低頭謝恩。他風光無限的吆喝：鄉親們，莫慌。需要新木材、新瓦、磚石的，可到衙門請領；暫缺米糧的，也可先來賒借，日後再還。百姓們歡聲雷動，他作態的拱拱手，清清喉嚨，繼續大聲說：「四王爺憂國憂民，洞燭先機，雨澇一發，他就提醒本縣呈要備好物資。此次雖有大雨，但不成災，父老平安。都要謝謝四王爺，四王爺居功厥偉！」

驚鴻混雜在人群中，只能搖頭，這廝還真照冷虢的稿，背的一字不差！當然他去見冷鰲時，說的是：他一見雨勢，就運籌帷幄、籌募錢糧、住所、屋材，以防微杜漸。這都是平時四王爺指導有方……街坊還傳頌感戴四王爺的歌謠！冷鰲自鳴得意，還許他不日內加官晉爵。

驚鴻背後有稚齡小兒拍著手，邊跳邊唱：

三里漥，百姓慘；皇老爺，都不管；
四王爺，性子轉；找他去，心就安。

他離去時，又一群小兒加入頌唱，一路往前……

幽篁館

蘇襄正在練字，她知道府裡正忙活著。表面上一切如常；暗裡，大夥分工，分配要發放的錢糧、物資、建材等……

聽見門外有冷豼的聲音，他一跨進門坎，她便奔了上去，投入其懷中，臻首埋在他胸口。

冷豼見她未著履襪，光著一雙白皙的腳，長髮隨意簪著金不搖，一襲白紗素衣，胸前丘壑若隱若現！不覺心猿意馬起來……想想她還病著，只好掩飾的說：「怎麼？連鞋都不穿！就這麼想我！」

蘇襄紅了臉，頭埋的更深。啐了聲：「你想的美！」

你瞧我這一身汗氣，「不怕臭著、燻著了……」

蘇襄輕微的晃了晃，仍然黏著……

冷豼無奈，伸手環抱蘇襄的腰，下巴抵著她的頭，嗅著她的髮香，他極陶醉蘇襄這麼賴著他！

「湯藥喝了嗎？」

蘇襄模糊的應：「喝了。」

綠波悄悄地、適時地將湯藥擱桌上，再悄悄地退開。

冷貔板著臉，「別呼嚨本王爺，先喝了！」

「太燙了……」

「你的丫頭準備的，還會太燙！一定都擱到冷熱適宜了！不准再耍賴，起來，本王要親眼看著妳喝！」

蘇襄像隻樹獺，慢吞吞、不情願地離開冷貔那暖實的肩窩，盯著湯碗……

冷貔憋不住，將藥碗端起，含了一大口，再攬著蘇襄的頭，慢慢哺進她口中，直到蘇襄一滴不漏嚥下。他又順勢與她口舌交纏，直吻到蘇襄氣喘吁吁……

又把她唇邊藥漬舔個乾淨，才停下。蘇襄臉蛋嫣紅，羞得不敢瞧冷貔！

冷貔暗爽，作勢又要去端藥碗；蘇襄見狀，這一次，動如脫兔。一把搶下，咕嚕咕嚕，飲的涓滴不漏！」

冷貔正想調笑二句，門外響起驚鴻的聲音。「王爺，有事稟報。祿管家也有事要稟，見我要過來，便讓我順路帶個話。」

冷貔問：「祿管家？采香館有甚麼事嗎？」

回王爺：「爭芽說曇王妃身子不適，但不願讓王爺煩心，已一天一夜了！她著實擔心，所以想讓祿管家通報王爺一聲……」

冷犰沒怎麼思索，就說：「我馬上去瞧瞧她。說罷，想到蘇襄就在身旁，有些掛懷不知她心裡會不會介意？」她與夜曇間有事！花園裡互別苗頭，接下來是珍珠耳墜……但二人從不說對方不是！反而誇讚彼此！他希望只是女子間的爭強好勝……他也想盡量做到一視同仁、不分伯仲，可是，實在有點難……

蘇襄衝著他盈盈一笑，「王爺趕緊去吧。我一定好好服湯藥、好好待著休養。你還有其他事要顧及，就別管我怎麼想！我怎麼想不重要，心安理得比較重要！」

冷犰一時語窒，她把他心裡想的都說了！他還眞不習慣她這麼……這麼……善解「他」意！

「我走了。」冷犰戀戀地看著蘇襄，才扭頭走出屋外。見驚鴻候著，忍不住又朝屋內丟了句：「衣裳沒穿好，不准出廳堂一步。」

「驚鴻，沒甚麼要事就去歇著，你也二天沒闔眼了！休息夠了再說！」

冷犰前腳走，驚鴻便說：「出來吧。」

門後，紅蓼探出腦袋，張望一番，然後才走到他身旁。

驚鴻沒好氣的說：「別幹這鬼鬼祟祟的事！你以爲王爺不知道妳在門後頭嗎？」

紅蓼哼了一聲，「唉，你別對我嚷嚷！你侍候王爺，我侍候王妃，咱們位分一樣……就算你是男子，我是女的，可是男女平等，你可沒道理兇我！應該客氣的說話！再說了，你以為我是笨蛋嗎？你以為我不知道王爺知道我知道他知道我在門後嗎？」

驚鴻一愣，這到底是甚麼跟甚麼？打啞謎嗎？他不過是要她出來而已！搖搖頭，他不想睬，便要走……

「喂，你用膝蓋想都知道，明明想害人，卻要裝的事不關己，就是個綠茶婊！明明身子骨好得不行，卻要裝的身子不適；不適就不適，又要裝不想讓王爺煩心。要不就裝到底，別讓王爺知道，結果不一樣要讓王爺煩心，魯蛇！當別人看不出麼？就是個八七！總而言之，賤人就是矯情！」紅蓼把蘇裏上課教的都用上了，還加上蘇裏教的網路語。

驚鴻臉上更是三條線！綠茶……婊？魯蛇？八七？

見他不語，紅蓼不耐煩的說：「算了！你們男人不懂……」

說甚麼要男女平等？甚麼說話要客氣？驚鴻無言。

「喂，你是不是好幾日未梳洗了？」紅蓼朝他身上嗅嗅，皺了皺鼻子……

這丫頭還真是……才說著掃帚就換畚箕，換話題換得比他的輕功還快！

「一股子汗酸味……你是不是沒人幫你洗衣褲呀？不過，你們男人，砟地知道怎麼洗衣衫？脫下來，我幫你……」

驚鴻差點嚇傻！他長這麼大，沒見過這等直白女子！光天化日……太不合禮數！

「不不不……」打殺的陣仗見多了，唯獨沒見過此等！驚鴻看紅蓼越靠越近，

「姑娘止步。告辭。」說罷，一躍便消失在紅蓼視線中。

紅蓼望著牆頭，憐憫的搖搖頭。「可憐，大概也是窮人家出生……讓別人洗個衫褲也感動成這樣！」

她回廳裡，見綠波正和蘇襄一起練字，嘟著嘴說道：「妳們倒有修養，人家都光明正大到咱們這要人了！這叫……叫……」

「上門踢館，侵門踏戶」綠波替她接話。「小姐教課，我可是也認眞在學的！」

「妳都知道，那怎麼不勸勸小姐！」

蘇襄道：「要勸我甚麼？」

「防人之心不可無呀！王爺來瞧妳，妳倆濃情密意……采香館就來攔轎搶新郎，就是見不得別人好！以前王爺寵曇王妃，咱們小姐也沒這麼小肚小腸！不就是公平競爭嘛！現在見大勢不妙，小姐病了，王爺天天來瞧小姐，一待便是大半天……白骨精便現出原形了，想方設法的耍心機！」

蘇襄綠波仍專心臨帖……

紅蓼更急了，「小姐，妳不知道！前日，我和綠波在采香館門口遇見曇王妃，她們又打了綠波！」

「紅蓼，別說了，又沒甚麼事。妳答應過我不說的。」綠波停下筆。

「紅蓼，說明白。怎麼回事？」蘇襄也停下筆。

紅蓼看看綠波，又看看蘇襄，決定了……

「那日，綠波見著曇王妃，自動先跪下，說：綠波已還了半顆饅頭之情，襄王妃大難不死，是老天庇佑，非她能左右！從今往後，綠波生是襄王妃的奴，死是襄王妃的婢！結果，曇王妃冷笑了二聲……寧嬤嬤出手就摑了綠波二耳光，還說她像狗一樣，胡亂狂吠！不過就半顆饅頭，就這麼糟蹋人！」紅蓼翻著白眼。

「半顆饅頭？」

綠波看出蘇襄的疑惑，正想解釋……

「我來說。」紅蓼搶著答：「綠波有次在五丈原附近的一間茶棚乞食，曇王妃剛好也在那和二名蠻族男子喝茶。爭芽隨手扔了半個饅頭給她，還說她汙穢不堪、又髒又臭，叫她拿了饅頭趕緊滾到別處去。小姐妳說，這樣，她們也敢邀功！」

「後來，爭芽認出我！其實，是我的斷指讓她認出來的。所以……」

蘇襄從未問過夜曇和綠波是怎麼搭上線的！她也不想知道，因爲根本不重要。她好奇的是，只因冷貀與她恩愛有加，夜曇被冷淡，顏面掃地，覺得面子掛不住、輸不起，就想置她於死地！這實在說不過去……

「小姐，」綠波有點擔心的看著蘇襄。自己曾經背叛過，總覺得可恥！

蘇襄難過的說：「綠波，妳有恩報恩、有仇報仇，善惡分明，有情有義，妳做得很好！」

聽蘇襄這麼一說，綠波神情變得輕快。「小姐，妳不是說出來江湖混，總要還的！我已經還了！反而心裡的大石頭放下了。」

蘇襄笑了笑，她教論語、孟子，她們學的不怎麼樣，江湖話倒是過目不忘！

「嗯……五丈原，地處偏僻，夜曇怎麼會去那兒？」蘇襄像在問自個兒。

紅蓼答：「曇王妃的父親常德將軍是五丈原的人，曇王妃入府前就住那兒。」要問消息，紅蓼是第一首選。

「綠波，妳又如何確定那兩名男子是蠻族人？」

「小姐，咱們做奴才的也跟了許多戶人家，見過不少人！他們的輪廓、氣質、神色……錯不了的！」

「夜曇與蠻族人喝茶！蘇襄總覺有些腦霧，先不管了。總之，以後妳們倆若不在我身邊，碰到采香館的人，別受欺凌、別叫陣，不卑不亢，太囂張的人總……」

「我懂。出來江湖混，總要還的！有一天，她們總要還的！」紅蓼義憤填膺，像她受的委屈最大似……

綠波字寫得差不多了，要去準備午膳。

蘇襄瞅了一眼，誇她道：「綠波，妳這字練的眞好，要不了多久，可以假亂眞了！」

「小姐太誇我了。我覺得，只要帖子選好，一再臨摩，別管甚麼精、氣、神韻的，至少一定能仿到『形似。』不認眞瞧，就會覺得一模一樣！」

腦中電光一閃，蘇襄隱約發現，一團遠遠近近、虛虛實實的繩索中，她好像握緊了一條……

采香館

「小姐，這次沒解決掉蘇襄，恐怕更成大患！寧嬤嬤正在幫夜曇梳頭，更可恨的是府裡上上都忘了她偷盜之事，盡是談她的神測！我們被撇到一邊了！一群無知愚夫、愚婦。」寧嬤嬤恨聲說。

「蘇襄究竟是甚麼來頭？爲何她能預知天象？太不可思議！還是只是巧合？」夜曇咬著唇。

外頭傳來爭芽的暗號……

夜曇咳了起來，咳到直不起腰。寧嬤嬤不斷地幫她拍背順氣：「王妃，求求妳。請大夫來瞧瞧吧！」

冷甝直接進了寢居，夜曇咳到不行，他趨前環著她，輕輕順著她的脊梁，幫她拍背，一邊吩咐寧嬤嬤讓向祿去請吳不醫。

「夜曇，病了怎麼不告訴我一聲？」冷甝柔聲問。

夜曇依偎著冷甝，「王爺正在忙著……我這點小風寒，怎好讓王爺煩心！」說著又咳了起來。

「別再說話。讓爭芽倒些熱水來，我扶妳到榻上休息。」

「不，王爺……」夜曇不動，臉頰仍偎著冷甝。

冷甝感到胸口有些潮濕，伸手一抹，是夜曇的淚……他抬起夜曇的臉：「怎麼了？有心事？」

夜曇美麗的臉龐掛著二行輕淚。

「王爺，我想起了我爹。昨個夢裡，他渾身是血，站在我面前；像有話要說，卻又不言不語……我是個不孝女，無法承歡膝下、無法盡孝！」夜曇淒切的說，淚更多了！

冷甝摟緊夜曇，目光寒冽：「夜曇，就快了！別擔心……常德的血不會白流！」

夜曇抹抹眼淚，「都是夜曇不好，讓王爺憂心。」

冷甝搖搖頭，「說傻話呢！」

夜曇嗯了聲，緩緩地轉過身，神情羞怯，晃蕩著春意，輕輕地要幫冷甝寬衣解帶……

冷狁握著她的手道：「夜曇，妳瞧我這一身汗臭，我先去梳洗。妳病著，先睡吧！我待會兒再過來陪妳！」

夜曇一窒，但完全察覺不出。她溫婉的說：「王爺總是體恤著我！」

冷狁看著她躺下，拉好被褥，才輕手輕腳的出門……

夜曇仰躺著，渾身僵硬。她被拒絕！從她入府，這是第一次被拒絕！她與冷狁在床第之間，雖談不上乾柴烈火，但不論是她想、或他要，彼此總會迎合。但現在她被拒絕了……被拒絕了……她彷彿看見蘇襄，滿含譏諷；她像被搧了二耳光，臉孔熱辣辣的覺得羞恥；她成了笑話，一個可恥的笑話！是蘇襄，她的狐媚、她的床功，讓冷狁對她離心離意！夜曇的拳頭攢得死緊……

「蘇襄，妳不該擋我的路！是妳加速妳的死期的！」

剿蠻大軍大獲全勝，不日凱旋歸來。興帝在八月十五中秋夜，於御花園辦皇家宴，宴請各府王爺；隔幾日，與赤束使節締約，締約完成，興帝一樣要宴請赤束使節團、一級王公大臣、各府王爺。

一大早，蘇襄便要綠波、紅蓼到市集上去買些布料髮飾，再到悅來錢莊找包掌櫃借些銀兩，附上借條。還叮囑借條要親自交給包掌櫃。借條其實寫著是八月十五皇家宴的消息，包夫人會再轉知徽徽。

紅蓼驚怪的說：「借銀兩？小姐，這也太不稱頭了……怎麼不跟王爺拿呢？妳缺多少銀兩麼？」

綠波道：「小姐自有分寸，我們照辦就是。」她明白借銀兩該只是障眼法。

紅蓼翻翻白眼，「這倒好，妳也開始教訓起我來了！」

「妳不聽我的、不讓我教訓，也成啊！妳還欠我三刀，現在還我！」

「妳……哼……聽就聽！」紅蓼一甩頭，氣呼呼地就走了。

蘇襄莞爾，朝綠波點點頭。她何其有幸，有這兩個靈動的丫頭。

她們出了門，她把腦子裡的信息整了整。四百多年後掘出的皇城有地道！可是只挖出一半！但地形、地貌早已大相逕庭，比對不出來！小桃在宮裡幫她探查，還沒消息！想當然耳，既是祕密通道，當然不會輕易讓人察覺。冷玴知道有密道嗎？皇城西邊，有個大坑，掘出許多人骨殘骸，是冷玴下手的吧！她心煩意亂，便往冷玴書齋去。

冷玴不在，几上有一堆書散亂的擱著，還有幾封寫好的書信，尚未封蠟。蘇襄也沒去看！她伸手將桌上的書籍分類放好，再把書齋好好打量一番——四壁是檀木架，架上全是書、古玩、字畫、金石……她閒來無事便坐了下來，自己研墨，拿來宣紙，自顧自練起字來！越練越投入其中，怡然自得也不知練了多久！

冷玴一進門便被眼前這幅畫給迷住了！蘇襄懸腕的手雪白細緻，眞箇是纖纖玉手！臻首微低，露出一截玉頸；一襲白衣；在微光中，神情專注而恬淡……偶爾輕咬下唇，顯得不甚滿意自己的筆墨！這麼簡單寧靜的畫面，竟叫他久久不能自已！他走到她身後也坐將了下來，自身後環抱著她的腰身，下巴則是擱在她肩上摩娑，「本王不知道妳還喜歡練字……」

蘇襄後背整個被攬在貼在冷狁懷中。冷狁氣息，緊緊包覆著她，讓她一陣酥軟……

「王爺不知道的還多著呢！」蘇襄沒回頭，繼續勾勒著。

「說說看……」冷狁懶洋洋的聲音。他的溫熱鼻息，吹在蘇襄的後頸，她又一陣痲癢，臉紅心跳！連忙屏氣凝神，專心在和筆較勁！

冷狁嗅著她的髮香，瞧著她嫩白的脖子，想入非非。雙手悄悄地探了進去，自蘇襄的二側腰線，往上，轉到正面。握住她地豐盈，愛不釋手的揉捏！下身同時鼓漲了起來！待蘇襄察覺衣襟內不安分地雙手時，那雙手已扯開她的中單、內衣，肆無忌憚、上上下下地撫摸她滑嫩的上身……

她手中的筆握不住，無力地掉落在宣紙上。蘸飽墨汁的筆，暈壞了剛寫好的字！

「王爺，王……你……害襄兒寫……寫壞了……」蘇襄臉上滿布紅霞，有些喘。

冷狁的唇也開始進攻，自後面輕吻，先是後頸、再來是肩胛骨、再印上蘇襄的整片雪背！

蘇襄的手想推卻，可是無法轉身。她只覺上半身處處是火，又熱又燥！「王爺，現在是白天……白天……」

「白天？怎的？」冷貁雙手，往下，瞬間撩起蘇襄的羅裙，硬是擠進蘇襄雙腿之間，摩擦她的核心……

「王爺，別這樣！這是書房……啊……」蘇襄止不住聲聲嬌喚。冷貁的手簡直無處不在，從核心的柔軟，又游移到股溝，進進出出、來來回回。她無處可逃，忍不住撐起下半身，無助地扭動嬌臀；髮髻全散，不停求饒，卻更是誘人犯罪！桃源洞口春潮帶雨、濕潤鮮澤！冷貁正中下懷，舉起一臂，緊箍著她的腰身往上抬；另一手揭開自己身上的束縛，迫不及待，站起身，自後分開蘇襄雙腳，自己奔騰的勃發長驅直入她體內！蘇襄微驚，玉面緋紅。從後面？天！眞是羞死人的姿勢！就在書案上……

不慣……卻也好刺激，她扭動得更劇烈！冷貁魅惑的聲音就在她耳旁哄著：「好襄兒，剛開始有些不適應，一會就好……一會妳就會很舒服。冷貁快速的抽動，時深、時急！蘇襄雙手扶在桌上，渾身火熱！只覺得下半身被不斷被撞擊，被挑逗……充滿快感！像煙花，不斷爆裂。絢爛接著絢爛，欲罷不能。有根弦，綳的老緊，冷貁的灼熱不斷抽送，愈來愈快，她必須全心的應和、數度收縮，否則幾乎應接不暇。最後一次衝刺，冷貁抵著她，猛力一撞，在她體內全然釋放！

她神智昏沉，像在雲端漂浮，然後渾身乏力，鬆軟地往後一坐，任冷貁抱著……好一陣，蘇襄才緩過氣。冷貁將她轉過身，像抱著娃娃一樣抱在懷裡。她倆人赤條精光，面對面摟著……

完全可以感覺到彼此的心跳、肌膚的滾燙……她頭一低，不讓他看見自己的羞赧。儘管他們床第之間火熱纏綿，她仍不好意思，清清楚楚地看到彼此的裸體！

待蘇襄氣息稍穩，「舒服嗎？」冷玴摩挲著蘇襄的背脊，問道。

「羞死人了，甚麼鬼問題？叫人怎麼回答！」

「我喜歡聽妳喚我！」

一聽，蘇襄更加窘燥。忍不住捶了他胸口……

「怎麼了？」冷玴發現懷中的她，頭壓地低到不行！

「咱們該起來了。叫人瞧見！真是，白日作淫，放浪形骸！」

「是該起來了，別叫人瞧見。」冷玴站起來，不費吹灰之力，同樣姿勢抱著蘇襄往內室走去，然後把她放在床榻上。一翻身，壓上她，輕重角度剛剛好！蘇簡直不敢置信，結巴起來……他那姿態，不是吧！「王爺，你……你不是還想……」

天啊！才剛做完！耗竭過度可是傷身……

冷玴將蘇襄雙手舉高過頭，由上俯視，一覽無遺：秀麗的芙蓉容顏、突起的圓壑、平坦的平原、下陷的谷地……正等著他。

「王爺，你……不行，你應該累了！你……」

冷玴曖昧的說：「我不累。你馬上就會知道我行不行……」冷玴用嘴堵住蘇襄的口，不管她的抗議，撈起她的腿圈住自己的腰，再一次膜拜她的身子！只是剛才是從後庭，現在他是走前門。燭火燃了又熄，直到三更，蘇襄嬌啼方歇……

日上三竿，蘇襄睜開睡眼惺忪的眼。冷狁不在身旁，她以爲他走了！坐起身一瞧，才發現他正坐在椅榻上書寫著！晶亮的眼，邊寫邊瞧她的方向。他已穿上衣衫，而她渾身赤裸！她趕緊把襟被拉到下巴，故作無事狀……

「你在寫甚麼？」

冷狁嘴角噙笑，吊二郎當的回：「我不是在寫，我是在畫！」

「畫？畫甚麼？」

冷狁把宣紙拿了起來，翻過正面讓蘇襄瞧——

宣紙上，一女子的睡顏，嬌俏恬靜，朱唇微啓，酥胸半露；令人想一親芳澤！畫得栩栩如生，一看便知是她……

蘇襄又羞又惱，馬上想起身搶過來。又想到，她未著寸縷，只好威嚇的說：

「要在我的世界，你這是——未經同意，竊錄他人身體隱私，觸犯刑法第 315 條之一第二款。可處三年以下有期徒刑、拘役、或三十萬以下罰金！」

冷狁慢條斯理把畫擺放好。一會兒才平靜地問道：「襄兒，妳的世界是甚麼樣子？」

蘇襄一震！紅蓼告訴過她，她昏迷時說了些奇怪的話，冷狁必然是聽進去的。虧了他，熬了這麼許久沒問！

見她沉默，冷狁笑笑：「襄兒不想說的事，就別說。」

「冷狁……」蘇襄也不知爲何她覺得和冷狁之間已不需要有祕密，那道隔著四百年的牆已坍倒，他們親近到可以自然地直呼其名了！

「你曾問我，蘇襄不再是蘇襄了嗎？」

冷狁頷首。

蘇襄緩緩地說：「我不是這裡的人！」

冷狁專注地聽著，也沒發問！

「我來自四百多年後，我是未來的人！」冷狁眸光一閃，看不出是信？還是不信？四百年後的生活和現在很不同——像是，我們不坐馬車，我們騎機車、開車、坐火車、公車、飛機……我們不用快馬報信，我們用通訊軟體；我們不用飛鴿傳書，用手機！我們不燒柴升火，我們用瓦斯爐、用電；我們看電影、電視、串流影音；我們……」蘇襄拉裡拉雜講了一堆，第一次，說話毫無條理！不知何時冷狁已並肩坐在她身側。

「所以，妳知道三里窪會降大雨！」

蘇襄點頭。「可是關於這裡的史料不足，很多事都掛一漏萬。」

「妳爲什麼來？」冷玧神情肅穆，直接問到重點。

「我想見你一面，陪你一段！」蘇襄靠著冷玧，不想讓他見到她隱隱的悲傷。

「我之後會如何？妳來自未來，應該知道。」

蘇襄搖頭。「史書沒有紀錄！只是歷史環環相扣，現在影響未來，未來會影響之後的未來……」

「應該是不得善終或死於非命吧！」冷玧自嘲。他輕撫著她的肩，「襄兒，我身上扛著十萬條人命！我得讓他們入土能安、死能瞑目。就算要賠上我的命！」

「我明白！」蘇襄倚著他，想哭。她知道他的苦、他的痛、他的傷。他現在活著的唯一目的就是復仇而已！史料沒載冷玧會不會當皇帝？但只要別挖那個坑、別埋那些人……

「我死後，妳……」

蘇襄轉頭吻住冷玧，唇齒交纏，情意繾綣。好長一段時間他們才分開。冷玧看著蘇襄紅撲撲的臉龐，故作輕鬆的笑說：「這三個字可以換得銷魂一吻，眞値！」

但曾相見便相知，相見何如不見時。安得與君相訣絕，免教生死作相思。

蘇襄目藏璀璨流光，握住冷玧滿是厚繭的大手，自然而然的說：

「冷玧，我愛你！」

冷豼反握住她，自然而然的回：「蘇襄，我也是！」

第六章、驚滔

朱雀橋邊野草花，烏衣巷口夕陽斜。
舊時王謝堂前燕，飛入尋常百姓家。

唐劉禹錫《烏衣巷》

福壽宮

英皇太后端坐檀木椅上，紫檀雕花几上的茶已換了幾回，她一口未飲！臉上像抹了一層土，又僵又硬！楚嬤嬤在旁道：

「太后，這皇后也鬧騰的太不像話！立儲也得適合，不能叫人看輕了。她怎麼不替皇上想想，替太后想想！難怪太后煩心……」

「哼，她自個兒肚子不爭氣。當初連生兩皇子，妳沒瞧見，賈丞相那嘴臉！倒像咱聿乂朝都是他們賈氏的！現在可好，扶不起來，又想當太子！皇上也是，後宮裡十來個嬪妃，盡生一堆公主，怎麼選妃的？叫禮部多選些秀女入宮，越快越好！宮裡御醫更是無用，嬪妃們的身子，到底是怎麼調理的？一群酒囊飯袋，都該滿門抄斬！」英皇太后越說聲量越高，氣不打一處來！

見太后爆氣，楚嬤嬤趕緊端上茶。

「太后，別氣壞身子，順順氣！」

皇后賈氏育有二皇子，但長子冷琊天生愚痴，八歲仍不識牛馬！二皇子冷珥，二歲時冷虎喝醉酒執意要抱他，卻不慎摔落，傷了脊樑，造成他無法站立，終身殘疾！為此冷虎惱羞成怒，遷怒宮女太監，指他們照顧不周，誅殺三十人！而他其餘嬪妃所生皆是公主，共十二人。近日，皇后逮到機會便要皇帝及英太后作主，趕快立儲君！中書省丞相賈歡，是賈皇后之父，權傾一時，六部、九卿、五寺都有他的人，也上書早立儲君！當然他們要鞏固自身利益，也怕突然哪個嬪妃生出個皇子，後患無窮！楚嬤嬤想著：答應嗎？可自古以來，愚痴之人連奏章都看不懂，或殘疾之士坐在輪椅上，推著上朝，豈不貽笑大方！不答應嗎？內外相逼，很難善了，難怪太后頭痛……

她想了想道：「太后，四王爺長子冷玦，今年也八足歲了吧！看起來倒是聰明可人，四王爺對皇上也是忠心不二，若把他過繼給皇上，尊皇上為父，認皇后為母，您看……」

「這法子還不錯，讓他住進宮裡，跟著皇后，讓皇后撫養。日後管冷鰲叫皇叔，管王妃叫皇孀，斷了與本家的關係，也許，皇后及賈歡能同意！問題在怕皇上不願……再說，冷鰲最近有點出格了！連龍紋蟒袍都穿出門了，皇上早已龍顏大怒，要不是我說好話，皇上能善罷甘休！冷鰲再不自制，怕我也保不了他！這兩兄弟老不叫人省心……」

英太后把茶一仰而盡，她實在心煩意亂，忘了要有母儀天下的風範，應該一口一口慢慢啜！

楚嬷嬷示意宮女再添上茶，換了個話題。

「太后，蘇襄那丫頭可真有本事！聽說，他把焱王整治的服服貼貼，焱王最近都宿在她那兒！曇王妃可一籌莫展……」

「哦……」英太后饒有興趣的聽著。

「她呀，犯了罪，偷了曇王妃的手飾，被囚了三天。後來她病了，焱王爺守著她，都瘦了，也不問罪了！」

楚嬷嬷確有打聽，可她不知道的是——冷貃的府邸內，管家、僕役、小廝、家丁都是忠心耿耿或層層挑選過的，他們知道甚麼可以透漏，甚麼不該說！楚嬷嬷探得的，都是可以讓人轉傳的。至於最重要的——預知天象，則無人談論！

英太后閉著眼，「很好。」

「冷貃就算現在不理政事，人畜無害，可是誰知道他心裡在想甚麼！他是我心中一根刺，時不時就扎我一下，哪天讓他發現眞相，還不知他會發甚麼瘋……那神仙湤看來很管用，有蘇襄這緊箍咒，慢慢地讓他心智紊亂，才能斬草除根！」

英太后吁了口氣，總算有件順心事，但隨即眉頭又一皺。

「不過，蘇襄倒讓我有些不安……」

「太后發現甚麼嗎？」楚嬤嬤問。

「蘇襄跟以往判若兩人，現在的她——怎麼說呢，不一樣了！才情美貌兼具、顯山露水的！她制得了冷豼，鬥得過夜曇，若是為我所用，她是個股肱；若與我為敵，她將是大患！她現在聽話，可不表示她會永遠聽話……她不是還在大街上和冷鰲槓起來了……」

楚嬤嬤思索了會兒，笑著說：

「太后，您忘了，您有金枝露呢。您許久沒賜金枝露給人嚐嚐了！」

英太后笑顏逐開：「妳看我給煩的……竟忘了我有這寶貝呢！過幾日叫蘇襄進宮來。」

這幾日蘇襄都在逍遙居。冷豼完全不避諱，他的大計、他與朝堂諸公的密會、他鑿的地道，也沒等她問，自動說得清清楚楚；還有回向康找他，見她在，便想晚點再說，冷豼要向康有話直說……她不由得嘆氣，她與他相知相惜、相戀相依，怎能不死心塌地！

回幽篁館時，蘇襄以為在過年呢！綠波、紅蓼領著僕役在打掃擦拭，尤其她的寢居！見著她，紅蓼喊：「小姐，妳先別進屋……我們擦洗二遍了。就快好了……」

「怎麼回事?」蘇襄納悶著。

綠波答:「是耗子。三、四隻呢!不知從哪竄進來的?都半死不活了,還在妳寢居理亂跑亂爬……喜管家把它們逮住拎走了。耗子髒,我們就裡裡外外的清洗一下……」

紅蓼說:「我們幽篁館,乾乾淨淨,怎會有耗子?奇了!喜管家把周圍都清了清,還撒了驅耗子藥……昨日包夫人讓我帶了回條和一個小包,不曉得是啥?」

她們忙她們的,蘇襄將包夫人的回條看了看,包夫人已轉告徽徽,八月十五皇家宴。蘇襄相信前一天,徽徽定會按步行動;徽徽則是轉告知小桃在宮中探到的立儲問題。

她將包夫人給她的小包打開,是幾條魚乾。她在悅來錢莊時央請包夫人幫她找的——鯆鯆之魚,其實就是河豚。《山海經》說到:「敦水出焉,東流注於雁門之水,其中多鯆鯆之魚,食之殺人。」這東西難尋,得在沿海地區。本來她還不敢奢望能找得著。但包夫人不愧是包夫人,神通廣大。就像她說的:天上飛的、地上爬的、水裡游的,只要叫得出名堂,她就弄得到……

屋子打理完畢,蘇襄將魚乾收藏妥當,就待提煉。見紅蓼抱著一大籃衣衫要去洗滌,其中還有幾件男裝。

她好奇地指著那男人衫褲,問紅蓼,「誰的衣褲?怎是妳在洗呢?」

紅蓼一瞧,「是那個叫驚鴻的。」見蘇襄一臉不解,接著說:

「昨個兒,我瞧見他正要洗衣衫,身上穿的又是灰漬、又是土……料想他一定洗不乾淨。

我反正也要洗，就拿來了，就當我做好事。小姐，妳不知道，他那張臉……唉，我真想告訴他不用這麼感動！」

「他壓根不是感動，是覺得妳多事。可是又不好意思告訴妳。」綠波當下無情地吐嘈。

「妳呀，就是司馬懿破八卦陣。不懂裝懂，他明明就是感動！」

「妳呀，才是擔水向河裡賣，賣弄。他明明是尷尬！」

「感動！」

「尷尬！」

「感動！」

「尷尬！」

這兩個，一個春心蕩漾不自知，一個不解風情硬說理。她們吵得不可開交時，向康親自來報，英皇太后宣蘇襄二日後進宮請安。眞是時候，她正琢磨著該進宮呼攏一下英太后！

福壽宮

第二次來福壽宮蘇襄篤定多了，畢竟英太后知道的，她幾乎都知曉；而她知道的，英太后卻不知情！

一樣的琉璃屏，一樣薰了淡淡檀香，英太后端坐著。踩著金絲鳳鳴朝陽繡鞋，一樣地雍容華貴……

蘇襄見完禮，請過安，在一旁落座。

英太后打量蘇襄一眼，點點頭，嘉許的說：「襄丫頭出落的越發標緻，玲瓏剔透，進退有度，我可以不用操心啦。」

「都是托太后的福。只是說到標緻，那是太后垂愛。太后雍容大度，氣蘊藏於內、風華顯於外，襄兒怎及太后萬分之一！」蘇襄說著，自己都佩服自己的演技和即興創作的台詞。

「唉呦呦……」英太后笑開了，樂不可支，「瞧瞧這張小嘴……眞甜。妳這妮子這麼會說話。」

「不是我會說話，是事實會說話。太后攘外安邦，皓腕維穩，您是『千古太后第一人！』」

英太后眉眼都擠到一塊了，拿著絲綢帕子掩著嘴，掩不住得意。

待她心滿意足，才說道：「襄兒，當年蘇夫人哺育四王爺，我也算看著妳長成姑娘……對妳，我可是煞費苦心的安排。只是……」她意興闌珊嘆口氣說：「女兒長大了，可不知道還能不能母女同心？」

蘇襄面露憂色：「太后，襄兒再無用，也知太后對襄兒好。只要太后不嫌棄，襄兒願永遠爲太后分憂解勞。」

英太后與楚嬤嬤互視一眼。

「好丫頭。賜飲金枝露！」一個宮女，手捧鎏金烏木托盤，上頭擱著一套青花瓷茶碗，放在蘇襄的桌上。

蘇襄輕掀碗蓋，一股濃郁香氣撲鼻而來。她飲了二口，像是花草、果實、草藥混合搗爛，濾掉糟粕……湯露濃稠，口感不錯，就是太香了……

英太后問：「如何？」

「太后賜飲，必然珍貴無比。只是襄兒駑鈍，只知好，不知哪裡好？讓太后笑話了！」

「不急。待會兒再慢慢告訴妳。」

「是。」

「聽說妳和焱王爺，白天、晚上都形影不離……可見焱王極享受魚水之歡吧！」

蘇襄忸怩道：「王爺近日的確只寵幸襄兒！」

「那神仙涎好用不？」

蘇襄用帕子遮住臉，「太后，羞死人了！」

「這有甚麼不好說的……妳都用了吧？」

蘇襄羞赧的道：「每次都用……王爺盡展雄風！」

英太后呵呵笑著。「夫妻恩愛，特別在床第之間，就會無話不談吧。」她若有意、似無意的又問。

蘇襄拿起碗，又啜了口金枝露，回道：「王爺想立正妃，以往襄兒不敢說。現在我想王爺是屬意襄兒的，可又顧忌曇妃！不過襄兒估計，只要我再多伺候一段時日，正妃應該是襄兒莫屬……」

「可有點奇怪的是——王爺近日看到刀劍就有點發抖，話說著說著，有時會犯傻！我猜是不是在王府裡待久不出門，悶出病來了！」

蘇襄隨便編了幾件不重要的事，及使用神仙涎的後遺症……心裡替冷獵難過！他曾如此無私的奉養英太后，得到的卻是迫害；而英太后到現在還不放過他！不過老天有眼，英太后絕料想不到，神仙涎都用到她自己兒子——冷鰲身上了！

英太后淡漠地牽動了下嘴角：「能有甚麼事？別瞎操心！」

「還有……襄兒不敢說……」

「我不怪罪。說吧！」

「是關於四王爺……這好事都讓四王爺撿著了，壞事都皇上頂著！襄兒一時氣憤，口舌上就與四王爺有些計較！」

「講明白些……」

「太后有所不知。上回，王爺著龍袍、乘皇輿規格大轎、又強搶民間稚齡小兒。這件事民間百姓都認定是皇上要的，只是借四王爺的手，對皇上氣憤不已；可雨潦成災，百姓收到捐銀、捐糧，就算是出自王爺府，總歸仍是皇上的，百姓豎起大拇指，歌頌的可是四王爺！」

「有這等事！這冷鰲……實在……太不知分寸！」

蘇襄想英太后早晚會聽到消息，不如她先說，證明自己知無不言。

「我明白了。襄兒沒錯。嚇止一下冷鰲，別讓民氣匯集成形……」

見蘇襄已將金枝露飲完。英太后抿抿嘴說：「襄兒，這金枝露是由百種珍貴藥草及奇花異果，熬煮三日三夜而成！飲後能行氣補血、筋強骨壯、豐肌增艷、青春永駐……是不可多得的好物！」

楚嬤嬤朗聲接著說：「襄王妃，太后可不是人人都賞金枝露，是得與她同心之人。」

蘇襄慎重的說：「謝太后恩典。」

「只有一項……」英太后端起茶碗，若無其事說道：「飲後會讓人胸悶痙攣，三個月內得服用百解丸。否則那股子胸悶痙攣會要人命的！不過妳甭擔心，只要好好照看王爺，與我一心，我自然會給妳百解丸的。」

紅蓼差點驚叫出聲，甚麼筋強骨壯？根本是毒……是毒！還好綠波伸手按耐住她……

蘇襄同樣驚詫，她並不怕死，她清清楚楚她還能有多少時日，既然到頭來都注定是死，金枝露就威脅不了她。她只是沒料到英太后此時會出陰招！她可不是蘇襄原主，一哭、二鬧、三上吊，卑微地乞求施捨！

見蘇襄不語，楚嬤嬤以爲她嚇傻了。安撫地說：「襄王妃，別緊張。有太后照拂，百解丸一定會送到妳手上。」

蘇襄木著一張臉，木然說：「原來太后不信任襄兒！也是，襄兒算甚麼呢？若襄兒出得上力，又能解決麻煩，便好；出不上力，又盡找麻煩，死了也無妨！」

英太后沒料到蘇襄這麼露骨地說出她心裡聲音，她原以爲蘇襄會涕泗齊流、指天發誓她永無二心，結果劇本沒照她編排地走，一時反而不知該如何自圓其說……

「蘇襄謝謝太后提攜照料。蘇襄念茲在茲是焱王府正妃，蘇襄自己想法子。至於百解丸……吃不吃都無妨，頂多魚死網破……」

楚嬤嬤心念電轉，好妳個蘇襄……竟反客爲主，不惜兩敗俱傷，要脅起太后了！現在還需要妳，日後有妳受的！她堆起笑：「襄王妃怎麼盡鑽牛角尖，妳看看，妳把太后的美意都弄擰了……這不是傷太后的心嗎！」

英太后端著無辜被誤會的表情道：「罷了罷了……焱王府的正妃之位非妳莫屬。我會讓皇上盡早下詔。妳把焱王好好抓牢，若有了子嗣，兒女子孫加官晉爵、享受榮華富貴……我早替你安排好了！妳呀不知我用心良苦，日後再謝我吧！金枝露解藥會給妳的。」

蘇襄忖到，倒是釋出善意了！社會眞理，不怕死的、和不要臉的最大……

英太后想著：妳是孫悟空，我就是如來佛。妳再怎麼翻，也翻不出我的五指山！

二人心中各有所想，太監公公來報：皇上來請安了。

冷虎一進花廳，就見到一麗人。明眸皓齒，一顰一笑盡是風情。他先向太后問安，接著蘇襄向他問安。

蘇襄？當年跳上他的床，被皇后逮到……他連她的臉都沒見著，就被英太后下詔轉送給冷猊的蘇襄！他當時毫不在意，後宮女人多的是，加上宮女，他看上哪一個，馬上召來臨幸的，不計其數……

可現在見著她，瞬間覺得虧大了！那臉蛋、那身段、那氣質……他身邊的女子若是星火，蘇襄便是皓月，如何與其爭輝！好端端的，卻被送走了，更氣悶的是，誰不好送，竟送給冷猊……

蘇襄第一次見到冷虎。他身形瘦小、其貌不揚。與冷鰲比起來，後者高壯魁武，縱然滿臉橫肉，穿上龍袍，還算比較有樣子！但論心性，冷虎更爲冷酷、更懂算計。又因外表的劣勢，他比較會討好英太后。也許這龍椅便是這樣坐上的！

蘇襄見完禮，便起身告退。依身分地位，她可沒資格與皇帝、太后話家常。冷虎看著她的背影娉婷，給跟著他的宇太監使了個眼色，說道：「把東西呈上來，另外叫冷奎支應，可好生顧著，不許嗑著、碰著。」

「是，」宇太監應了聲：「老奴馬上去。」

英太后問：「甚麼物事？這麼煞有其事。」

「母后，西北大捷，大軍已班師回朝，抵達都城。蠻族赤束先備了份禮——是千年人蔘！一般人蔘，數十年即長成。但野蔘可不同，這株蔘在野地已數百年，吸收天地靈氣、自然幻化成人形，彌足珍貴，可遇不可求！食之可延年益壽，長生不老！守城的朱烈遣人先送了來。兒子便想著要孝敬母后，願母后與日月同輝、長命千歲。」

英太后面露寬慰之色，點點頭：「皇帝有心了。可是光是我長命千歲有何用？你的大位得傳承下去，這儲君問題一日不解，我就一日難安……」

「母后，是不是皇后又說了甚麼？」冷虎冷著臉。

「皇兒，不管皇后說甚麼，儲君的問題確是當務之急。國君乃一國之天，儲君爲一國之地。國事繁重，琊兒與珥兒恐難勝任……你與你四弟乃至親骨肉，何不將玦兒……」

冷虎倏然站起，怒道：「母后，孩兒正當壯年，雄風依舊。後宮這麼多后妃，還怕生不出皇子？立儲之事我自有打算，您就別太費心了……前朝還有事，孩兒先去忙了。」說罷，一甩衣袖就走人了！

英太后兀自坐著，重重嘆口氣：「妳瞧瞧，我話都還沒說完呢！就這麼容不下冷鰲的子嗣！眞是……」

楚嬷嬷也無解。皇帝與四王爺皆是太后親生，對太后而言，手心手掌都一樣；可對皇上而言，自己的江山當然要留給自己的兒子，就算他再不成器！其他的人都是外人。親弟弟也一樣，他只是比較親的外人……

蘇襄一出福壽宮，便輕聲對二婢吩咐，「不許喊、不許哭，回到王府不許透漏任何金枝露的事。」紅蓼咬著唇，硬生生把淚逼了回去，綠波面色凝重的點點頭。走了一段路，蘇襄便覺不對……她們剛經過春嬉宮、沐夏宮，她們走到更深處，距離宮門口更遠了！她停下步伐。

正好，領著她的太監也停了下來，接著又來了四個小太監，來意不善……

蘇襄鎮定地問：「公公帶錯路了吧。」

「襄王妃勿驚。咱家是太監總管冷奎。剛接到御旨，皇上想和襄王妃敘敘舊，所以要請襄王妃留在宮中數日。咱家正要帶襄王妃前往今晚居所……」冷奎說得公事公辦、毫無商量的餘地。

綠波、紅蓼大驚失色！只因才被提醒，所以忍住沒嚷嚷。

「公公，這皇太后知道皇上要留我待在皇城中嗎？」

冷奎皮笑肉不笑的回：「襄王妃，陛下的聖諭還需告訴任何人嗎？」

蘇襄忖道，這個冷虎，色慾薰心，看來是無轉圜餘地了。

「那可否勞煩公公代為轉告焱王爺，我們……」

「這倒不必麻煩。皇上只請襄王妃，這二個丫頭回焱王府覆命即可。」

綠波紅蓼臉色發白，胸口跳得急促，這下怎麼辦？

「公公，你瞧我甚麼都沒備齊……」

「襄王妃，這宮裡要甚麼有甚麼。伺候您的丫頭要百個、八十都有！您就安心待著。」

「也是。要不……我寫個字條，讓二婢幫我回去，簡單備些衣裳物事。有些東西總是自個兒的，比較允燙順手，明個兒帶來宮門口，再請公公交給我。可好？」

冷奎想了會兒，反正都要過他的眼！何況皇上讓宇公公傳的口諭，不許嗑著、碰著……顯見她在皇上心中的份量。可以的範圍內，不必得罪於她。

「既然襄王妃執意，咱家當然可以行個方便。」

蘇襄要了紙筆，寫下：

一把自做壺。

二套寶綢衫。

三錢黝墨烏。

四塊萸紗布。

五袋絲餅糰。

冷奎搶先拿起來道：「咱家看看若是宮裡有的，王妃就可省點事了。」

蘇襄帶笑的說：「我知道宮裡應有盡有，不過我喝慣黝縣的墨烏茶；至於萸紗，當然不及蟬紗薄如蟬翼，不過王府的用度也就如此。皇上日理萬機也不可能天天與我敘舊，我得空可以裁幾件紗衣……這點小小要求，皇上不會不許吧！」

冷奎看都是沒啥大不了的物事，「當然。不過這絲餅……」

蘇襄不待他說完，「公公不知我這女婢的手藝，她揉的糰，烤出來的蘿蔔絲餅，香脆可口，無人能及。等明個兒帶來，冷公公務必嚐嚐……」

冷奎堆著假笑：「這我還眞的饞，咱家就先謝謝襄王妃了……」

他斜眼瞥了綠波、紅蓼，指著二個小太監，「妳們可以走了，跟著他們。」

綠波、紅蓼腳步重的抬不起來。

蘇襄若無其事的說：「我在宮裡頭開開眼界，有吃有穿，很快就回府了。妳們趕緊回去，明個兒還要來一趟呢。」

冷奎不耐，跟蘇襄說：「王妃請。」

「公公請帶路。」蘇襄說罷轉身就走，再不走這兩丫頭怕死都不肯回去了！

綠波、紅蓼瞧著蘇襄背影，瞧著瞧著……小太監催了再催，才不得不離去。

蘇襄待的地方叫錦繡宮，一片璀璨。寢居內鵝暖石大小的夜明珠就有五十顆，再加上百隻燭火！左左右右共三十位宮女伺候，蘇襄一進宮，端茶的、送水的、拎點心的、捧佳餚的，一道一道，忙得很！她想，這規格禮遇，該是元首級的！

連她要沐浴，都有五個宮女要伺候，她謝絕了。不過她們仍圍在她旁邊，看著她洗……她本想讓她們走開，繼想她們職責所在，真趕走了，她們必會受罰，就算了，只叫她們站遠點！這是她穿越以來，洗得最草率的一次澡！

入夜了，窗外明月高掛，星子無語……蘇襄猜想著，冷虎今夜不會過來，這是最普通的心理學：他不想讓人感到他的猴急；其次，他要讓她感到安心。一個在床上驚慌失措的女人，讓男人感到喪氣；一個在床上嚇到像死魚一樣的女人，讓男人倒胃口。他想讓她心悅臣服的取悅他！在福壽宮，她就看出他眼中飽含的淫慾，當著英太后，裝的人模人樣，不想卻是這副德性……連兄弟的妻妾都要染指，眞是國之將亡，必有妖孽！

她讓宮女撤了夜明珠，把燭火熄了，只留一盞。後日便是十五了……冷虎不知要囚禁她多久？撐個二、三日不讓他近身，沒問題。但之後若他用強的話……蘇襄苦思著：跑是絕對跑不了！來時路上，她費心地想記下走過的路，可是宮、樓、閣、軒、齋、亭、房……多到數不清，範圍又廣——

一山一水一迴廊，一花一草一宮牆，

一湖一舟一亭涼，一樹一石一廳堂。

除非住在這一段時日，否則根本找不著路！現代紫禁城號稱有七、八十座宮殿，9999.5 間房，這兒就算只有五百間房，也令人頭暈。她索性也就不記了！

想想她本來就時日無多，又喝下金枝露，判一個死刑和十個死刑結果都一樣。所以她早將生死置之度外，與之相較，失了身子又算甚麼！但也得在她的算計內，不表示她願意被迫讓個齷齪的人糟蹋……

月光皎潔，清輝如鍊，她強烈的思念冷貔，他的淺笑、他的冷寒、他的溫暖、他的孤絕、他的撫愛……

窸窸窣窣……她心念一動，有人！驀然，門底下塞進來一張紙片！她把耳朵貼在門上，屋外走廊沒動靜，只有輕微的步履聲，時而站定、時而走動，那是看守的太監……

蘇襄拾起紙片，上面寫著：「有需要，留言鳳凰尾。」沒署名，但畫了個桃子。

小桃！錦繡宮外有大庭院，二隻神獸昂然矗立，一隻鳳凰，另一隻麒麟……

綠波、紅蔘一出宮門，就死命往王府狂奔。急得無法跟向喜解釋。向喜未見蘇襄出來，見此情此景，便知不妙，與轎夫跟著急奔回府。

冷貔，驚鴻正在在案上研究地道進出、容納量。地道已通，但還需清理碎石，另外還要一方大石柱，和掩蔽的石門。冷蛟也在，他和朱烈已回京。這段時日他都是由祕道進來與冷貔議事……

紅蔘、綠波衝到消遙居，向康見著有異，也未攔。她們一見著冷貔，就哭到無法言語，加上喘……更是語焉不詳。冷豼目露寒芒，蘇襄，蘇襄出事了……他的每一個細胞都感受得到，她一定出事了！

驚鴻耐著性子，溫言說：「綠波、紅蓼姑娘，妳們緩緩氣，把話說清楚，出了甚麼事，王爺才好拿主意。」

紅蓼好不容易將來龍去脈說了，說完又抹了把眼淚。

向康入內，向喜也進來，自動跪下道：「向喜未盡保護王妃之責，請王爺責罰。」

冷豼，衣袖一抖……

咻！一柄短刃，劃空而去，迅雷不及，直中他對面一幅猛虎絲繡圖的咽喉，深及刀柄！留下一張扭曲的虎臉！眾人俱駭，原本以爲向喜沒命了！想勸又不敢……赫然發現，冷豼想撕的是那隻虎！

「王爺，皇上欺人太甚。要不我們提早起兵，一併搭救王妃。」驚鴻言。

冷蛟素來欣賞蘇襄，憤然道：「冷虎簡直是寡廉鮮恥！連嫂子都不放過。枉爲人君……」

「王爺，老奴帶幾個好手，立刻去宮裡營救襄王妃」向康言。冷豼府裡不乏功夫好手，而向康是好手中的好手！

冷豼搖頭。他也急，可是時機未成熟，不能倉促。何況宮裡，宮殿共五十九座，二百九十九間房！不知蘇襄被拘在哪裡，去了也是大海撈針。

「王爺，這是小姐要的東西。我急得忘了……」綠波將紙條給冷狘過目。冷狘攤開看完，傳給冷蛟看過，再給驚鴻、向康。眾人發現冷狘的殺氣似乎淡了些……可是大夥你瞧我，我瞧你，皆瞧不出這些東西爲何能讓冷狘情緒平緩些！

冷狘拿起枝筆，把幾個字圈了起來……

一把**自**做壺。

二套**寶**綢衫。

三錢**黝**墨烏。

四塊**萸**紗布。

五袋絲餅糰。

待、十、五……

「蘇襄要我們別輕舉妄動，她可自保，靜待中秋日。二日後是八月十五，那日是皇家慶功宴。」

原來如此。大家都佩服蘇襄短短時間就能想出法子傳信，至少還有點時間可以探探風向，也稍感安心。

綠波在幽篁館收拾著蘇襄要的東西，翌日由驚鴻送去。紅蓼仍在門外哭，驚鴻想：每次見著這女子，她就是哭，不哭時就是教訓人……

「現在怎麼辦？小姐好可憐……」紅蓼抽抽噎噎，不像在和他說話，也不像在和裡頭的綠波說話。

「這……紅蓼姑娘，王爺會想法子的。妳別哭了。」

「你懂甚麼？」

驚鴻無言，又來了！又要教訓人了！只是見到女人哭，他實在也沒轍。

「一定要救小姐回來……」

這不是廢話嘛！驚鴻心裡嘀咕……

「英太后不知小姐被囚了，要怎麼解毒？皇家的人都好狠……」

「甚麼？紅蓼，妳剛才說甚麼？說清楚。」驚鴻大駭。

紅蓼一時才想起她說溜嘴了，哭得更慘：「小姐不讓說……」

「紅蓼，這都甚麼時候了……」

紅蓼想想，小姐一定是不想讓王爺擔心才不讓說。比起被小姐責罰，小姐的命比較重要……

她便把蘇襄飲下金枝露的事，鉅細靡遺地說個仔細。

「我明白了，妳們繼續收拾。」驚鴻躍上牆頭，一下無影無蹤。紅蓼心頭壓力有人分擔，瞬間解放，專心哭了個一整晚！

驚鴻第一時間便把吳太醫找了來。吳太醫道：「老夫在宮中沒聽過補品兼毒物的金枝露，但只要是宮中御醫研製，必有記載原材、製法的典籍可尋。知道成分，便可一一嘗試，實驗出解毒良方。只是需要……需要時間。」

冷玳道：「盡你所能，和時間較量。而且，不准輸！」

吳不醫心裡嘆氣……這襄王妃還眞會給他出難題……只要和她有關，都是他一輩子沒碰過的！

窗外，月明星稀。冷玳想到第一次見到蘇襄時，她唱的歌——但願人長久，千里共嬋娟。蘇襄，妳可自保，但可保到幾時？妳懂我，我何嘗不了解妳！縱然長久是奢望，可在有限的歲月，一起望月對酌，我心足矣！妳自個兒唱的歌，妳可不能忘！冷玳眼中殺機盈然：「冷虎、英太后，你們本來可以留個全屍的……本來可以的！可是你們沒機會了！」

錦繡宮

翌日，冷奎很早就來請安，也把她要的物事帶來了。當蘇襄自己燒的那把壺取出時，冷奎神色依舊，她知道他必然翻來覆去的檢查過了。

至於五袋絲餅都切成對半，每半都缺了一角。她也不說破，必然是拿去驗毒了。紗衣布料內放了副剪子。冷奎道：「王妃，這剪子利，小心別傷了您身子。有個萬一，這三十個宮女可也會受傷……」

蘇襄明白他在暗示，可別自殺，否則三十人得陪葬！

「公公好意，我懂。我用剪子也不是第一回，傷不了我，也傷不了任何人的。」

「那襄王妃好好休息，咱家就告退了。」

「冷公公，」蘇襄適時叫住他，「本王妃想出去透透氣，就在這前廊走走。這麼賞心悅目的錦繡宮我都無法一窺全貌，豈不遺憾！」

冷奎本想請示皇上。不料蘇襄道：「冷公公，我脅下未生翼，腳下未踏風火輪，前後這麼多宮人陪伴……公公勿需擔心。」

冷奎想，也是。若事事請示，連這都做不了主，豈不無能！

「襄王妃，咱家是擔心那些小太監、小王八羔子不小心衝撞了王妃，傷了鳳體。王妃想在這院裡、花園散散步，自然可以隨興。我會叫他們繃著點。」

「多謝公公。」

冷奎肅手躬身退出，暗忖：這女子、進退有度、不卑不亢、有才有貌，難怪皇上心癢。可是紅顏禍水，他有預感……天下要大亂了！

蘇襄快速寫了張字條，趁太監宮女不注意時，扔進鳳凰尾下方的小孔。鳳凰尾羽張揚，下方小孔隱於陰影內，若非有心人，定難察覺。她只希望天黑前東西能來得及送到……

夜幕低垂，錦繡宮按蘇襄吩咐，只用數支燭火，因此晦暗不明。桌上備有精緻酒菜，還有一壺酒。蘇襄坐在窗邊，欣賞著月色……不多時，門扉開啓，步履聲走進，又掩上。蘇襄起身，面對來人，屈身行禮如儀。

「蘇襄見過皇上。」

「坐下，坐下。襄王妃等很久了吧！」冷虎身著金絲繡赤羅裳龍袍，春風得意，一臉淫笑。他自己就在檀香木雕冬雪梅的桌旁坐了下來，上上下下打量著她……蘇襄身著寶藍背甲，象牙白月華裙，梳著桃心髻。風姿綽約，佳人如玉……

蘇襄在旁邊坐下，面帶淺笑：「皇上國事煩心，蘇襄等著也是應該。可是蘇襄以往未見過皇上，不知皇上要和蘇襄敘些甚麼舊事？」她執起酒壺……

「襄王妃健忘。妳曾到日照宮找我，只是錯過了。我和妳不該續續前緣嗎？」冷虎一隻手，按上蘇襄的，忘情地摩蹭著……蘇襄也未閃，等到冷虎摸夠了才說：

「皇上，蘇襄往日不懂事，冒犯了皇上。蘇襄幫陛下斟酒，向陛下賠罪……」

冷虎心花怒放，蘇襄既未左閃右躲，又沒大驚小怪，看來知情識趣。

蘇襄慢條斯理，斟了二杯。

冷虎見了壺，外表粗陋樸拙，不是皇家之物。問道：「這就是襄王妃自作的壺吧！」

「皇上好眼力。蘇襄知道，此壺粗陋難與皇室工匠所製相比。可是蘇襄就是想讓皇上瞧瞧，討皇上個嘉許！如果皇上嫌棄，我拿去換掉就是……」

冷虎見蘇襄跟自己撒嬌，更是情慾躁動。

「可不成。妳作的都好，都好！」說著伸手一把摟住蘇襄，蘇襄略略掙了掙，作作樣子。端起酒杯，一仰而盡。冷虎見狀，也跟著喝個杯底朝天。蘇襄不著痕跡再斟了二杯，夾了些菜餚放冷虎碗碟上……冷虎邊吃喝邊，湊近蘇襄臉龐又親又吻，意亂情迷……蘇襄有時躲，有時欲拒還迎，不知不覺冷虎又喝了幾杯，直到冷虎忍不住，一把扯掉蘇襄的背甲！蘇襄面帶桃花在冷虎耳邊吹氣：「皇上，你到床上等我……我去換套涼爽的紗衣，再幫你寬衣……一定讓陛下愛不釋手！」冷虎渾身酥軟……宮裡皆是古板的嬪妃，幾時有這麼會撩撥的！他依言到床上躺著，龍根昂揚，滿腦子欲仙欲死的畫面……

好一陣子，怎麼這麼久？

突然，一聲闇啞的暴叱：「九天玄王現身，還不見駕？」

冷虎一驚，反射性翻身下床。只見床前立著一厲鬼——髮絲披覆、眼角鼻孔血跡殷然、衣衫墨黑帶藍、血盆大口、口吐白沫……

他情急大吼：「左右，來呀！」門扉立刻被撞開。數十名帶刀禁衛衝了進來，他這才看仔細，不是厲鬼，是蘇襄！

蘇襄腳踩八家將玲瓏走，走一步、跳一步，混合走外八的八字步，三進三退、三川拜兄弟步……有桌椅阻擋，仍然照走照踢！她搖擺雙臂、右手執剪、左手握燭，往身上戳打。血花噴濺，但她口中念念有詞，對疼痛似無所覺！

「冷虎，你大難臨頭……」九天玄王大口一開一合，血沫齊飛！

「大膽蘇襄！怪力亂神……妳可別裝神弄鬼。這是欺君之罪。」冷虎疑懼參半，話也說的沒底氣。他心底覺著這甚麼……甚麼王好像眞附身在蘇襄身上了！因爲她身形不斷放大，變得高大無比；瞬間又變小，小若蚊蠅，在遙遠處……

「雲開東南邊，眞命天子現。

北斗七星抱，魚躍龍門間。

江山易主前，先拜九天玄。」

蘇襄吟誦完，身子狂顫，顫到讓人憂心他會筋骨折斷；右手的剪子隨身子一顫一刺，血污泊泊流出……

突然，她大喝一聲，狂吐一口鮮血。隨即，癱軟在地，無所知覺。

「蘇襄？」冷虎叫她。蘇襄不動，彷彿沒了氣息……

他以眼示意，一名帶刀侍衛上前探了蘇襄鼻息，點了個頭。

才近中秋，冷虎卻覺冷颼颼的……蘇襄那副模樣，忽然變成剛才的的九天玄王爺？一下又像陰間拘魂厲鬼？周圍侍衛好像在說話？可是他──耳鳴聽不見！一陣噁心……

他一咬牙，旖妮心緒全失。甩頭喝了聲：「看緊她。回日照宮。」說罷步履不穩的步出了錦繡宮。

門碰然闔上……留下一室狼藉。蘇襄臥姿不變，直到東方發白！

蘇襄動了動僵硬的身子，一時站不起來。冷奎也適時出現，身邊跟著宮女、太監，居高臨下俯視著她……倒也沒有要扶她一把的意思。

蘇襄氣若游絲問：「冷公公，發生甚麼事了？」

冷奎尖著嗓子反問道：「襄王妃是眞忘記了？故意忘記了？還是不願想起呢？」

昨晚的事他都聽他的徒子徒孫說了。冷虎必然甚感沒面子，大大震怒。可是九天玄王煞有其事的降了口諭，就算是帝王也有些忌憚，他已派人往東南方打聽，再讓他來蘇襄這兒探探眞僞。

蘇襄無力地閉上眼：「公公想說，就告訴本王妃。不想說也不用爲難。我這副模樣也離死不遠了！請公公代爲轉告太后，蘇襄無法再爲其效力了。」

冷奎心中一驚，想起蘇襄一被拘來就問起太后知不知？現在又說無法效力……太后可能眞有甚麼事托付！再看她那狼狽樣，不像假的！還是得善待她些……

「襄王妃昨晚起了瘋癲，褻瀆了龍顏。皇上大大不悅……不過，襄王妃先調理好身子，再向皇上稟明。陛下仁慈，定會從寬處理。」

又對著幾個宮女道：「妳們四個留下來，照顧好襄王妃。」吩咐完就離去了。

爲首的一個宮女，資歷較高，面無表情。吩咐其他三個宮女打掃外間，她扶著蘇襄進入裡間床上，輕聲地問：「襄王妃還好嗎？」一邊快手快腳，幫蘇襄梳洗、更換居服。蘇襄一邊裝死，同樣用耳語的音量回：「我無恙，一點皮肉傷。用過的東西，藏於銅鏡後，務必毀掉，不留跡證。」

「我明白。」

「蘇梅，蘇襄欠妳一次大恩。」

蘇梅將被褥幫蘇襄拉好，「襄王妃言重了。我不是爲妳，是爲我自己。如果還有機會，襄王妃請記得——還有賈皇后。」

「我知道，」蘇襄用手撫著心口道：「我用我的命發誓。」

蘇梅料理完，帶著其他三個宮女出去備膳。

蘇襄閉眼假寐……她跟小桃要了新鮮雞血、墨魚汁、毒蘑菇搗爛煮成汁。這幾樣東西份量稍多，如何能塞入鳳凰尾？及至送晚膳時，蘇梅送了一盤貴妃醉雞，東西都塞在肚子裡！裡頭還塞了一小塊絹布……她才明瞭，小桃於宮中結識蘇梅，二人成爲莫逆。蘇梅本在賈皇后的朝陽宮當差，某日被冷虎瞧見，粗暴的要了她的身子，事後就像隻發情的公狗，拍拍屁股走人！不但如此，還將她賞給隨行的侍衛。她不幸懷了孕，卻無法知道是誰的種！冷虎讓御醫調了打胎藥，逼她服用。打完胎，身子還沒調好；賈皇后知道，不問青紅皂白，怪她行爲不檢，勾引皇上和內侍，連續二個月強灌她喝打胎藥……以至她永遠無法生育了！

蘇梅知道小桃的血海深仇，小桃也知蘇梅的刻骨之痛。此次她剛好輪調到錦繡宮當差，得知是蘇襄被拘禁，告訴小桃，這條線才搭上……她與小桃的紙條都是蘇梅暗中相助的！

還好昨晚有驚無險。蘇襄睜開眼看到桌上的自作壺……這把自作壺，原名玄機壺。其實並不簡單。它有內外二層，所以壺壁比較厚；內壁有數十道裂縫，但從壺口看進去，並無異常，只讓人覺得是製壺者手藝不佳，溫度控制不宜，才會燒出裂紋。

機關是在壺蓋。壺蓋不動，內壺的液體由壺嘴倒出；壺蓋按壓扭轉，內外壁分離，內外壁之間的液體也會由裂縫滲入內壺！任何人檢查茶壺，一定是分開檢查，也就看不出玄機。她把毒蘑菇液先注入夾層中。喝第一杯酒，她與冷虎一起喝。待冷虎喪失戒心時，第二杯之後的酒，她扭轉壺蓋，倒出的酒是加了蘑菇液的！冷虎喝了，她則乘機吐在裙上……

毒蘑菇液與大麻功能有些相似。後遺症可能是心悸、嘔吐、焦慮、幻覺等。古人較迷信，怕鬼神。所以她照自己想像，把墨魚汁、雞血、抹在臉上、身上，剩下的縫在衣衫內側，模仿八家將步法、乩童起乩，朝自己身上亂打亂戳……噴濺出來的大部分是雞血！可她相信，突生變故，眾人注意力只會在她扮演的九天玄王和諭令上；加上她撤了大半燭火，光線隱晦不明，沒人會注意到眞血還是雞血！

待曲終人散，她癱在地上，也是演戲！冷奎手下必是密切在注意她的動靜。她索性繼續倒地上……費了這許多功夫，她只盼老天眷顧，月圓事圓。

一大早，御花園忙碌了起來。剪枝除葉、清理打掃、掛琉璃宮燈、懸彩飾、換新盆花；御膳房也同樣忙得不可開交。東湖是宮裡最大的一座湖，湖裡又有九個小潭，中間有個湖心亭。各王爺座席、桌案、擺置、都不能出岔錯。皇子、公主、世子、郡主，都有他們的桌席。

日出，日落，如一幅布幕，緩慢地移換成星夜。月出東山，清輝瀉地。宮燈紛紛亮起，湖心印月。宮女們濃妝重抹，後方有宮娥們吹著笛，笛聲悠揚，在雲水間迴盪……御花園中人聲笑語錯落，佩環叮琮。英太后居中坐，皇上冷虎在下首，皇后賈氏陪同。往下是老大焱王冷豼。老二鑫王冷獅，王妃溫氏陪同。老四淼王冷鰲，王妃閔氏陪同。老五垚王冷蛟，王妃李氏陪同。

英太后滿臉笑意但冷聲對冷虎說：「皇帝也太出格了。你貴爲九五之尊，一言一行朝臣皆看在眼裡。硬把襄王妃留置宮中，成何體統，簡直讓人笑話！你趕緊著人把她送回去。」

冷虎同樣笑意盈盈，外人看起來，母子正說著體己話。只是冷虎聲音更寒：「母后，今晚是中秋佳節，花好月圓，母后何不好好享受這良辰美景！蘇襄的事，我自有定奪。」他已嚴禁走露消息，太后還是知情了！可見，太后耳目比他想的多更多。他到底還算不算皇帝？

「皇上，」英太后差點想拍桌，「你的心思，我還不明白！可蘇襄是我布的一顆棋，用來拘著冷貔的，眼下就要大功告成。天下女人多的是，你何必非要蘇襄？」

「母后，天下是我的天下。冷貔的東西也是我的，連他的命都是我的！他只是我的一個擺飾……母后勿需過慮，這顆棋可以撤了！」

「你……」英太后氣得想砸酒壺，看皇帝能不能清醒些。

此時大家都已坐定，觥籌交錯。先向英太后舉杯問安，又向皇帝問安。

英太后慈眉善目說道：「今夜乃中秋佳節，皇上和各府王爺齊聚，共享天倫，月圓人圓，吾心甚慰！大夥開開心心，團聚團聚。」

「母后說的極是。尤其西北大捷，北方再無後患！今個兒慶功，都是自家兄弟，大家開懷暢飲，不必拘禮，不醉不歸。」

冷垚舉杯，向冷虎說：「此次出戰，勢如破竹，皆因皇上聲威遠播。蠻子聞風喪膽，未戰先怯！我朝國運昌隆，千秋萬代……」

大家一聽，高舉酒杯，高呼萬歲。

接著，歲數最大的冷鰲長子冷玦帶頭，領著一干公主、世子、郡主齊來問安。皇長子、二皇子照例未出席，賈皇后從不讓！總以身體不適爲由。她覺得旁人都在背後笑話她。

鑫王爺冷獅，一直都是隻睡獅。他只喜歡舞文弄墨，政事完全不懂，臉色完全不鬧。見了冷玦，讚了聲好：「玦兒眞是英雄出少年，我們玳兒天差地遠！」

垚王冷蛟，早知自己哥哥性情，他正需要他這種不經意。「是啊，玦兒八歲了吧。」他轉頭對冷鰲說：「四哥，玦兒資質佳，將來必是國之棟樑。」

冷鰲斜瞟冷蛟一眼，他從未將異母兄弟冷狁、冷蛟放在眼裡，譏誚地道：「這是自然。五弟，你才從沙場凱旋回朝，雖說只是跟在朱烈後頭。不過，勉強也是大功一件……你的世子冷玠射箭、騎術想來也有你眞傳。改天，讓他倆比劃比劃。」

「四哥，玠兒才五歲，就算與玦兒同齡，再怎麼歷練也無法和玦兒相比，還是別現眼。」冷蛟推讓。

冷鰲輕哼一聲：「這倒是……放眼宮中，要說玦兒第二，沒人敢說他是第一！」

冷虎、賈皇后臉罩了一層霜。

英太后心中暗罵，蠢貨。嘴上若無其事說著：「子孫有才，是我朝之福，大家同喜。皇孫、皇孫女們可以退下了，一旁用膳去。」

賈皇后可不打算善了。她端著慈母的笑，問道：「玦兒，這些皇叔如此看重你！說說，你還學了些什麼？」

冷玦在淼王府是小霸王。父親跋扈囂張，母親倨傲無知，他完全得了真傳。有顯擺的機會，哪能放過。他高聲說：「除了騎馬射箭、武術兵法，夫子還教了規章典制、經史子集……」

「好樣的。」賈皇后口裡讚著，可表情是沒啥了不起的模樣！

「很好，允文允武，可得繼續用功。下去用膳吧……」英太后有點使力的催。

冷玦瞧著，怎麼沒太大回響。不甘心，急著說：

「我還會擬詔書……」

御花園的琉璃燈，兀自流淌著璀璨，湖心亭波光粼粼。鳳笛正奏到激昂的《百鳥鳴祥》，直入雲霄……可是人聲全被沉默吞噬，只剩空景！

午時前，冷虎派出的探子回報：東南方有淼王爺府邸。琉璃瓦、玉台階、石角樓、四神獸，皆是皇帝規格府殿。三里淫雨滂後，百姓豎指讚揚，還有歌謠傳唱！他想起想起九天玄王諭令：真命天子現……北斗七星抱……魚躍龍門間……冷鰲的繡龍蟒袍、十六人轎、鰲字有魚……

好一陣，冷虎才似無芥蒂的笑問：「淼王爺，朕現在才知未雨綢繆的精髓。世子都擬些甚麼詔？」

冷鰲覺得暈陶陶的，昨晚和徽徽巫山雲雨好幾回！現個兒仍覺飄飄然……他大大咧咧回說：「三哥，這天下都是咱倆兄弟的，你能擬的詔，他都能。」

「住口。」英太后厲聲喝止：「冷鰲，你喝多了，胡言亂語，回府去吧。閔王妃，還待著做啥！」

閔氏再笨也知不妙，趕忙出來嗑頭：「皇上恕罪，淼王爺喝多了，口不擇言，臣妾先告退。」

「閔王妃，何必急呢？日有所思、夜有所想，才會酒後吐眞言。」賈皇后本就猜忌英太后要推冷玦爲儲君，現在可想逮住機會挑唆一下，絕了淼王府的想望。

「淼王爺龍袍也加身了！龍輦也坐了！詔書也可任命世子擬了！皇上，我看這天下不是你的，是皇叔冷鰲的，是世子冷玦的！」賈皇后陰側側的說道。

「都住嘴。冷鰲口無遮攔，自現在起罰餉一年，禁足王爺府三個月。」英太后先發制人，就怕不可收拾，這可是殺頭大罪。

冷獅、冷蛟也應和著，大家都是一家人，淼王不勝酒力、胡言亂語，皇后別放心上云云……

冷狃瞧著，他知蘇襄與憐君閤宋徽徽謀劃之事。冷鰲現下該是心智紊亂，機不可失……他站起身，「四弟，先回府休息。我扶你。」冷鰲有點踉蹌，閔王妃拉著冷玦和其他郡主跟在後頭。

冷狃攙扶著冷鰲，耳語道：「四弟，這天下是你的，只能放心裡，噤聲低調！雖說我也爲你不平，可是你到底不是皇帝！我勸你，踏實的做個無聲之人，不爭不要……」

「呸，憑你也配來教訓我！」冷鰲被激，大力掙脫，一轉身，回到湖心亭。

「我說母后，當年你說三哥的就是我的，他有皇子等於沒有皇子！讓玦兒繼承大統又怎麼了？穿個龍袍過過癮有啥了不起？不妨再多告訴妳一條——我們還製了后服，讓閔妃在府裡穿穿……我們都委曲成這樣了！現在，連說都不能說！妳就是偏心三哥。」

太后臉氣歪了，張著嘴……怒道：「你……你這混帳東西……」一下急怒攻心，厥了過去！楚嬤嬤宮女太監，慌亂地喊著……

冷虎下令召太醫將太后送回福壽宮。昨晚的九天玄王讓他頭疼欲裂，他自己有點心悸，手有點抖，冒著虛汗。他以為是昨晚受了驚嚇，如此丟人現眼，他不想讓別人知道。這會兒更是心浮氣燥……

英太后不在，賈皇后更無忌諱。「皇上，四皇叔咒你無後呢！閔王妃，乾脆我這后位也讓妳坐吧。」

閔王妃馬上跪下磕頭。碰碰碰……磕到額頭都滲出血了。「皇上恕罪。皇后恕罪。我們只是在府裡……玩玩。沒……沒細想。我們不知分寸。王爺忠心耿耿，絕無二心。皇上，皇后恕罪，恕罪。我們該罰……五年，不……十年歲銀！皇上恕罪……」

冷虣丟給冷蛟一眼，冷蛟會意。叫喚冷獅，一起要拉著冷鰲跪下，冷鰲一邊掙扎，一邊嚷嚷：「我說錯了嗎？跪甚麼？」

就這麼一拉一扯，冷鰲的青羅衣和內單一起被扯破，露出整個上身。他胸膛上清清楚楚有五顆黑痣，延伸至腰腹……

八月秋高氣爽，冷獅頻頻拭汗。眞是，這單衣怎麼這麼薄呀！

「皇上恕罪，我手拙，有辱聖目。」他趕緊想再幫冷鰲把衣裳披上。

冷虎反而笑了！笑的意味深長：「不必費事，也該是坦誠相見的時候了。冷鰲，你何不把褲頭也解了！」

「這有何難？」冷鰲心神飄忽，無所謂的回答。

冷貔、冷獅、冷蛟齊聲說：「四王爺，萬萬不可。不可。有辱聖目……」

「你們不許攔。」冷虎的口氣反常，像是早知葫蘆裡賣的是甚麼藥，卻故意等著賣藥的出醜。

冷鰲毫無顧忌地解開褲頭，脫了褲，好整以暇站著。渾然不覺氣氛詭異！他左大腿與右膝上，各有一顆黑痣……

冷虎發出桀桀怪笑，「好，好，好……」，連說三次好字，夜梟似的刺耳。他喃喃自語，只有自己聽得見：「北斗七星抱！」

他倏然起身，帶翻了龍椅，掃掉桌上美食……背景鳳笛聲已停。月掛枝頭，鳥雀已杳，宮娥太監們不敢走動，垂手肅立。

「傳詔！」

有人應是。冷虎彷彿看見，冷鰲腳踏北斗七星，穿著龍袍，坐在自己的龍椅上。滿朝文武對他三跪九叩，冷鰲看見他，對他招手，嘴唇嗡動，一聲令下：「斬……」

冷虎自己也分不清，這句「斬」是誰說的！耳畔嗡嗡響著尖叫聲、哭泣聲、求情聲、湖水拍擊聲……

東湖裡，清風徐來，九潭印月；煙水氤氳，仙氣十足，如夢似幻……

冷狨也跪著，心中想著：襄兒，今晚這齣精采好戲，妳竟無緣目睹。妳回府時，一定要告訴妳，冷鰲府上築巢的燕，將會燕去巢空，飛入尋常百姓家了！

第七章、駭浪

平生不會相思，才會相思，便害相思。身似浮雲，心如飛絮，氣若游絲。空一縷餘香在此，盼千金遊子何之。證候來時，正是何時？燈半昏時，月半明時。

元徐再思《折桂令》

八月十五後二日，冷鰲就被綁赴刑場。罪名悖離倫常、大逆不道、欺君罔上、意圖造反……但皇恩浩蕩，顧及兄弟之情，處——斬立決！王妃閔氏、暨所有妃妾、世子、郡主共三十餘人，賜毒酒。淼王府所有奴僕雜役共二百餘人充軍西北，房產現銀珠翠珍寶充公國庫。

囚車赴刑場路上，冷鰲已一夜白頭，灰髮蓬亂。囚服殘破汙穢，屎尿失禁，路人掩鼻！他萬萬沒想到，皇帝如此絕情，他落得如此下場！他瘋瘋癲癲嚷著要見皇帝、皇太后、賈皇后，但無人理睬。直到劊子手掄起大刀，刀面反射出他的模樣，他反而突然清醒了！冷鰲哈哈哈大笑，笑到眼淚都流了出來。他仰天長嘯，聲嘶力竭，青筋暴露，血脈賁張……「冷虎，你會不得好死，你會比我更慘！我死不瞑目，我等著，看你的下場，你會不得好……」

刀光一閃，帶起血花四散噴濺，冷鰲碩大的頭顱滾了出去，眼睛瞪得老大，對著日照宮！

冷虎這幾日誰都不見，下令不准擾，連上朝都藉口龍體不適省了。英太后一直昏沉著，他讓御醫在湯藥中加了昏睡劑，否則她必然干涉。等她醒轉，木已成舟……她也莫可奈何！

這日，冷奎在旁伺候。冷虎想外頭的動盪應該消停了些，遂問到：「這幾日有甚麼事？」

「恭喜皇上，賀喜皇上。周美人和淳婕妤先後誕下皇子，母子均安還等著皇上賜名。」

「很好。升，晉升她們的位分。周美人名周婉荷，晉為荷嬪；淳婕妤名淳媚，晉為淳妃。看誰還敢說朕無皇子！」

冷奎心想，這二位可走運了，一下跳二級！

「皇上，蠻族求和使節團已至，老奴將其安排住在迎賓館，皆有禁軍看守著。三日後宴請使節於聚賢殿。」

「這是大事，吩咐禮部，可得好好操辦。」

「太后呢？」

「太后身子無大礙，只是鬱鬱寡歡。不過宮中添了皇子，吉光普照、瑞氣祥雲，想來一定會解憂返樂，皇上寬心。」

冷虎還在氣憤英太后，連問安都沒去。他的天下也是冷鰲的！難怪冷鰲沒把他這個皇上放眼裡，妄想篡位！豈有此理，他才是眞龍天子，才會有天上玄王示警，除了這個禍害！想到九天玄王，便想到蘇襄，「走，去錦繡宮。」

「皇上……」冷奎欲言又止。冷虎停下腳步。

「襄王妃被帶走了。現下不在錦繡宮……」冷奎的心都提到嗓子上了。

「被誰帶走？」冷虎聲音變了。在他的地盤！

「聽說是皇后娘娘遣人帶走的。」

「甚麼叫聽說！是就是，不是就不是。」冷虎怒道。

「這……來人手持皇后手諭，咱們不敢攔。可皇后娘娘未提及此事，無法得知皇后娘娘知情不？這宮裡都搜遍了，只剩——朝陽宮」冷奎仔細斟酌著用字。

「一幫蠢材！爲何不來報？」冷虎怒火中燒。走了一個挑事了，又來一個。

「皇上前幾日憂國憂思，老奴不敢打擾皇上清靜，皇上恕罪。」冷奎鼻心朝地，不敢抬頭。

冷虎想起，是自己下令不見人、不理事。

他越想越怒，皇后，你以爲朕怕妳不成！喝道：「去朝陽宮。」

「是，」冷奎朗聲吆喝「擺——駕——朝陽宮。」

朝陽宮裡張燈結綵，宮女們也都精心裝扮，園裡鮮花朵朵，暗香浮動。冷虎一跨進主廳，就被賈皇后迎上主位。一桌子好菜好酒已等著，賈皇后描黛眉、塗胭脂，喜氣洋洋。一見他就說道：「恭喜皇上喜獲龍子，還一舉成雙！我替皇上開心的不得了，想著一定要備膳與皇上同喜……這要送周美人和淳婕妤的禮，我早就備好了。待她們身子恢復，我就瞧瞧她們去。皇上可要好好賞賜她們！」

「這是自然。」舉手不打笑臉人，冷虎一肚子的火還眞不知道該怎麼消。他心不在焉，端起酒杯就喝。

賈皇后順勢又幫他斟上一杯，道：

「皇上，現在西北已平，天下歸心，此乃皇上之福，萬民之福。聽說，禮部要開始選秀女了，宮裡還不敢讓我知道！唉，世人罪我、誤我善妒，也就罷了。皇上一定知我、解我。皇室有龍有鳳，龍鳳呈祥，我高興都來不及，巴不得禮部選上三倍秀女，雨露均霑，開枝散葉，千秋萬世。」

冷虎聽完，沒進門時那麼氣悶，便道：「皇后賢德，處處爲朕著想。想來，皇后帶走蘇襄亦有深意囉……」

賈皇后掛著的笑完全沒變過，親自替冷虎布菜後才道：「皇上，你把襄王妃擱在宮裡，再怎麼說是敘舊，恐怕仍會遭到非議、難杜悠悠之口，人言可畏。何況皇上才除了逆賊冷鰲！臣妾前思後想，何不趁宴請使節時，王公大臣在座，直接下令焱王冊封舞優為正妃，量他不會說不，也不敢說不！一個王爺要忙冊封禮，宮裡誕了二位皇子，周美人、淳婕妤晉為嬪妃也要辦冊封禮；此時此刻，誰還會記得一個被人遺忘的王爺側妃！皇上可以將蘇襄送到靜心庵，帶髮修行。過個半載、三個月的，賜她新封號，迎回宮，豈不是一勞永逸。」

冷虎疑道：「舞優？為何是舞優？夜曇比較得寵。」

「皇上，就是因為夜曇得寵，她又是常德將軍之女……你想，萬一她在焱王耳邊吹起枕頭風，慫恿挑撥，再白爛的狗也可能吠二聲。」

冷虎想想法子不錯，「皇后真願意讓蘇襄進宮？」

賈后嘆了一聲，「皇上還是不信我！」

「蘇襄現在何處？」

賈皇后掩嘴笑道：「皇上，臣妾念茲在茲為皇上分憂解勞，皇上念茲在茲是另一個女子，真叫臣妾傷心……還是，皇上怕我殺了她？」

冷虎清清喉嚨，他心裡還真這麼猜想。「皇后多慮了，皇后的好，朕自然是明白的。」

賈皇后一邊斟酒、一邊布菜，「皇上放心，蘇襄出宮前，皇上一定會見著她。這樣皇上安心了吧！現在皇上該專注在蠻族議和的事上，這後宮有臣妾打理，萬無一失。」

冷虎思及冷鷔短短二日即被斬，朝堂免不了有些驚疑及流言蜚語，不應再與賈皇后鬧不快。

畢竟朝中賈氏勢力龐大，皇后所言好像也沒可挑剔，他也該上朝議事、安定人心。也就應允了……

朝陽宮後方，林蔭深處，有個水潭。潭水汙濁，見不著光。間隔數百呎更僻靜處，有個佛堂。佛堂裡，寥寥幾尊佛，壇上坐著，法像莊嚴；可是蛛網塵結，顯見無人禮佛！與佛像極不協調的是——壇龕下方，各式刑具齊備，手銬、腳鐐、笞鞭、夾棍、絞架……上面還殘留已乾涸的血跡。腥味濃稠，光線昏暗，泛著陰森恐怖。

灰泥地上，血跡斑斑，蘇襄倒臥其上。她瘦骨嶙峋，背上鞭痕縱橫交錯，皮開肉綻；舊的血已成褐色，新的血不斷滲出，不忍卒睹……賈皇后旁有嬤嬤、宮女、太監護著。

「蘇襄，還不承認妳心中盤算嗎？」

蘇襄氣若游絲，衣衫襤褸、蓬頭垢面；見賈皇后著大衫霞帔，頭戴珠翠冠，衣繡織金龍鳳紋。想來是故意要對比自己的淒慘的……

「皇后娘娘明鑑，來宮裡是太后娘娘宣詔，留在錦繡宮，是皇上旨意，我也千方百計想回王府。蘇襄絕無任何想望，娘娘誤會了。」

「誤會！自妳爬上日照宮龍床，妳的想望路人皆知。妳不過是個奶娘女兒，心也忒大！若非太后護著，妳早已沉潭了……」

接著她拿手裡攢著的絲帕拭了拭唇，用說戲的口吻道：「妳來時見到外邊的沉珠潭了吧。裡頭的明珠可多啦，舉凡蠢笨的、不聽話的宮人、妃嬪，通通綁上大石，沉到潭底啦！噗通一聲……多省事。」

蘇襄只覺毛骨悚然，這女人喪心病狂，瘋了。

「皇后娘娘，蘇襄是豬油矇了心，我知道錯……我知道皇后心慈。自我進王府，就只想著跟著王爺安生過日子……」

「嘖嘖……瞧這張嘴，瞧這臉蛋，那些個齷齪的房中術、體位姿勢，良家婦女怎會如此敗德！難怪不到幾個月，焱王就七葷八素了，連曇王妃都不是妳的對手；皇上不過數日不見妳，就到朝陽宮來討人！還說妳無任何想望。我替妳說了吧！妳想的是白天當王妃、晚上當嬪妃，日後想當皇后！妳別做夢了……也別指望皇上會來。蠻族締約求和，宮嬪誕下皇子，夠他忙的。至於妳呢，本宮會讓妳去尼姑庵待著。後宮佳麗多如牛毛，鶯鶯燕燕。三個月，半年後，若皇上還記得妳，就讓妳回來。可是，皇上看見妳這身子，不曉得還想不想要？在那之前，得好好教教妳——恪守婦道、安分守己、不勾不引。」

蘇襄的傷口，讓她痛到像火在烙，可她神智異常清明——房中術、體位、姿勢……這些她只跟一個人提過！現下她更明白，疑心生暗鬼。賈皇后已生魔障，只相信她想相信的。色誘皇上、覬覦皇后大位，這些她不認，賈皇后會凌虐她；她認，賈皇后照樣會凌虐她，而且更兇狠！她得留著一口氣，不能命絕於此。

「皇后，皇后娘娘，」蘇襄掙扎著匍匐到賈皇后腳邊，她一動，背部的傷被扯裂，血流到她的頸項、胸口，滴到地上……

「娘娘明察，皇上只是心情鬱悶，然後九天玄王降駕，附身在我身上，提示四王爺不懷好意，只有這樣。」

賈皇后仍帶著笑，不懷好意的那種：「好個蘇襄，現在要邀功了！妳認為本宮如此好欺嗎？」

「不，皇后娘娘，我真的沒作他想……」

「那妳就再想想，直到妳想出來。」賈皇后輕描淡寫的吩咐：「秦嬤嬤，好好伺候，除了那張臉別弄花就好。這狐妖送出宮前還要讓皇上見一面……」然後施施然轉身離去

秦嬤嬤面無表情，像戴著人皮面具。帶著二個太監，掩上門。又拿了塊破布，把蘇襄的嘴堵住。

「蘇襄，昨日伺候妳的叫——金鞭引蛇。鞭子上有倒鉤，一鞭下去，順便會把皮膚下的肉給鉤起來！妳捱了三十鞭，竟然還有氣！可見金鞭引蛇是小菜一碟，今個兒端上的是碧竹含香，明日是流星指月，後日的……要看妳挺過來沒。來吧，妳嚐嚐……」

佛堂內，是蘇襄的發不出的哀號、嗚咽，夾棍的餘音迴蕩……她的手指像被刀砍過，砍的不準，重覆再砍，來來回回、切割踩碾！她彷佛聽見斷裂的聲音……她疼到麻，麻了又疼，疼到無法再疼。她喊到嗓子啞了，可她知道沒人聽見……

她暈厥了去，又被水潑醒；煉獄般的酷刑重新開始……她真懂，甚麼叫生不如死。她希望她不再醒轉。她的意識昏沉，看不清眾佛像的面容；血淚和汗濡濕她的眼瞼，層層水霧，覆住她的睫毛，看出去——彷若眾佛也在哭泣！

「襄王妃，襄王妃醒醒。」

有人在叫，從比遙遠更遙遠的地方……穿過雲霧。聲音比較清晰了，可是她好想繼續昏睡下去。

「襄王妃……」蘇襄無法分辨被喚了多少次？也無法分辨她睜開眼時，眼前的影像從模糊到她可以聚焦，花了多長時間？

終於看清了，「小桃！」蘇襄虛弱的說。

「襄王妃，妳怎麼被折磨成這模樣！」小桃說不下去，好慘，賈后好狠。

蘇襄沒回應。

小桃振作了起來，「襄王妃，我和蘇梅費好多功夫才找到這處。今個兒宮裡忙，她沒法來幫忙。朝廷要和蠻族締約，晚上皇上賜宴，沒人看守這處，我帶妳出去。」

蘇襄撐了一會兒，才說：「小桃，我們出不去……」

「可以的，可以的。襄王妃，妳撐著點，我拚死也要帶妳出去。」小桃急得哭了。她知道蘇襄說的是事實——二個大人，一個受傷嚴重，一個只是小宮女……可能連一百步都走不足，就束手就擒。可是她不能放蘇襄在此，她只會半死半殘剩一口氣……

「小桃，冷靜下來。聽……聽我說。」蘇襄使勁的發出聲音：「過來……過來些……」

小桃抹抹淚，靠了過去。

福壽宮

英太后自醒來，日日垂淚。自己的親兒子，就這麼沒了！自己的孫子、孫女兒就這麼沒了！殺他的也是她的親兒了！史上禍起蕭牆，骨肉相殘，應在她身上！她何其不幸竟然親身經歷……而她剩下唯一的親兒子，貴爲皇帝、不請安、不賠罪、湯劑下藥……他眼裡還有她這個母后嗎！

她做錯了甚麼？

楚嬤嬤正替英太后搥背，見英太后鬱鬱寡歡，安慰著。

「太后，禮部選秀女，今年多徵選了一倍。各個出自名門，秀外慧中。加上荷嬪、淳妃又誕下龍子；國師說了，一個風相，一個水相。太后想呀，風生水起，龍子再生子，不消說，沒多久，太后就會看見我朝枝繁葉茂，兒孫滿堂了。」

英太后一聽，臉色稍霽，吩咐道：「將兩位皇子抱到福壽宮撫養，找信任的奶娘，專責照顧，提防皇后，別讓她有甚麼念想。」

「太后放心，我會安排妥當……太后，今個兒，皇上設御筵，宴請一品以上王公大臣、和王爺，聽說這蠻子也準備了蠻族歌舞，太后瞧瞧熱鬧去……」

「不了，上不了檯面的東西，哪能和我漢族相比，不看也罷。我乏的很！何況見到皇上和皇后，我就會想起鰲兒……」

英太后長吁短嘆，照皇上和皇后的性子，要怎麼治理江山？冷鰲一走，賈氏一族不就更壯大了嗎！

楚嬤嬤正想再安慰二句，有個宮女來報，說福壽宮門檻上，有張信箋，抬頭爲太后……她不敢看，便送了進來。

楚嬤嬤先接了過來，嚴查有無異狀，確定無喂毒暗器，才交給英太后。英太后一看，氣急敗壞，「這二個，他們……咳咳……真是成事不足，咳……敗事有餘！」她氣得渾身發顫，乾咳起來。

楚嬤嬤急忙幫英太后順氣，英太后搖手，把信箋給了楚嬤嬤，「快，拿我手諭，妳親自帶幾個禁衛軍，去把人帶出來。看誰敢攔妳，就地處決。」

楚嬤嬤一瞧信箋，看出事態急迫，風疾電馳出了福壽宮。

英太后餘怒未消，她摔了青花壺、推倒琉璃屏、扯掉金縷幔、折斷桂花枝……屋裡凌亂一片，碎的碎，破的破，伺候的宮女跪了一地，驚若寒蟬。瓷片砸到頭，斷枝劃傷臉，縷幔掛上

肩，也不敢動，深怕下一個倒楣的是自己。

英太后銀牙暗咬，她歷經二朝，甚麼大風大浪沒見過！冷狁看起來無害，看起來不沾鍋。可是，她看著他長大，他心性沉穩、智謀過人。他越是清心寡慾，她越是忌憚。若說朝中賈歡的勢力占三分之一，對著冷虎吹捧迎合；她英氏一族占三分之一，剩下的三分之一就是那些不吭不哼、韜光養晦的兩代老臣。他們的唯唯諾諾和冷狁一個樣，就像隱於平靜無波的海面下最危險的漩渦！

爲了英氏一族，爲了冷虎、冷鰲，她處心積慮，篡謀大位。那麼多年來，白日裡惴惴不安、食不知味；暗夜裡寢難安枕、夜不能寐，她活得多麼不容易！熬到今日，終成定局。他們想得簡單，以爲殺了冷狁就好。他們不知丁點星火，便可燎原……冷狁後頭也許有數百人，數百人後有數千人，後有數萬人，殺的完嗎？她綁住蘇襄，套著冷狁，一條繩拴著二隻螞蚱，讓冷狁心智喪失、自然殞命，不動一兵一卒、不耗一柱一瓦、一磚一石，即可水到渠成！

這下可好，一個淫！一個妒！硬要逼狗去跳牆，眞是扶不起來的阿斗！

英太后發洩地用腳一踹，三不管踹著了什麼，對著空洞的大廳大聲咆哮：「酒囊飯袋，酒囊飯袋……」宮女們屏氣凝神，仍然跪著，誠惶誠恐。依舊不知，酒囊飯袋是在罵誰！

冷𤞟坐在書案後，不言不動已半個時辰。昨晚的晚膳、今早的早膳，端來又端去，他一口未食，午膳還擱著。熱茶冷了，換過幾回又冷了。冷垚、驚鴻隨侍二側，向康幾度張嘴欲言，還是說不出話來。掛在大廳籠裡的金絲雀，也失了活潑生氣，籠底窩著。

日頭中偏，冷垚坐不住：

「大哥，咱們提早起義。兵部現由朱烈掌管，雖說現在尚未整合完全，但西北一戰，我助他大捷，又獻策讓他殺了衛錦夫，現下他對我可說是言聽計從。其他萬事皆備，只要把冷虎擒來，不愁尋不到襄王妃。」

冷鰲被誅後，蘇襄即失去聯絡，至今已五日。冷虎不上朝、不見朝臣、不看奏章，窩在日照宮。冷𤞟想求見，皆以各種理由被拒。

蘇襄告訴過他有個宮女小桃，他自己曾為東宮太子，他知道各宮有各宮的核心宮女，她們俱是各宮主子的心腹，不輪調。外圍的宮女負責雜事，會在各宮各殿輪值。這是防止細作得知太多內幕的方法。想來小桃也無能為力，才會無消息傳來……

他思索著，冷虎把出水芙蓉般的蘇襄留下，他的意圖不言可喻，所以他應該不會殺她；英太后既然用金枝露控制蘇襄，暫時也不會殺她；剩下的只有賈皇后，賈后善妒，又有娘家當靠山。關於她的劣跡，罄竹難書！後宮生不出皇子，只剩公主、要不皇子早夭，全是她動了手腳。又有說後宮裡總有些妃嬪、昭儀、婕妤、美人、宮女莫名其妙失蹤！冷虎根本不把這些女人放心上，當然不追究。英太后也無確切證據。賈氏為六宮之主，總由她查，由她結案。若是蘇襄落入她手中……冷猊莫名覺得一陣寒顫……

「大哥，」冷垚想說服冷猊，他看得出蘇襄對冷猊的重要性。哀莫大於心死！若不是身負重任，哪能撐到現在？好不容易，蘇襄讓他有了生機！

冷猊搖搖頭，「老五，舉事一定要萬無一失，我們只有一次機會。任何一處鬆動，都會導致全盤皆輸。那麼多人的命攢在我們手裡，我怎能因為個人所求，魯莽行動。」

室內一片沉默……

皇城太大，無法一間一間搜。蘇襄最糟的情況就是被賈后綁走，對賈后而言，最方便的地方就是朝陽宮……

「驚鴻、向康，」冷猊說話了：「去準備準備，今晚我們夜探朝陽宮。」

冷垚急忙道：「我也去。好歹，我也是王爺，萬一需要時，我可以擋一擋……」

「老五，難道我不是王爺？真要有個萬一，晚上偷偷摸進皇后宮殿，該當何罪？你不過陪葬而已。何況，今日老三宴請赤柬求和使團，你是凱旋的有功王爺，沒有理由不出席。而我則可藉口心神不寧在府上調養……晚上朝陽宮應無太多人看守，我們三人功夫應該無礙。」

「可是，萬一……」

冷猊厲聲道：「老五，你怎麼想不明白？就是怕萬一！所以你更得留下，接替我的大任。」

「大哥……」冷垚還想辯。

此時門外有僕役來報：「王爺、向總管，悅來錢莊包夫人在府門口。她說襄王妃前些日跟她借銀兩，要她今日來取，還有王妃的借據。」

冷猊示意向康。向康步出門，吩咐道：「王爺知道了，我出去見她，你先去庫房支銀兩。」

不一會兒，向康回來，手裡握著一包物事，交給冷猊。

冷猊攤開，隨即掉出一小束線香及一小撮髮絲。另有一張紙條，上面寫著：「敦煌飛花絲雨，聚賢殿前相遇。」字跡凌亂。

驚鴻看過信箋，心生警惕道：「王爺，這不是襄王妃的字。」

冷猊默默撫著線香與髮絲良久，才說：「字不是蘇襄的，頭髮是她的。因爲某個原因，她無法寫，所以請人代筆，並用自己的頭髮，取信於我們。」

「太好了，大哥，至少有嫂子的消息了……」冷蛟由衷的高興，這表示蘇襄可以回府了吧！

「老五，你一樣由地道先回去，我們分別入宮。宮裡爪牙一直沒撤過……驚鴻、向康帶些好手，別讓人認出，宮門外候著，等我出宮。」

各人應了，分頭準備。

冷猊注視著手中的線香及髮絲，溫柔的握著；也許別人不懂，但是他一看就明白——香和絲，相思也！「襄兒，這幾日妳受罪了。晚上我一定接妳回府。妳的心意，我知，我也是。妳知道嗎？我也是。」

「平生不會相思，才會相思，便害相思。身似浮雲，心如飛絮，氣若游絲。」

而這闋詞正是他的寫照。

聚賢殿

夜明珠晶瑩透亮，宮燈璨金流彩。

皇帝、皇后著禮服、戴禮冠。宮娥也盛裝打扮，徐徐而入，魚貫而出。一等公、侯、王爺皆按位分就坐，互相寒暄問候。中書丞相賈歡，輔國太傅周仲廉，輔國太保莊賢禮，吏部、戶部、禮部、兵部、刑部、工部尚書如：文成章、朱烈，都察院都察史籌光遠，大理寺卿留丹青，都是座上客。

皇城裡三步一崗、五步一哨，戒備比平時更爲森嚴。冷獄獨自坐著，也未與他人閒話，臉上鬍髭未刮、臉頰凹陷，落魄不堪！

鬼魎使節，正確而言，應該是赤束使節，爲首的叫岡札。他站起身，舉杯感謝興帝隆恩，再謝興帝賞賜，保證日後鬼魎族必效犬馬之勞、肝腦塗地、以報皇恩浩蕩云云……接著又說，使節團準備了歌舞，要與大家同歡。

就在此時，殿外太監高呼：「皇太后駕到。」所有公侯將相立刻起身……

冷虎與賈皇后互覷了一眼，也連忙起身。

英太后顫顫巍巍，一路笑意盈然，與眾人致意。再由楚嬤嬤攙扶著就座。

冷虎立即傾身關切問：「母后身子好些了吧！早上冷總管回報母后仍感不適，無意出席，兒子甚感憂心！」

英太后沒看冷虎，「難得皇上有心還記得我這老太婆！哀家可是感到高興極了。有你這麼個好兒子！」冷虎心裏一陣疙瘩。英太后每句話都帶刺！不知道英太后只是單純來，還是有何心思？

賈皇后也堆起笑，「太后鳳體康復，我……」

英太后也同樣沒正眼瞧她，逕自打斷，宣道：「哀家來瞧瞧熱鬧，別因爲我掃了興，都免禮了，繼續吧。」賈皇后無奈，只得悻悻然住嘴。

冷虎示意之下，岡札用雙手擊掌……

二十個精心挑選、面目姣好的女郎，髮辮垂胸，身穿異族衣裙，外罩麂皮背心，足蹬皮靴，跳了進來。她們的舞活潑輕快，或踩、或踏、或踢、或踐！駝鈴聲爲其伴奏，時而高亢清脆，時而低訴迷離……平沙雁落、大漠風情，近在眼前！一曲舞罷，掌聲不斷。

岡札起身，不無得意，仍道：「獻醜了。獻醜了。」

冷虎心醉神迷，迷的不是舞，是這幾個曼妙的女子！他正想賞賜……

英太后先他一步，道：「西北大漠的舞英姿颯颯、開闊豁達，叫人嚮往……不過漢族的舞蹈，流傳千百年，有其精妙之處。「皇帝，接下來就換我聿乂朝舞一曲，彼此交流，盡個興……」

冷虎不知英太后，何出此言，只能含糊地說：「母后所言極是……」

英太后氣定神閒的宣：「我朝的敦煌舞——飛花絲雨，開始吧。」

外人看起來不覺突兀，冷虎心裡上上下下，思量著英太后要做甚麼？沒人注意到冷貀——他眼中精芒頓現。

輕輕的，響起琵琶和笛的樂音，接下來手鼓，箜篌聲；融入琵琶和笛聲，緩緩流淌……像條悠長的小溪……一名女子，紅紗覆面，著黑色燙金斜肩抹胸；坦腹、赤足、露出白皙肌膚；手腕、足踝、頸上套著珠飾、纓絡，背上同樣覆著紅紗坎肩；頸繞紅色寬幅彩帶，十指套著鎏金護甲。下身同系列紅色薄紗燈籠褲、腰繫紅黑雙色素紗細彩帶，嫋嫋婷婷……

她的體態彎成三道彎，頭、肩、胸、胯、膝、腳踝，各朝不同方向扭動，形成不同的稜角。她時而仰面凝神、時而奔放躍起……動中有靜，靜中有動！

所有的樂器玎玎琮琮，大彩帶翩翩旋轉，如飛花柳絮；小彩帶周折疊揚，若雨絲霏霏。

樂曲奏到最終折，女子足尖輕點、搖曳生彩、騰躍而起，如掌中飛燕，羽化升天……

琴聲嘎然而止。女子飄然落地，寂寂不動，絲帶縈繞，宛如出世登天……

在座諸公看的陶然忘我、目瞪口呆、如癡如醉，久久不能自已……就像他們也經過洗禮，羽化登仙了！好一陣……大家才回神！好一曲飛花絲雨，眾人喝采不斷……喧嚷著還想再看一次。

冷不防，冷狁竄了出來！他抱起女子，揭開她的面紗——在眾人面前的是——蘇襄那張毫無血色的慘白容顏！

冷虎和賈太后一見是蘇襄，旋踵站起身！變生肘腋、心頭震動，「蘇襄怎會在此出現？大庭廣眾會不會說出難堪的話？」他們還在思索下一步該怎麼做……

冷狁連跪都省了，「太后、皇上，襄王妃為了練這支舞，氣力已竭。容臣先帶她回府。」

王公大臣一見是蘇襄，突然都成了啞巴。大家各有所思：皇帝把焱王側妃留在宮中早已傳開！蘇襄難不成真的是為了練舞才留在宮中？焱王真是隻病貓，不敢有動作？或故意不動作？真是陽關三疊，一疊接一疊，藏著貓膩……

英太后面帶憐惜，有意說給朝中大臣聽：「難為襄王妃在宮中，時時為此事用心，夙夜匪懈，可真是難為她！焱王趕緊帶她回王府休息去吧。」完全不給冷虎時間說話。不用這個方法，就算她是太后，沒皇帝同意或令牌，蘇襄也出不了皇城大門。

冷狁躬身行禮，抱著蘇襄，轉身大踏步而去。

冷虎見狀，乾笑了二聲：「我朝舞藝文化源遠流長，博大精深，融貫古今……襄王妃這曲飛花絲雨可堪證明……」眾人稱是，繼續飲酒暢談，佯作無事。

馬車內，冷鈋看見蘇襄身上的傷，縱橫交錯，血絲不斷滲出……慘不忍睹！難怪她要穿紅衣、紅坎肩、紅色燈籠褲……

他用手撐著蘇襄，怕馬車顛簸，會引得她傷口再裂開……她身子滾燙、發著高熱，一直在呻吟。

「襄兒，妳再忍忍。」冷鈋強按心中情緒。

蘇襄蹙著眉，費力的睜開了眼。看見冷鈋，笑了……強忍著痛苦的笑……

冷鈋按耐著，他此時此刻很想殺人。

蘇襄用闇啞的嗓子說：「王爺，你答應我……我……三件事。」

冷鈋得靠得很近，才能聽清楚：「妳說。」

「趕緊剃了鬍髭，好好用膳。你又瘦……又醜……」

冷鈋強笑：「好。」

「二、不許罵我袒胸露肚。」

「好。」

「三、……」蘇襄乾裂的嘴唇噏合著，冷鈋靠得更低：「我……」蘇襄頭一偏，暈死了過去。

幽篁館

吳不醫仔細的診視完蘇襄，出來見著冷貀。面色凝重，「王爺，襄王妃病勢嚴重……」

冷貀直接打斷，「她的命保得住嗎？」

吳不醫稍加思索：「可以是可以，不過……」

「那你就保住她的命。其他的，我都接下了！」冷貀簡短的回。

「是。」吳不醫轉頭對紅蓼、綠波道：「二位姑娘，妳們進來搭把手。可是老夫吩咐在先：待會兒，心不能動、目不能移、手不能抖。不准哭，不要問。要妳們幹甚麼，就幹甚麼，事關王妃病體。明白不？」

綠波、紅蓼本已哭到如喪考妣。一聽，眼淚一抹，道：「明白。」

「進來吧。」幽篁館寢室門密密闔上。

僕役一桶一桶熱水往裡送，裹著血汙爛肉的紗團一攤攤往外丟。冷貀在外廳巍然坐著，驚鴻一旁站著。僕役、小廝輪番接力忙活，但空氣凝重。每個人心頭也重，重到沒有人出聲。長夜漫漫，人影幢幢，不知不覺……東方天色漸漸泛白。

終於，吳不醫跨出寢居。紅蓼、綠波跟著。三人全都大汗淋漓、滿臉疲憊。吳不醫一屁股坐了下來，拿起茶壺、壺嘴就口，咕嚕咕嚕，灌個精光！

緩了緩，才發現——冷貔就坐在對面。而且坐姿一夜沒變，和昨晚一模一樣！這……已四個時辰了！他反射性一彈，站了起來。

「慢慢說。」冷貔的聲音毫無抑揚頓挫。

吳不醫順了口氣，「襄王妃受了酷刑。背上有鞭痕，鞭上有倒鉤，肌肉肌理已腫脹、糜爛發炎，我已將腐肉剔除。可是有些鞭笞深及背骨，所以就算癒合，會留下明顯疤痕……」

「金鞭引蛇！」冷貔似在解釋給吳不醫聽，又似在說給自己聽。

「這……是。」吳不醫舔舔唇。「襄王妃身上、手腳、指甲縫、重要經絡關節處，扎了細銀針，肉眼難見。可稍稍一動，就痛徹心肺，忍不住的會用手去摳抓。越抓會沒入越深，就越痛。王妃共被扎了……扎了……四十八根。」

「流星指月！」冷貔的臉說不出的幽冷，胸口顯見起伏著。

「是……襄王妃的手指頭，被夾斷了！斷骨沒碎裂的，我已將其接回固定。可有些，已是碎骨，只能清除，別讓發炎。右手掌小指、左手掌拇指和食指……這日後怕是……怕是……不能使了……」

「碧竹含香！」

吳不醫偷瞧了冷貔一眼，心想：這用刑的人眞是陰毒，他下場會極慘……極慘……

接著他收攝心神道：「今個兒要觀察王妃有無持續發燒？若發起燒來，可麻煩，表示發炎沒控制住。若沒發燒，按時喝藥，好好靜養。二十日到一個月應該就可恢復。」

「吳不醫，這三日你就待在王府。襄王妃有任何狀況，你可以隨時診斷」。冷犰吩咐。「驚鴻找間客房，讓吳不醫住下。」

「吳大夫，小姐傷的好重。她會好吧？我可以哭了嗎？」紅蓼哽咽。

「妳這丫頭，唉，哭有啥用……」

不待他回答，紅蓼已忍不住，和綠波乾啼濕哭了起來……

冷犰進到內室，蘇襄已昏睡。她全身幾乎都被紗布纏繞，手指都用夾板固定，只露出一張臉龐——顯得特別小、特別柔弱。

「蘇襄，妳爲何要來？何必要來受苦？」冷犰閉上眼，他這些日子運籌帷幄，想著就是——要回遲來的正義。就算他命沒了，亦可告慰十萬大軍在天之靈……可是現在，他捨不得，捨不得了！

蘇襄復原的極快，半個月即可下床，二十日傷口結痂脫落。綠波、紅蓼用心的做了許多付護甲。每當她給三隻斷指戴上護甲，紅蓼都泫然欲泣！她自己倒沒事人一樣，瞧著護甲評論——舒適、耐看、比眞的好用……二婢也就不那麼神傷。

只是冷犰吩咐不准動作太大，不准跑、不准跳、不准走太遠、不許拉、不許扯……暫時不可用筷子、不可端茶碗，都不可不許！可是蘇襄，一會兒想到消遙居，一會兒想練字，一會兒想外出逛市集，軟磨硬泡，還是不許……

晚上，冷狃來看蘇襄。蘇襄自顧自坐著，不理不睬。

冷狃陪著笑，逗她，「生氣了？我也是擔心妳才不允妳四處走動……」蘇襄沒看他。

「我讓綠波做了妳愛吃的酒釀桂花糕，不嚐嚐？」蘇襄還是沒動。

唉……冷狃無奈，走到蘇襄身旁，一把抱起她，小心翼翼，擱在自己腿上，怕她的傷又迸裂。

蘇襄象徵性的掙了掙，便由冷狃抱著，順勢把手環在他脖子上。冷狃心裡好笑！

「我不管，你答應過我三件事。還有一件……」

冷狃揚眉，「妳不是棄權了！」

「我現在才要說……」

「行。妳說……」冷狃寵溺的摟著她的腰。

「我們出門玩個三日……」

「不……」冷狃才要拒絕。

蘇襄湊近他的唇，輕輕啄了一下，一雙澄澈大眼無辜的盯著他。

「襄兒……」

蘇襄又湊近一次，又輕輕啄了一下。冷翃說不出話，自古英雄難過美人關……

趁冷翃還沒說不，蘇襄倚著他說：

「冷翃，我知道你擔心。可是，又不是別人跟著，是你跟著！難道你保護不了我？至於我的身子，早可以行動自如了。我只是想單獨和你過幾天尋常夫妻的日子，也許……也許……沒機會了。」

換冷翃吻住蘇襄，久久才止住。冷虎宣冷翃，入宮覲見。冷翃藉口染病，已推卻二次。其實也是再爭取些時間，等全部布署妥當。他料想，最後一次召見，他推無可推……進宮之日，也就是起兵之日！生死之事，誰能預料？而蘇襄數日前，心絞痛的毛病又犯了一次。這一次她昏睡了五日！他知道她要說甚麼，他們─他或她的─時日都不多了。別人的尋常夫妻是一輩子，也許他們只有這幾日！

「好，聽妳的。」

蘇襄一聽，笑意盈然，雀躍的說：「那我明天稍微收拾一下，後天就啓程。」

「這麼急！」冷翃皺眉，「妳想上哪兒？」

「五丈原。」

冷翃的眉皺的更深，「爲何想去五丈原？」

「一是那兒偏僻。既然是尋常夫妻，在那兒比較不顯眼，才不受打擾。二是我想去看看常德將軍……蘇襄定定看著冷豼，他是你心中的一方柱石，撐著你也壓著你！你要動手前，去跟他說說，那方柱石該是支持，而非壓力！」

冷豼看著蘇襄，她眼中藏著璀璨寶石。那張臉迎春風會喜、聽夏蟬會煩、握秋葉會悲、看冬雪會嘆。

她也聽見了、握住了、看見了他心中的喜、煩、悲、歎。

他緊緊擁著她，「好。後天就啓程。」

五丈原

冷豼和蘇襄換了身樸素衣裳，焱王府四周皆有宮裡人監看，所以他們由地道的另一出口老古中藥鋪出去。驚鴻換裝成車伕，和冷豼正在套鞍，鋪裡頭沒人。老古藥櫃上鋪滿各種藥材，蘇襄往藥鋪門口一瞧，看著平常，可有些大大小小木頭籠子，堆的老高！

「吳大夫……」蘇襄輕輕喚著。

「唉，夫人有何吩咐？」老古頭抬起一下，就繼續埋在一堆藥材……時而將藥材的量抓多些，時而將藥材撤了下，時而在紙上註記。

「吳大夫，不用忙了。搭上有靈萬物的命，就爲蘇襄鋪路，蘇襄不願。老天爺也不會答應的！」

吳不醫的手停在藥材上，半晌不動，像穴道被制，好一會兒才想到該說點甚麼……

「夫人，這……」

「吳大夫，你縱然醫術高明，可金枝露的藥材成分是甚麼都無法知道，如何做解藥？從虛空裡找虛空，結果仍會是虛空。」

蘇襄恬靜的說：「外頭箱籠該是關畜牲用的，畢竟不能拿活人實驗，是吧……」

吳不醫不得不承認蘇襄說的是事實，更佩服她觀察力敏銳。他翻遍宮中醫藥典籍，找不到一樣叫金枝露。雖然找到幾味似補藥也是毒的藥方，可是總不能拿人試毒，只好找來雞、鴨、狗、貓……來試，試過還得等藥效，藥效輕重不同，也無法得知是實驗品不同的關係？還是藥量？還是……？反正可變因素太多，至今仍如大海撈針……

「吳大夫，我知你爲難。王爺愛護蘇襄，知其不可而爲。但是蘇襄心知肚明。你已盡了人事，其餘聽天命就好。自然，這種小事也不用告訴王爺。你表面上，還是做作樣子，天知、地知、你知、我知……」

吳不醫仍僵著，不知道該不該答應？

外頭，馬籠頭套、韁繩已妥。冷狁入內牽起蘇襄的手。蘇襄略略施禮，

「謝吳大夫。」兩人並肩步出藥舖，上馬車前，蘇襄回眸一笑，才轉身上車。

吳不醫怔然，暗嘆：如此女子，命運怎會如此多舛！難怪王爺不捨，難不成真的是紅顏薄

命？

冷豼問蘇襄：「妳謝吳不醫什麼？」

蘇襄笑答：「謝他為我診治，勞心勞力。謝他……厚德載物……」

車外沿途景色漸漸不同，由綠轉枯，人煙漸少，馬車往五丈原而去。到達五丈原已過午時。驚鴻跟一個牧戶借了房舍，說只是來祭祖掃墳，借個三日。因為主人身子不適，得自個烹煮，不便住客棧……支了五日銀錢讓他們去住。他們可高興，歡天喜地的去了。那些銀錢可夠他們一個月生計……

屋子算乾淨，一應俱全，兩間房，剛好適合。

他們卸下行李，簡單吃個乾糧，一行三人便往常德將軍墓地去。

常德的墓在五丈原西邊。背倚涼山，一大片芒草，滿山遍野。時節已過秋分，朔風野大，風吹草偃。蘇襄瞧著，芒花四散，逐風而起，風止而落，周而復始；數百年後，物換星移，此地與涼山後的黃沙大漠都會走入歷史長河，無人知曉！代之而起的是條條大路，煙囪林立，工廠大樓，星羅棋布！只剩這座青塚孤墳，獨向黃昏，見證自己的存在……

驚鴻備妥香燭紙錢，冷豼捻香而立。他著藏青色中單，外罩黑色羅紗衣，靜默不語；風聲瑟瑟，紙灰飛揚，攏著他的身影。天地悠悠，寂寥黯然……蘇襄心頭憐惜——被害者的家人想復仇有罪嗎？加害者的家人被復仇無辜嗎？殺人的、被殺的，有罪的、無辜的，恩怨情仇從來無法一刀切斷、一語帶過的……

冷鈋應該想自己靜靜待一會兒，自己在這會讓他分心。蘇襄便和驚鴻說：

「驚鴻，王爺需要些時間獨處，和常將軍敘敘……我們到前頭買些蔬食，你不露痕跡跟著我就好。」

驚鴻轉頭看了一下冷鈋，判斷應該無妨，便應：「是。」

已過正午，市集上只剩二、三個攤舖，正在收拾。蘇襄買了些野菜、糕點、饃饃頭、蕈菇、土番茄、葡萄等……信步逛到肉攤，攤上只剩二塊肉。旁邊支著帳，一位老爹，年過八旬，精神抖擻。閒著沒事坐在帳裡，自己和自己對弈。見到蘇襄，熱情的招呼。

「這位夫人，妳來的可有點晚，就剩這兩塊羊肉了，都別人挑剩的。這樣，妳買大塊的，斤兩便宜，三吊錢，小塊的送妳！妳買小塊的，斤兩比較貴，三吊錢，大塊的送妳！可好？」

蘇襄噗哧一笑，說：「老爹可真逗，也會撥算盤，行……都給我吧。」

「好哩，夫人爽快。我串一塊兒，讓妳提著。」老爹一邊綁著，一邊問到：

「夫人都城來的吧？回來祭祖？」

蘇襄打量自己，粗布素服，頭髮紮成老式圓髻，未戴任何飾品……

老爹一笑，「這位夫人，老漢在此住了三代。五丈原大大小小三十戶，我每個都認得。妳面

生，肯定是外地來的……再加上，妳這氣質，就是標準的都城人。就是……」他偏著頭想了一下，「就是都城味。咱們這的人去了都城再久，回來也脫不掉這兒的……土味。」

「老爹好眼力。」蘇襄讚了句。

「唉……眼力好有啥用？老囉！妳瞧瞧，整個五丈原，年輕的都去都城了……留下來的，不是老了、就是弱的、要不就是小的！能有甚麼指望……」

「老爹，我不會片肉。您可以……」蘇襄看這老爹挺健談，又在這住了許久，突發一想。

「這有啥問題。我幫妳片，妳等會兒。」老爹把綁好的肉重新解開，尋了把刀來。

「老爹，可是我聽說五丈原出了名人呢……」

「那是。常德，常將軍，他就是咱們五丈原的人。可惜呀，他戰死沙場，被蠻族砍了。他的衣冠塚也在這兒……」

「這麼說，這兒的鄉親一定恨死蠻族了……」蘇襄問。

老爹停下手中動作，拿出水煙袋抽了起來。慢條斯理的說：「老漢不知道別人怎麼想？可五丈原本就是漢蠻雜處，都城一亂，有人往這躲。西北大漠開打，蠻族翻過涼山在這兒活下去。久而久之，就通婚融和了。妳往四周看看，十個裡有九個是雜的！所以漢族蠻族互打，漢族贏了，如：最近西北大捷，我們不見得高興！輸了，如：大同之役，我們還是不高興！打的都是自己人，不管死的是誰，我們裡頭都有他們的血……

老漢我的祖父就是瓦先人，來這和漢族婆子結了親，生下我父親。取了赤束人，再有我，我婆子是漢人。妳說說，誰該恨誰呢？要我說，誰都不該恨！要恨就恨二邊當朝主政者，只圖自己私利，不顧百姓生死。」

「糟老頭子，你胡說八道些甚麼？」老爹的話突然被打斷，一個婆婆走了出來，有些警覺的瞧著蘇襄。

「怕啥！這裡天高皇帝遠，人少畜生多！」老爹指著婆婆。「這是我婆娘。」

蘇襄躬身見禮，「婆婆打攪了。」

老婆婆見蘇襄溫婉有禮，頓時沒了戒心。見她拎了蔬果，五丈原接近大漠，秋分午後開始有涼意，說：「妳去茶棚那坐著，東西擱地上，我去泡杯熱茶。」順便數落了老爹，「只會高談闊論，也不會讓人坐下！菸少抽點，活多幹些，要我說，要恨就恨嫁了你……」

老爹不以爲意，扮個鬼臉道：「我那老太婆，刀子嘴豆腐心。」

「你瞧我，還眞只顧說話，忘了幫妳片肉了。」

「老爹，不急，我還眞想喝喝熱茶。」

「是嗎？我婆娘老嫌我話多……」

「老爹，當朝爲官者都該聽你一言，你才是眞知灼見。」

「別誇我了……」老爹話這麼說，不過臉上倒是得意。

「不過，五丈原自常將軍歿了後，好像蕭條不少。聽說常將軍有個女兒，美麗動人……」

老爹又拿起水煙袋，吞雲吐霧，「他是有個女兒，叫夜曇，是義女。七、八歲時認的，現在可不得了，是王妃呢！前幾月還和王爺回來拜祭過常將軍。」

「那是應該。常聽人說，十年修得同船渡，可得幾世才修得成父女吧！常將軍和夜曇怎會有此因緣？」

「想當年……」老爹正要開講。

老婆婆剛好端上熱茶，說道：「你別再想當年了……今早的事兒都想不起來！想啥當年……」又對蘇襄說：「夫人妳別聽他說古唱戲，他一開話匣子，就是像我們婆子的裹腳布，又臭又長……」

「婆婆，我正好喝口茶，也想聽聽老爹講古哩……」蘇襄可擔心老爹就此打住了。

有了聽眾，老爹又噴一口煙，說起往事……

「想當年，常將軍原是總兵，加官進爵成將軍，衣錦返鄉，喝……妳不知道，這達官貴人的馬車，從五丈原一路排到官道上！賀客一個接一個，那景象，唉……前無古人呀！」老爹說著，沉浸在當年繁華歡騰的回憶裡，久久出不來。

這是當然，富在深山有遠親……

「後來呢？」蘇襄不得不把他拉回來。

「嗯……當時自都城也來了許多人，鬧騰個幾天後，有個七、八歲的小姑娘，孤伶伶地站在常德將軍家門口。問她話，只說她叫夜曇，跟她娘從都城來的，可是她娘不見了！問她住都城哪兒？她娘叫啥？家裡幹啥營生？都不答……」我都懷疑她是不是聽不懂。

要是走失的，她娘自會回來尋。常將軍便暫時留了小夜曇，可等了三日，不見任何人……所以村民都明白，是她娘故意扔她在這窮鄉僻壤。人哪……都往都城尋發達，可哪來這麼多富貴？活不下去，遺棄自個的骨肉也是常見……常將軍看不是辦法，他很快便要回京述職，在這兒只有一戶老宅，也無妻妾、子女、僕役。於是，便尋了前頭富戶田家……他家沒女兒，就一個男丁，看有無意思收養？日後要對眼，可以當媳婦。這不是皆大歡喜。田家有意願，可是小夜曇早上帶去，下午自己就偷偷回常將軍處；再帶去，又自己回來！這妳說……田家再是個泥性人，也覺自討沒趣。常將軍心軟，看不是辦法，便將她留了下來。不想，小夜曇竟然叫起常將軍爹了。常將軍想，也許他倆有緣，便收了她當義女。」

「哼！」老婆婆幫著把砧板上的羊肉片好，耳朵也沒閒，同樣專心聽老爹講古。「這要我說，根本就是她娘故意的……知道常將軍位居高位，丟下個女兒蹭著他。」蘇襄一個激靈，**故意的！**

「老太婆，妳說啥呢！妳是心裡不舒坦……」老爹回了句。

「誰不舒坦了！你說說，要不後來，常將軍馬上要上都城，帶個女孩也不便，所以乾脆找個嬤嬤照顧，住在這兒，他的宅子也有個人氣。結果，連找了四個嬤嬤都不要……」

「三個！」老爺爺更正她。

「四個！」老婆婆斬釘截鐵。

「三個！」

「四個！」老婆婆瞪他一眼，「我就是第四個！」

老爺爺無奈又抽了口大煙。

「原來婆婆也費心照顧過王妃……」蘇襄趕緊接話。

「我是真叫費心。問她要吃啥？不說。要喝啥？不說。該梳洗了？不動。衣裳換下來，都穿好多日了，該洗洗？不動。頭髮該梳理了？不要。公主都沒這麼彆扭！」老婆婆停了會兒，自己也倒了杯茶。

「那後來……王妃不就自己過活？」蘇襄小心的引導著。

「後來，又來了個嬤嬤，叫……叫什麼？」

「叫寧古薩。」老爺爺替她說了。

「對……寧古薩。她一來，甚麼都搞定了！願意吃、願意梳洗、願意讀書識字，這常將軍自然就留下寧嬤嬤了。」

「老太婆就是心裡不舒坦。寧嬤嬤一下就搞定的事，妳搞不定！」老爺爺不以為然。

「你才是灰泥腦子，一團糊！要我講，明擺著是她們早說好的。就是要寧嬤嬤！搞不好，寧嬤嬤就是她娘！否則，哪會這麼快就對眼？」

早說好的！夜曇的娘？不論是不是親娘，她們必定是早就熟識的。蘇襄心念急轉，問道：「寧古薩聽起來不是漢名？」

「她是蠻族人，說是日子不好過，才來五丈原。我說過，這兒漢蠻融和的挺好。」老爹回的順理成章。

「不過，」老爺爺想起什麼，「曇王妃也是蠻族人，而且是純的……」蘇襄心裡震動，純的！

老爹以為蘇襄聽不懂，「純的，就是沒有和漢族融和過的。」

「老爹開玩笑呢！這年頭誰還能看出純的漢人？或蠻族人？」蘇襄掩嘴笑了笑，老爹必然受不了激……

果然，老爹臉色有點不豫，「我家裡三代純的純，雜的雜。年輕時，我還翻過涼山，去蠻族那兒做買賣！老漢我沒別的本事，就是那張臉，我一瞧就知是純漢人、純蠻人、還是雜的。王妃的臉，看起來像漢人，可那眉骨、鼻樑骨、顴骨鼻孔、耳骨耳垂，和赤束人一模一樣！還有一回……她和寧嬷嬷不經意用了赤束方言，也就那一次，讓我聽見了。

王妃本名叫杏格爾，蠻族和漢人一樣，有官方語，也有方言，聽得懂的寥寥可數，嘿嘿，我就是其中之一！」

老爹喝了口茶，就是—可別小覷我—的姿態。

「老爹眞是天下奇才，朝廷該任你為翻譯大員，折衷斡旋，就可少點兵戎相見、顚沛流離了。」蘇襄適度拍下馬屁。

老婆婆在旁說：「妳別捧他了。什麼天下奇才，翻譯大員……就他那個樣，去牽馬、放羊，都遭人嫌。」

「老婆子，不是我說，他們膽敢嫌我！是我不要，妳就是不明白……」

「跟了你幾十年，我有啥不明白的……」

蘇襄笑著聽他倆鬥嘴，心思卻活絡——常夜曇、杏格爾、寧古薩、赤束人……

晚上，蘇襄做了羊肉爐，用野菜番茄蕈菇炒了三鮮，再烤了盤羊肉串，饃饃頭當主食。冷犽和驚鴻目瞪口呆，色香俱全……待一下肚，更是讚不絕口，比賽誰吃得快。

冷犽有些不可置信，「妳手藝這麼好！若不是屋裡就妳一個人，我都懷疑藏著個御廚。」

蘇襄道：「我會的事多了！別以為我只會當王妃，王妃是我做過最難的工作。我會修電腦手機、會擦油漆、曾在汽車旅館當夜間櫃台、在水族館餵鯊魚……」

她講得興起，滔滔不絕，都是她打工經驗。一回神，才發現冷犽和驚鴻蹙著眉。冷犽知情知底，她來自四百年後，他只是不懂這些詞彙的意思。驚鴻則是憂心至極，金枝露遺害出現了！

蘇襄嘆氣。代溝，真是代溝，這溝橫跨四百年……

「行了，算我沒說。驚鴻你收拾收拾。冷犽，你去洗碗碟。」

「蛤！」驚鴻更是驚疑：「王妃，這不妥，王爺金枝玉葉，我來吧……」

「王爺金枝玉葉！那王妃就是枯枝爛葉囉！男女平等。妻子煮完飯菜，夫君洗個碗碟怎麼了！王爺你說呢？」

冷狃咳了咳，「自然自然，說的在理……」說完跟驚鴻使了眼色。

冷狃打出生就是皇子，十指不沾陽春水，從未洗過碗盤。就算帶兵打仗，飯後都是伙食兵負責。驚鴻是從不講究，有人幫他洗，他不費心；沒人幫，他也就隨便用水沖而已……這王妃的標準是啥，他可不清楚。二人在水盆旁，低聲研究……

蘇襄看著有趣，心頭竊笑，心想作弄的也差不多了。「我先進屋了，你們慢慢洗……」

蘇襄一入內室，驚鴻便說：「王爺用水沖沖就行！」

冷狃道：「可油漬殘留著，王妃看的出來。」

「王爺，咱們把用過的藏後頭。明個兒，用別的碗碟。」

「好計。」兩人像做壞事的孩子，偷偷摸摸、找到解套的法。

蘇襄在門後，搖搖頭。在這時代，除了打仗、政變會讓天下大亂，男人進廚房一樣會天下大亂！

夜裡，冷狃蘇襄在榻上緊緊相擁。冷狃問：「在想甚麼？」

「在想肉舖的老爹和婆婆……」

「他們怎麼了嗎？」

蘇襄把頭半枕在冷犰胸膛，道：「想他們拌嘴的樣子，想他們鬥氣的樣子，想老爹抽水煙袋、婆婆邊罵，邊幫他拍背的樣子；想婆婆嘮嘮叨叨，老爹偷偷說她刀子嘴豆腐心時，溫柔的樣子；想尋常幸福的樣子……」

「妳老了，也會是這個樣子，嘮嘮叨叨……」

「你老了，也會是這個樣子，頑固傲嬌……」

冷犰偏頭吻著蘇襄，她的唇、她的頰、慢慢到肩上……

蘇襄稍微躲了躲！說：「我的肩背有疤。好醜，別看。」

冷犰雙目微濕，溫柔至極的翻過蘇襄，白皙的背上，深深淺淺的疤痕！他密密的吻著，在蘇襄耳畔說：「這是我見過最美的景致……」

他們耳鬢廝磨、纏綿繾捲、雙手緊扣。是執子之手，與子偕老的樣子。

翌日，冷犰蘇襄睡到自然醒。蘇襄帶著糕點、水果、清水、和冷犰出門蹓蹓！要驚鴻放假一天……

「放假？」驚鴻不懂。

「就是不用當差！自己愛幹甚麼就幹甚麼。」

驚鴻有點苦惱。他平日不是跟著冷豼，就是練功，或看點冷豼給他的兵書……總有事做。現在沒事還眞不知道該幹嘛？

蘇襄暗想呆頭鵝一隻。「這樣吧，給你出個題——有個女子，動不動就教訓或責罵一男子。可是無助、難過時會向男子哭訴，有時順便幫他洗衣……你今個兒想想，這女子是何心思？」

丟下一頭霧水的驚鴻，冷豼和蘇襄往五丈原西邊而去。

冷豼笑問：「是紅的還是綠的，對驚鴻上心了？」

「她自己都不知道自己上心了！」

「那妳怎麼知道？」

「因爲，這種事，我聰明。和你不一樣！」蘇襄輕笑一聲，小鹿般蹦走了。

冷豼無奈搖頭，「躺著也中鏢，干我何事呀。」

走了一個時辰，參天古樹、層巒疊嶂、巨石嶙峋、野薊簇簇，早看不見人走的蹤跡。時序入秋，草黃葉枯，可古樹還有些綠意，入眼就是一幅生動的秋意圖。

他們欣賞了會兒，正想回頭。

「襄兒，妳聽……」

蘇襄側耳一聽，水聲！蘇襄大樂，有水，可玩水了……她急著往前趕。

冷豼高喊：「慢點兒，沒見過水嗎！孩子似……」

蘇襄撥開及胸的蘆葦芒草，走走停停，盡頭擋著二塊飛天大石，仰不見其高望不見其廣，水聲隱隱由大石後方傳出。

冷狃觀測一會兒，走向前，二石之間錯落互抵，中間有道細縫——一線天。

「走吧，擠過去」

兩人一前一後，側身擠了過去。眼前是片平坦谷地，飛泉從另一側山壁，急洩而下，形成一道小溪，流水潺潺。蘇襄一見，立馬在溪旁找了塊地方，撩起裙襬，脫下鞋襪，露出大腿和雙足！

四百年後的女子都這作風嗎？冷狃不禁有點不以爲然。不過蘇襄只讓他瞧，這……勉強就不計較了……

蘇襄踩到溪裡，劈哩啪啦踢著水，玩得起勁。一會兒在溪石上跳躍、一會兒迎風佇立……

「蒹葭蒼蒼，白露爲霜。所謂伊人，在水一方。溯洄從之，道阻且長。溯游從之，宛在水中央。」冷狃想起詩經裡的《蒹葭》。

不知何時，蘇襄上了岸。鋪起方巾，擺上糕點、水果、和水。

「開始野餐。」蘇襄道。

「野餐？」又是個新詞！冷狃坐了下來。

四下無人，涼風徐徐。清溪、流泉，天地間只有他們。

蘇襄送了塊糕餅道冷狁嘴裡，「好吃不？」

「沒羊肉爐好吃。」

蘇襄睨了他一眼，「羊肉爐算甚麼！我們那兒有還有薑母鴨、還有火鍋，又分麻辣鍋、沙茶鍋、牛奶鍋、巧克力鍋……飲料有波霸奶茶、有各式水果茶、紅茶、綠茶、伯爵茶。可以加料，還分無糖、微糖、少糖、半糖、全糖，花樣多了！」

冷狁看著蘇襄，「想家了嗎？」蘇襄思索了下：「想。可是，一見著你，就不想了。」

冷狁執起她的手，問：「妳在那兒叫甚麼名字？」

「聶西寒。」

「我呢？」

「闕行易。」

冷狁突發豪情，「好……我管不了以後的事，我只管得住現在剎那。自現在起，這溪就叫行溪；這谷就叫西谷；這石就叫寒易石。四百年後，我去尋妳，此石爲證！冷狁說完，抽出袖裡利刃，在石上刻起了字。他練過武，運了內勁，刻得深且快……二刻鐘後，石上刻出二個斗大的字「寒」、「易」

蘇襄眼眶有些熱，「滄海桑田、人世興衰。四百年後，這裡已不復見。你怎麼可能找得到我？」

冷狁站在寒易石旁，瀟灑不羈的回道：「妳不也穿越四百年找到我了嗎？」

蘇襄與他相視而笑。萬古長空，一朝風月。

「好，我等你……」

第八章、變色

待到秋來九月八，我花開後百花殺。
沖天香陣透長安，滿城盡帶黃金甲。

黃巢《不第後賦菊詩》

冷狁、蘇襄一回到王府，向康立刻就報，皇帝宣焱王五日後覲見。冷狁冷笑，來的眞快！

這五日，焱王府看似如常，府內異常忙碌！

密室內

冷狁吩咐：「撥一百精兵換成禁軍服飾，由元極帶領，先由地道入東宮太子殿，再至其他宮殿，由內而外。雄本風在外，裡應外合，殺他們措手不及，控制皇城禁軍。

驚鴻先夜擒丞相賈歡、輔國太保莊賢禮，一早綁至宮外。府國太傅周仲廉、都察院使籌光遠、大理寺卿留丹青率十三道監察御史，吏部尚書文成章率九卿，宮門外待命。冷蛟負責調動兵部歸心之兵馬，攻入皇城，擋住朱烈，護衛殿外朝堂大臣，安內攘外。若朱烈負隅頑抗，殺無赦！大事一成，上朝擁立新帝！

我方軍士兵馬，俱換成敵方同色服飾，混淆視聽。只在領椽不顯眼處，繫著菊花扣，以識辨別。

向康在宮外等候，不管我有無出宮，時辰一到，以煙火為信號。

向福、向祿、向喜，待我出府後半個時辰，帶全府老小，由地道老古處出去躲避。地道內通往東宮殿半哩處，有道自來門——一百精兵出去後，將門拉上。門後有方二噸石柱，豎在凹槽內；柱身和柱頭縛著粗鐵線，鐵線穿過門縫，待門拉攏，由門縫拉動鐵線，石柱便會傾斜抵住石門，嚴絲合縫，無法開啓。這是防止皇城禁軍沿地道追殺。大事若成，自然無事；若……不成，告誡大夥叫他們隱姓埋名，躲得越遠越好，別再回來！」

冷狁說到此，密室內一片肅穆，又帶點黯然訣別的味道……

冷蛟道：「大哥，那你呢？入日照宮必須卸甲，不得帶任何兵器，你孤身一人，手無寸鐵，這不是去當箭靶送死嗎！」

「老五，宮裡的把戲，冷虎知道，我何嘗不知？我自有辦法，你不用操心。」

「可是……」

冷狖長袖一揮制止了他。他站起身，向在場眾人揖身，大禮一拜……眾人一驚，馬上站起，齊道：「王爺，這是作什？」

「各位捨生爲我效力，此等恩情，冷狖有幸活著，必將圖報！若冷狖不在，來生……也必效犬馬之勞！」

男兒有淚不輕彈。冷蛟熱淚盈眶，一把抱住冷狖：「大哥，我們在文薈殿朝堂上見。」

冷狖拍拍他，不再多說……

屋外，夜星沉沉，萬籟俱寂，一片祥和。如風雨前的寧靜……

進宮前一夜

冷狖去了采香館，和夜曇閒話一陣。他沒提任何事，只說隔日面聖。他曾對夜曇許諾過，會讓常德死得瞑目。至於具體計畫，他則沒提……單純的不想讓更多的人操心，何況他們知情也無助益。

臨出館前，夜曇說：「王爺，夜曇想問王爺一件事……」

「妳問。」

「若襄王妃與我皆面臨生死，你會先救誰？」

冷狖有些驚訝，不過，他沒怎麼想，就說：「夜曇，先救妳。」神色安定自在。夜曇幽幽的一笑，沒說話。

「夜寒露重，早點睡。」

待冷豼走遠，寧嬷嬷道：「小姐，王爺心中妳還是擺第一位！」

「妳錯了……」夜曇的笑變得詭異，「他先救我，是爲報恩。他不救蘇襄，是要共死！恩與情都顧及了……但陪在他身邊的人仍是蘇襄！」她銀牙一銼，行。就這麼著。

冷豼接著去看舞優，最後來到幽篁館。

小廳桌上放了茶具。蘇襄仍一襲白衣，長髮垂腰，素著張臉。見著他，淺笑盈盈，「王爺請坐，喝杯茶。」

這丫頭……總有主意，他愜意的坐了下來。

蘇襄幫他倒了杯茶，茶香撲鼻而來，冷豼嗅了嗅——是菊花！

蘇襄道：「府裡菊花遍開，橙紅橘黃。我昨天摘了帶露珠的菊瓣，放罈裡悶一夜，封住香氣，泡茶時加點進去，便有茶香和菊香了。」

冷豼喝了，讚道：「上好的菊花白毫，有巧思。」

「現在才知我有十八般武藝了吧！」蘇襄俏皮道

「早知妳一肚子點子，那時便不該把妳接回府！」

「後悔啦？」蘇襄打趣。

「後悔……應該更早把妳接回府！」冷狁突然正經起來。

蘇襄一聽，一屁股坐到冷狁腿上，主動獻上吻，吻得難分難捨，陶然忘我……

忽然冷狁覺得有異物，圓潤清冽，沿著喉管而下！心知有異，他抬起蘇襄的頭。蘇襄對上他的眼，說：「冷狁，記得那日我受賈皇后酷刑，後來得到小桃幫助，她幫我送了二封信。一封給她姊姊宋思書，宋思書再委請包夫人來通知你；另一封送到英太后福壽宮。英太后要我用神仙涎控制你，她不想動兵戈，所以我猜她會來救我。可是當時我的傷重，英太后要御醫開護心脈、通血氣的強力藥方，才得以讓我勉強跳完一曲敦煌舞，再名正言順讓你帶我回府。這些我都沒瞞你……」

冷狁目光如炬，等著下文……

「只有一樣，我沒告訴你……她給了我一顆百解丸，要我服用。我騙她賈皇后餵了我毒藥，她說宮裡頭的毒都是她找了百名御醫製出來的，不論甚麼毒，百解丸都能解！」

「蘇襄……」冷狁拔高了音量，有了怒氣。

「冷狁，你聽我說。賈皇后沒餵我吃毒，她以虐我為樂，所以根本不需餵毒。至於金枝露，若你想得到，英太后怎會沒想到？她也明白的告訴我，百解丸甚麼都能解，除了金枝露！這點毫無疑問。她想拿金枝露拘著我，又怎會給我解藥？我服用只是浪費而已……

所以我才讓你服下。當面要你服用，你一定是不許的……而且會想方設法要吳不醫鑽研。可你明天就要進宮，這麼久以來冷虎沒當你一回事，突然三催四請要你進宮，必然有詐！百解丸藥效可持續一日，至少若冷虎要用毒，你可有恃無恐……」

冷狁知道金枝露的事不意外，只要關係她的安危，紅蓼的嘴就不牢靠。可是吳不醫就理性多了，他的嘴巴嚴實，不會說出他天天送來的不是實驗的藥方，只是一般補湯！蘇襄心裡歉然，這是瞞他的第二件事！

「襄兒，妳為什麼不替你自己想想？妳死了，我活著何用？」冷狁愴然。

蘇襄道：「王爺怎麼說喪氣話？金枝露可以慢慢再研究，事有輕重緩急，不是嗎？」接著，她掏出一方折疊的工工整整的棉帕，放入他衣袋內，「明個兒出門前看看這帕子……」

冷狁緊緊擁住蘇襄，許多事、許多話，盡在不言中。蘇襄看著窗外菊花，金黃色，開得正艷……

沖天香陣透長安，滿城盡帶黃金甲。都城裡，菊花都開遍了吧！

夜深人靜，正是一般人睡得香甜的時辰。蘇襄一向淺眠，察覺寢居窗櫺有異響……她起身查看，有張信箋夾在窗縫。上面寫著：「預知留歡下落，寅時，來芳霏館一敘。獨自莫叫人知。」署名舞優。

蘇襄瞧了瞧，尋思著：舞優與賈后有勾結。她被囚遭賈后淩虐時，賈后無意間露了口風；綠波練字也提醒了她，舞優一天到晚跟著留歡，她當然也能仿留歡的筆跡僞造私通的書信。可見留歡與風達下落不明，她必然參與其中。所以她怕事跡敗露，想先下手爲強？但她一向懦弱無方、優柔寡斷，突然上門叫板、直球對決，太不像她！再說，冷狣即將起義，舞優在這個節骨眼找她，是巧合？或是另有隱情？她想了會兒，不入虎穴、焉得虎子！隨即她在屋裡四下翻弄了起來……

寅時。蘇襄靜靜地伏在芳霏館前，沒有動靜。她到門前輕輕一推，前門虛掩著，沒上閂。她輕手輕腳進了去，裡頭燈火俱熄。正思索著，卻發現近門處的那口井——井口留著手印……蘇襄溜到井邊，往下瞧，黑不見底。井內側繫著一條麻繩，纏著井口老榕，老榕枝密葉茂，那麻繩怎麼看都似枝條，不易發覺！她抓住繩索，試了試，綁得緊實；她就沿井壁慢慢往下垂降。到了井底，一股潮腐氣味，她輕輕喚著：「舞優……舞優，妳在那兒？」

沒有任何回音……

待她眼睛適應了黑暗，發現遠遠的前方似乎有光！井底是條密道，這密道通到哪兒呢？她摸索著往有光處走，直到密道成九十度轉彎。她一轉過去，豁然出現一處空地，四壁上都亮著火把，她一下適應不良，太刺眼！等她閉眼再睜開時，不由失聲大叫！舞優雙手被綑綁，雙眼圓瞪、嘴裡塞著布團，早已氣絕！

「怎麼？嚇一跳嗎？」一個幽幽聲音自舞優身後飄出，繼而出現一個翦翦身影，映在蘇襄瞳孔中的是——夜曇！

「妳還眞帶種，眞的自己單刀赴會！」

「爲什麼？爲什麼要殺她？」

看著蘇襄的臉，夜曇反問：「爲什麼不？」

「總要有個原因……」

「原因？」夜曇故作思考狀，「殺人不需要原因。如果眞要找個原因，那就是她……太笨了！」

蘇襄定定看著夜曇，不想回應。

夜曇冷笑一聲，「蘇襄，我最恨的就是妳這副自命清高的樣子！好吧，讓妳當個明白鬼。妳不是在找留歡的下落嗎？」

「妳知道她在哪？」蘇襄穩住心神。

夜曇沒理。單腳踢向舞優，像踢一袋垃圾。舞優的屍體如爛泥般，慢慢地側臥在地上……

而她身後二具骸骨，匡噹一聲，往前伏倒……

留歡，風達，你們在這兒！原來你們一直都在這兒！縱然她預料過這種可能性，親眼見著，仍是痛心疾首。

蘇襄悲憤地瞪著夜曇……

夜曇輕笑，「怎麼？很憤怒？這樣就受不了了！那我不妨再多告訴妳一些。留歡是賈太后唆使舞優殺的！冷狃突然回京，舞優只是個通房丫頭，就算留歡待她極好，可是能有甚麼未來？只有留歡不在，按冷狃念舊的性子，一定會扶她當側妃。而賈皇后又許她，只要她聽賈后的，賈后必安排她成正妃……」

嘖嘖……夜曇嘖了二聲，「我眞喜歡看妳現在的表情——傷心又震驚！好奇我怎麼知道的嗎？」

夜曇像故意要刺激蘇襄，繼續侃侃而談。

「舞優無意間發現了這口井，她毒死留歡後，把屍體扔到這井底。可惜她笨手笨腳，神色倉皇……我一瞧就知道有問題。偏巧風達找不到留歡，尋到這口井來了。我一不作二不休，就捅了他一刀。他武功再高，也料不到我會從背後出手！所以，他也被扔下來了。」

夜曇輕描淡寫，像說著青菜蘿蔔，根本不重要的芝麻小事。

「喔……我還幫舞優想了個點子。叫她仿了留歡的筆跡，偽裝成他倆有私情，畏罪潛逃了！這等醜事，就像臭水溝的水，越攪越臭，誰都不會想再追究。當然，我幫了舞優這麼多，她自然也得投桃報李。該告訴我的，都要告訴我。」

蘇襄簌簌而抖，二條無辜的性命！「他們無罪！」

「噗哧，」夜曇輕笑，「妳怎麼變笨了？有罪的不一定該死，該死的不一定有罪！」

突然夜曇瞬間面無表情，「該講的，我都講了，我們該算帳了。」她的聲調不陰不陽、不平不仄。

蘇襄不言。

「妳和之前大不相同，變聰明了、口舌伶俐了、腦筋清楚了。我猜是有高人在妳背後指點！可是怎麼查探，都探不出有誰在幫襯，除了英太后？但是瞧妳平時，有攻有守，臨危不亂的樣子，怕是英太后也教不出來。只可能是寧嬤嬤那一掌，沒把妳弄殘，反倒打通妳任督二脈了！」

蘇襄仍是不語。

「本來，這盤棋可以簡單得多！冷𤞤當皇帝，我當皇后。妳就當個喳喳呼呼、無腦粗俗的側王妃。偏偏妳硬要霸住冷𤞤的心，爲妳神魂顛倒；攏住英太后爲妳撐腰；硬要查留歡、風達到水落石出……弄亂這一盤棋，對妳有何好處呢？」

蘇襄也學她，不陰不陽、不平不仄的問了一句，「妳的目的只是要當皇后？」

「哈哈哈哈哈……」夜曇大笑，毫無遮攔，與平時高冷、不染塵埃的樣子迴然不同！

「蘇襄，妳果然心思敏捷、是個對手，可惜了！」

陡然，如同迅雷般，夜曇棲身向前。右手揮出，時間差不到一秒，左手緊接而出；蘇襄早有所備，她可是武術大賽冠軍！她左手迎向前，抓住夜曇手腕。可她少了二根指頭，力道不夠；

她右手一樣看準夜曇，扣住她的左手。夜曇右手持利刃，泛著陰森的寒光，距離蘇襄心臟不及一吋……正是她在采香館舞的那一把。而她的左手是空拳！下一瞬間，夜曇陰冷對蘇襄一笑……右手食指輕彈，那把利刃的刀尖又伸出一片刀刃，直刺入蘇襄心臟，只留劍柄在外……

顫顫巍巍……蘇襄緩緩吸了口氣——看著自己胸膛，血滲了出來，原本是一塊，隨著蘇襄急促的呼吸，變成一灘灘，再糊成一大片……

夜曇露出勝利的笑，「蘇襄，妳聰明。妳見過我舞雙刃，袖中藏刀。妳一定猜想：我雙手會各持一刃……但是聰明反被聰明誤！妳不知道的是：這雙刃叫子母劍；拆開來，是二柄短刃，合在一起，就是一把劍！妳再怎麼聰明，終究還是贏不了我。剛才妳下這口井時，我就有很多機會可以除掉妳！我沒動手，就是我要當著妳的面，親手殺了妳，讓妳心服口服。」

「我問妳最後一件事……」蘇襄氣息不穩，搖搖欲墜，站的有些虛浮。「常德將軍視妳如親生女，冷狨視妳如妻子。妳愛過常將軍？愛過冷狨嗎？」

夜曇又是一陣狂笑，「看來妳快沒氣了……神智不明，才會問這好笑的問題！」

好吧，我就回答妳。不愛！從沒愛過！他們也是我的棋子，對棋子只有擺布，沒有愛與不愛。」

「原來……如此！」蘇襄微弱地說。

皇城

冷翃穿戴好禮衣，沒乘轎，由向康駕著馬車。公侯將相，論樸素，他是第一名。臨行前，他回頭看了焱王府——飛簷翹角，青瓦紅柱——他在心裡默默溫習一遍……

「走吧。」隨冷翃一聲令下，馬車朝皇城前進。

到了皇城前，二道紅色宮門，巍峨聳立，是皇城的正門——正陽門！金黃色宮牆，高約六呎，繞著皇城一圈，隔絕出另一個世界。冷翃抬腳入內，穿過午門、天門，來到文薈殿。琉璃瓦、蟠龍柱，殿外二隻神獸，一為應龍——龍身鵬翼；另一為青龍——身似蛇、麒麟首、鯉魚尾；一切皆與記憶中一模一樣……

太監讓冷翃先候著，入內通報。出來後搜完身，便領著冷翃到文薈殿旁花廳。

冷虎已在廳上坐著，冷奎在旁伺候。

冷翃參拜見過禮後，冷虎親熱地說：「焱王爺請坐。」

冷翃在下首坐定。

冷虎道：「朕請焱王爺過來，其實也沒啥大事……是關心焱王遲遲未冊封正妃。你瞧瞧，每個王爺都已兒女成群，你卻無後嗣！皇室應該要枝繁葉茂、薪火相傳，朕心甚慮……」

「皇上厚愛，可臣閒散已久，三個側妃，已應接不暇。養花餵鳥，賽過神仙，就是不想養女人、餵孩子、與女子朝夕相對。臣之家務事，皇上就……」

冷虎打斷冷狁的話：「唉……這可不是家務事。你是皇室王爺，你的事就是朝廷的事，就是天下事。」

此時冷公公奉上三杯茶。冷虎笑笑：「來，先喝杯茶。」他自個兒先喝了個乾淨。

冷狁看著茶杯，一樣端起來，也喝個見底。

冷虎似乎心情大好，「朕已經決定，下個月就冊封舞優爲正妃！你甚麼都不用費心，我會讓禮部好好操辦，順便選幾個側妃。」

冷狁要拒絕……

冷虎制止，「朕知道舞優出身不好，就讓她認平太后作母親，賜公主名分，就解決了。另外，再選幾個側妃。戶部侍郎之女，剛好荳蔻年華；輔國太保莊賢禮之女，秀外慧中，都是上上之選。」

冷狁沒有回話。還眞巧，戶部侍郎、輔國太保都與他蛇鼠一窩！

「至於襄王妃……」

冷狁抬眼……

「襄王妃國宴當日一舞，雖說令人驚艷，可是在場朝臣元老都覺著，袒胸露體、傷風敗俗、實屬不雅，此風不可長！可她不眠不休地練舞，也是爲朝廷！朕委實兩難，畢竟人言可畏。故而朕決定遣她至靜心庵，帶髮修行。過個半載、三個月，再讓她回來。」

冷虎當日沒說的，總算今日說了。英太后三申五令告誡他，當日冷狁一臉憔悴，顯見極寵幸蘇襄。就讓蘇襄制住他，別妄想再動蘇襄！冷虎表面唯唯諾諾，謹遵懿旨。可心裡對蘇襄念念不忘。妻不如妾，妾不如偷，偷不如偷不到……得不到的，是最好的！

馬腳露出來了。冷狁笑了笑，帶點輕視，又帶點邪玩，「陛下現在是在和我商量？還是在命令我？若是和我商量，臣謝陛下關心。若是命令，恕臣無法接受。」

冷虎笑容斂去，「冷狁，注意你的君臣禮節。朕念在兄弟情分，才不希望你斷子絕孫！你可別敬酒不吃、吃罰酒……」

「皇上，若我敬酒、罰酒都不吃呢？」

冷虎突然爆出一陣狂笑，躊躇滿志，笑到眼淚都笑出來了……

「冷狁，你露餡了！你如此大膽狂妄，是有恃無恐麼！本來，只要你乖乖順服於我，你剛喝下的毒，朕可以按時給你解藥。那些藏在地道的精兵，也可以給他們留個全屍……現在，他們會被炸的粉身碎骨，面目全非，張三、李四分不清誰是誰了！」

冷狁饒是再冷靜，心中也波濤洶湧，起伏不定……他雙手握拳，雙目含冰，極力自制。所有計畫都可能趕不上變化，那麼哪裡變了？風聲走漏了？憾事即將重演嗎？天道寧論！

冷虎笑得燦爛，「朕真佩服你的定力。難怪母后誇你又得防你。可是……天要亡你，你能奈何！」

冷虓不言不語，表現得無情無緒。

「很納悶，是吧……沒錯，是有人通風報信！你猜是誰呢？喔，你現在應該沒心思多猜。，告訴你吧！是……夜曇，常夜曇！她願意投靠朕。所以我說，你瞧女人的眼光太差……留歡偷腥！夜曇背信！你總往鬼門關闖。

另外，都城外朱烈已率二萬大軍趕來，把這圍的水洩不通，你們這些叛黨插翅難飛。」

冷虎又是一陣開懷大笑。好不容易等他笑完，他擊掌二次，花廳四面金絲紗幔後方，四排弓弩手羅列，手中箭簇皆對準冷虓！

冷虓頹然道：「冷虎，既然天意如此，我無話可說。我們來決一死戰，否則難消我心頭之恨。」

「你要耍甚麼詭計，我可不上當。」

帶著鄙夷，冷虓道：「罷了，我早料到，就算有這麼多弓弩手包圍著我，你還是不敢……和以往一樣，你從不敢和我正面交鋒，只敢用暗箭。」

冷虎臉色一慍。弓弩手這麼多眼睛瞧著，傳出去，讓人瞧扁了。「哼，說吧，我讓你死的瞑目。」

冷虓自髮上取下一條皮製束帶，簪著銀飾。他用力一抖，束帶內側金屬環扣，扣在一起，成了一把皮革刀柄！銀飾開展，成了伸縮刀刃！冷虎心中暗罵，待會兒要把殿前搜身的太監拖去去斬了。

「一刀。我射，你接，各憑本事。」

冷虎看著那把刀，陰笑，「冷豼，你太瞧不起人了！弓弩手聽令，沒我的命令，誰也不許動。」

花廳裡，弓弩手目不轉睛，盯著冷豼。冷虎嘴巴說得輕鬆，卻是嚴陣以待。

冷豼背負雙手，不讓冷虎瞧見，他何時會出手。

雙方默默站著，四眼對焦。已過一刻鐘，只有雙方胸膛輕微的起伏……倏然，冷豼右肩微動，左手出刃，力透萬鈞，帶著破空之聲……冷虎右手接住，往後退了一步才站穩！力道太猛，他不由得握緊刀柄，感到右臂一陣痲痺。心中暗驚，還好旁邊有人，若單打獨鬥，冷豼這手勁和功力，他絕非對手。

勝負已決。冷虎縱聲大笑，「哈哈哈……哈哈哈……」

焱王府

冷豼進宮後，焱王府老少接得到通報，整理好重要物品細軟，半時辰後全府撤離。全府上下縱然滿腹疑雲，心生焦慮，還是快手快腳收拾。他們向心力極夠，信任冷豼，也信任他的安排。向福、向祿、向喜正在清點人數，這時紅蔘、綠波慌慌張張奔來，喘著氣說：「不好了，襄王妃不見了！」

還沒換口氣，彩丹也慌慌張張跑來，「不好了，舞王妃失蹤了！」

接著又有人來報，找不到寧嬤嬤和曇王妃！三位管家之首是向福。

他沉著氣問：「每處都仔細尋過了嗎？再去尋一次。」

大夥又重新搜索了半時辰，仍然沒蹤跡。向福看看天色，吩咐道：

「我留在這兒守著，其他的人跟著向祿、向喜由地道出去。」

「我們也要留下來。」紅蔘、綠波齊聲說。

向福厲聲道：「紅蔘、綠波，不許胡鬧。」

紅蔘哭紅了眼，「我們沒胡鬧。我們小姐，身子不好，萬一她回來，福管家一個大男人也不方便……」綠波跟著點頭。

僕役天賜也說：「我也要留下。王爺待我恩重如山。想當時，我遭受冤獄，被酷吏打的半死不活，是王爺救了我，又留我在府上。我怎能走？我要留下來等王爺。」

焱王府的人有些是從宮裡跟著冷猊出來的，更有些是，他在路上，見著社會底層或奴隸市場被欺凌又無法翻身的人，帶回來的。來到王府，冷猊不僅供衣食，更是給每個人牒文，讓他們恢復平民身分。想走時，隨時可走，再給一筆安家費。唯一的條件，就是在王府不能挑撥是非、興風作浪。他嚴禁欺侮下人、善待每個僕役小廝，男女皆然。但是也不縱容，是非對錯，公平處理。到後來，會出現的爭執就是誰家的婆娘比較兇？或誰家的漢子力氣比較大之類……所以府裡就像個大家庭，每個人都想在這養老送終。

此時又有個老園丁發話了：「老漢也要留。我打王爺小時候就看著他，沒見著他，我心裡不踏實。我沒兒沒女，王爺養著我，賞我一口飯、一床棉鋪。大暑時怕我熱著，要我休息；大寒時怕我冷著，也要我休息。我這輩子休息的夠多了……也活得夠久了……我要把園子打理打理，等王爺回來。」

大夥心底其實也猜著七、八分了！焱王爺要他們從密道離開，他的事必定是攸關生死的大事！一定是會株連的重罪！這年頭還有甚麼是會株連的大事！

向福氣極敗壞！可眼眶不爭氣有些濕潤：「這個節骨眼！你們……你們瞎起甚麼鬨？」

冷狁的老掌廚也說話了：「福管家，別急。我去廚房弄幾道下酒菜，熱幾杯酒，大夥隨意吃吃。若王爺回來，咱們就同樂；若王爺沒回來，咱們喝最後一杯酒，一起去陪他。」

「好。」

「好勒……」贊同聲此起彼落，眾人的隨身包袱也解下了。

向福看著眾人，慨然說：「既然如此，所有男丁留下，一干女……」

不料他的話馬上被打斷。一廚娘大聲說：「女的怎麼了？巾幗英雄也很多的呀。男女平等。王爺對你們有恩有惠，對我們何嘗不是有情有義。你們要留，我們也要留……」

向福強忍心中激動，虎目蘊淚，道：「王爺的吩咐，我第一次辱命。王爺若要怪罪，我擔了！大夥一起留下來，等候王爺……」

古井

蘇襄的左手無力下垂，夜曇的劍還留在她胸口，她不支的漸漸往前傾，右手也軟綿綿鬆了開……

夜曇厭惡的、不屑的、收回她的左手。

「我懂了，常夜曇，不，應該是……杏格爾……」

夜曇一怔！就在這0.01秒，蘇襄左手緊箍著她，右手往前一送，食指輕按一下，她袖中短劍，激射而出，直中夜曇心臟！夜曇想掙扎，但蘇襄用盡渾身力氣，抱得死緊。她越掙，劍身就沒入越深……鮮血泊泊而出，紅的刺眼……終於……夜曇只剩一口氣，蘇襄才慢慢推開她。

換夜曇瞧著自己胸口，作夢也沒想到！她大張著嘴，不可置信！彷彿是個數學資優生，遇到解不開的難題，而數學被當的人卻解出來了！她的眼神渙散，想不明白怎麼發生的？

「夜曇，我也讓妳做個明白鬼。」蘇襄也喘，她剛才可是使出洪荒之力。

「妳是赤束一夥的人，原名杏格爾。若我沒猜錯，妳是赤束妹妹。八歲時故意設法讓常將軍收妳爲女，順道帶了寧古薩寧嬤嬤。因爲你們知道常將軍跟著皇太子冷狁，妳有很大的機會成爲他的妃子。

舞優在妳之前毒死留歡，就算舞優不動手，妳也會殺她，因爲妳處心積慮要成爲正妃！但這只是妳暫時的目的。大同之役冷貅兵敗，不在你們意料之中！妳本就是爲圖日後掌握漢族所布的伏兵。可是縱使你們贏了，也元氣大傷。冷貅奇蹟式生還，妳用情緒勒索，要他報仇，最終目的是冷貅再登大位，到時妳必然是皇后。可最後一步棋是趕盡殺絕！妳會用陰招，讓他不知不覺，無疾而終！就如英太后對先帝……這時妳們蠻族就完全統御漢族了！」

夜曇癱跪在地，沒氣力說話……

「我詳閱過機關攻略一書，書裡對子母劍介紹甚詳。妳那子母劍，母劍用機簧帶出子劍。所以我也用同樣的機簧原理，製了一把劍，扣在我手上。這叫以其人之道、還治其人之身！來此之前，我思量著，舞優不會平白無故找我，又選在見不得光的時辰！她和賈皇后間有貓膩，賈后欲除我而後快，我不得不防。但舞優又千方百計巴結妳。所以，我就更上心了。除了劍，我放了一袋雞血在胸口……下棋第一步就是混淆視聽、鬆弛敵人心防。雞血這玩意，挺好用，我用了二次！」

蘇襄盡量說的平常，夜曇也只剩不到一刻鐘。她死前可得聽得清清楚楚，不能走得太乾脆，她要夜曇連死了都得懊惱……

「妳知道嗎？自我見著妳，就有感妳意圖不軌。認清妳眞正身分後，也從未告訴冷貅！我也想親手殺了妳！不是我不敢，是我不忍心……冷貅一輩子被背叛，他視爲母親的人、他視爲兄弟的人、若再加上視爲妻子的妳，叫他情何以堪？」

「哈……哈……」夜曇聲如蚊蚋，瞳孔已放大：「蘇襄，妳以爲妳贏了嗎？妳還是要死！哈哈……」她劇烈咳了起來，「妳記得妳屋子裡的耗子嗎？是……我……放的，有毒……的耗子！妳們越清洗，毒就擴散越多處。最後妳會毒發身亡！所以妳還是……是……輸……輸……了」

蘇襄搖頭，「杏格爾，輸贏這麼重要嗎？就像你們異族，你們好好過日子，爲何一定要併吞漢族？」

「我們才配擁有豐沃的土地，你們漢族憑甚麼？你們只配替我們牧馬放羊。總有一天，我們會統治你們……你們會……輸」

典型的塔利班思想，狹隘的民族主義。自己以外的人都是欺侮他們的敵人，他們才是主人。別人說的都是歪理，他們才是眞理！

「既然妳這麼愛論輸贏，那我告訴妳……至少我現在活著，至少冷豻愛過我，至少我有親人至友環繞，一點都不孤單。妳呢？赤東再不久會爲瓦先所斬，因爲赤東演兵練馬想再進犯一次，可瓦先想與漢族和平共存。妳的二個哥哥，兄弟鬩牆，一死一傷，然後妳的部族就分崩離析，不成氣候、永遠從歷史上除名了！而妳，就像大漠的一粒塵土，死後不管落在哪，都沒有人會認得妳、記得妳！」蘇襄慢條斯理，一字一字的吐：「杏格爾，妳輸得徹底……」

「妳……妳……胡說……妳……胡……」

夜曇的話沒講完，便嚥下最後一口氣。她胸口的血不再淌，地上的血已凝固，如一條長長的血鰻……

蘇襄拔出自己的劍，看著渾身血汙的自己，想到身中金枝露的毒，耗子的毒，想到所剩不多的時日……也好，破釜沉舟，她沒啥好損失的了！

她隨即抽起一支火把，往地道另一頭走去。

皇城

「覽鼻，尼西喜寮瞭！棒欠。」冷虎下令。

弓弩手面面相覷，完全不明白，冷虎在說甚麼！俱無動作。

冷虎自己也覺得莫名，他的舌頭不靈光，他想說的是：「冷貎你死期到了！放箭。」

此時，遠方有太監惶急地敲鑼大喊：「不好了，來人呀，太子殿走水了！」一會兒，又有太監從另一處發喊：「來人呀，福壽宮走水啦！朝陽宮走水了！」

火舌從開始四處竄起，宮女、太監呼喊聲，腳步聲，雜沓一片……

冷貎見狀，突起發難。他抽出腰間皮帶刀、踹倒檀木几，引弓弩手往檀木几亂箭齊發。他則閃身到樑柱後。弓弩手人多，一個箭套裡有數十枝箭，他左閃右躲，一時之間接近不了冷虎。

不行，他不能放冷虎走。他看出冷虎行動遲滯，而冷蛟和跟著的軍士極可能已入圈套被俘！他需要冷虎當人質。主意打定，冷貎衝了出去，直撲冷虎。箭簇如蜂，朝他襲捲而來！他掃落周身密網似的箭枝，卻仍有三箭射中他的肩與腰……

冷虎發不出聲，他心知有異，但他無法動彈！冷虓身形微滯，皮刀捲向冷虎，可一枝弩箭已對準冷虓眉心！

冷虓視若無睹！咻……皮刀捲上冷虎頸項。

一聲慘嚎……但不是來自冷虎之口，也不是冷虓，是那個弓弩手！他的雙手，齊腕被砍斷！鮮血四溢、發出殺豬似的嚎叫。元極帶兵，由文薈殿殺過來，適時砍了弓弩手的雙手，他的刀上還染著血。

其他的弓弩手以爲是自己人，毫無防備，就被宰得一乾二淨。

冷虓喜道：「元極，你們無恙？你們不是……？」

地道是怎麼回事？各宮殿走水，冷虓就疑惑是誰放的火？到底是敵是友？

元極以爲冷虓是因自己救了他，才這麼動容。他嘿嘿笑說：「無快，無快。開心極了……」

外頭的禁軍與雄本風領著的禁軍殺了起來……他們無暇細談。元極帶自己的禁軍殺了出去……

正陽門外，白日煙火綻放！那是冷虓設計的。剛射到空中時，是黑色蕈狀雲，不多時，就會變成粉色、或橘色煙花，白日依舊可見！冷蛟已攻入皇城了！

朱烈在夜半時接到密詔，稱冷虓造反。他急點二萬兵力，卻發現冷蛟已調走一萬五！他暗想冷蛟也接獲密詔嗎？等他點齊五千兵馬，天色已大亮。往皇城途中，朱烈越想越不安……冷蛟一直以來對皇上畢恭畢敬，他與冷貑為一母所生，皇上自然有所猜疑。最近西北大捷，雖然他賞賜不多，可皇上已對他另眼相看。這會兒，他搶了頭香邀功，拍對馬屁，可把他比下來了。念及此，他吩咐參將劉義，帶兵五百往焱王府擒反賊同黨。好歹他也可板回一城……

文薈殿前、天門、午門，殺聲震天。許多宮殿火勢已無法收拾，火舌竄頂、濃煙密布、仿若烏雲；嬪妃、宮女、小皇子、小公主往寢宮外跑，走散的、跌倒的、哭喊的、灰煙漫漫，宮殿重重。喊殺聲、倒地聲、嗚咽聲、求饒聲、喝斥聲，聲聲迴響……

朱烈到時，有些矇，為何自己人打自己人？所有兵士紅領巾，金盔甲，繡春刀，服飾一致！叛軍在哪？誰是叛軍？禁軍亦然，分不清敵友？一瞬間猶豫，有人便身首異處。

驀然，朱烈聽見冷蛟喊他，朝他奔來。他正要問，脖子一涼，上頭已架著一把刀了！

文薈殿

冷貑平視看著冷虎。花廳內靜的可以！外頭的殺伐聲，清晰可聞。

冷貑道：「二年了……我終於可以平視著你。這二年，我不是彎著、就是跪著；你不是站著、就是坐著！我不管是彎著、還是跪著，我都想著：你吃香喝辣，可曾想過大同之役的十萬弟兄？他們的臉，日夜都在我眼前，血肉模糊。他們都是我朝的子民，你們就這麼忍心……只為了當皇帝！

當然，你當然忍心！你自己親血緣的兄弟冷鰲，都因爲可能當皇帝被賜死。十萬弟兄算甚麼！雖然冷鰲死不足惜，但是我還是要告訴你——眞龍天子是假，北斗七星也是假！

他身上只有五顆痣，另外二顆，是被他害死的兵部尚書宋子瀾之女宋思書，在前一天晚上畫上去的！這連環計就是要誘你上鉤、讓你們自相殘殺的。至於茶裡的毒，在我來之前，已服下你母后製的百解丸。」

「嗷……嗷……」冷虎眼中有明顯的恐懼。他想說話，可嘴巴舌頭動不了。只能從喉嚨發音。

冷狁淡漠的說：「反而是你。你中了鯆鯆之魚的毒。它是種神經毒，提煉出來後會痳痺一個人的肌肉。我將其抹在銀針上，插在皮製刀柄上！你注意刀刃，自然會想握住刀柄。我臂脊力強，你必然用力。那些針扎進你手掌心，毒素便會進入你的體內！

雖然你嘴不能言，身不能動，但你的意識清楚——聽得見我說的話，目能視物，也會有痛覺……

你看看外頭……我要你也嚐嚐生不如死的滋味——眼睜睜看著你的至親、你的摯愛，在你面前吶喊、倒下，你卻無能爲力的……絕望……滋味！」

冷虎的心跳加速、呼吸急迫。午門外，跪著一大堆的人熟悉的、不熟悉的宮女、太監，被俘的禁軍、兵部調來的士兵，他的妃嬪、孩子、剛出生沒多久的嬰兒，賈皇后、英太后、朝中的賈歡等……

看守他們的一樣是皇城禁軍。不……不一樣，看守的禁軍或士兵領椽處，都有個菊花！滿宮滿殿的菊花綻放……

焱王府

焱王府內作息如常——園子灑掃乾淨，花草修剪完畢，衣裳洗完晾曬；老掌廚煮的飯菜，吃得一乾二淨。吃完，大夥都沒進屋，就在逍遙居外席地而坐。一片靜默……等著，有事發生；也等著沒事發生。

屋外，馬蹄聲突兀地劃破寧靜。馬鳴嘶嘶，鞋履紛沓，就在府院門口止住。有個聲音高喊：「焱王府裏頭的人聽著——本官乃兵部參將劉義，焱王府已被包圍。冷翃意圖謀反，其心可誅，你們束手就擒！或許皇恩浩蕩，可讓反賊同黨留個全屍……」

向福站起來，朝外頭問道：「焱王爺現在人在何處？」

劉義不屑的哼了聲：「殘黨餘孽，你們自己是泥菩薩過江，還管別人！估計他已橫屍午門了！要不就是等候發落！謀逆大罪，五馬分屍都不夠！少廢話，開門。」

府內諸人神色哀戚……

老掌廚拱著身子，「來，我給大家斟酒。」

向福再朝外面說道：「軍爺，就來了。」

紅蓼不停掉淚，悄聲跟綠波說：「我們見不著小姐最後一面。不知道她怎麼了？」綠波安慰她說：「小姐不見也許是好事，她可能有啥急事？至少逃過這一劫，也許她還好端端的……」

老掌廚一杯一杯的倒酒，終於倒完了。

「被俘之後，下場悲慘……女的淪為軍妓，男的凌虐致死。所以，咱們還是喝了這杯酒，一起上路，陪王爺去……比較爽快。」

向福、向祿、向喜帶著眾人，一起舉杯……

皇城

「王爺，各宮各殿都壓制住了，一干人等都已在午門跪著。」元極和雄本風來報。一見冷虎未捆未綁，立即拔出刀來。

冷狁道：「無妨，他動彈不得。」雄本風眼珠子滴溜溜往冷虎身上一轉，見冷虎呆若木雞，隨即把刀收回。

「宮裡頭這廝的女人，」雄本風朝冷虎一指，「哭爹喊娘，吵死了……不過，我都照王爺吩咐，對她們客客氣氣……只有福壽宮那婆娘，見大勢不妙，想服毒自盡！還好我眼明手快，硬是從她喉嚨把毒給摳出來……她吐了我一身，又咬了我一口。我想想，不對……萬一她嘴裡仍有毒藏著，可不行。所以，我就把她的牙都拔光了！流了點血，就這一樁……」

元極仍持刀戒備著，忍不住笑，「你是被咬了口，挾怨報復吧。」

「老雄，要不你讓她咬咬看！」

此時，冷蛟、驚鴻出現殿前。

驚鴻道：「王爺，驚鴻幸不辱命。佞臣都已綁來，其他朝臣現都已進正陽門候著。」仔細看到冷豿，驚呼：「王爺受傷了……」

冷豿已將身上的箭折斷，箭身仍在體內。他搖搖頭，「區區三箭，無礙。」

眼前烈日當空，地上刀箭無依；殘肢斷臂，亡魂處處；柱壞瓦破，血染四壁；餘燼飄飛，孤牆遠影；他沒有喜悅，只有淒然……

冷蛟頭盔已不見，手臂、肩膀沾著血汗，分不清是他的還是別人的血。

「大哥，大局已定，剩一些殘兵餘黨，就等著大哥登上大位！不過，剛清點死傷，朱烈兵眾短少約五、六百，不知爲何？」

冷豿想了下，眸光一閃——焱王府，「應該是包圍焱王府了。不過，我已事先安排讓向福領著大家離開，毋須過慮。但去瞧一眼也好，至少這五、六百兵眾，得降之或囚之……」

「驚鴻，你點一千兵馬，到王府收服這些人。向康帶五百眾，到老古藥鋪出口。若大夥沒走遠，可通知他們回府了。」

驚鴻、向康領命去了。

焱王府

老掌廚滿懷依戀，看了府邸、看了大家最後一眼，道：「我先乾爲敬。」說畢，仰頭便喝……

正好此時，又有人聲馬嘶……奔至門外停下。聲音隔著門傳來：「吾乃新帝貼身護衛驚鴻，帶來新帝口喻：『冷虎欺君罔上，荼毒忠良，多行不義，現已綁至午門外，等候發落！著令各位至宮門外候令。』你——怎麼說？」驚鴻對著劉義問。

他不識劉義，但瞧他的鎧甲，便知他是屬兵部，在這兒是帶頭者……

劉義大腦轉了三次，他一看驚鴻，不急不躁，顯然胸有成竹，便知他所言不虛。變天了，還眞快！天有不測風雲……一夕間，龍座就易主了！一朝天子一朝臣。毫不猶豫，他立刻翻身下馬，「兵部參將劉義接旨。吾皇萬歲萬萬歲！」

向福火速開了府門，驚鴻一見，有些傻……府裡大大小小，一個都沒走！包袱整齊的擱在地上……「福管家，你們……你們……爲什麼？」

向福笑了，向祿、向喜笑了，大夥都笑了……「王爺還在、活著，而且當皇帝了！」

猛地，老掌廚吐出了一口酒。大家猛然想起來，不好——毒酒……於是一陣手忙腳亂，又是要幫他催吐、又是幫他搥背。

老掌廚喘著氣：「別別別……我沒死，也被你們捶死了！」

待他休息一陣，才說：「我剛才喝了酒，還沒嚥下去，就聽見驚鴻少爺說的。聽得專注，酒便一直含著，忘了吞……這會兒想起來了，就趕緊地，吐出來啦！」

向福擔心的問：「老掌廚，那你現在？」

「沒事。你們都活著，我自己走可不划算……」大夥一聽，笑得更開懷了。

在一片燦笑中，紅蓼衝了過來，劈頭就對驚鴻念叨：「你咂地現在才來？要來幹嘛不早點來呀？」

驚鴻額上又是三條線。這是要怎麼做？不來是錯！來了也不對！

他還在想要不要回答這種問題？

紅蓼又問：「你見到我們小姐了嗎？她和王爺在一起嗎？」

彩丹也問：「還有我們家小姐……」

驚鴻愕然。「襄王妃、舞王妃沒和你們在一塊兒嗎？」

向福道：「曇王妃和寧嬤嬤也失蹤了！」

府裡的笑聲嘎然而止，落入一片沉寂中……

文薈殿前

「元極、雄本風，你們得扛著冷虎，到午門聽候發落。他動不了……」

此時元極才放心把刀收起，和雄本風一起抬著冷虎往外走。遠遠看著，像扛一具屍體……

就在冷狨轉身抬步欲走時……

毛骨悚然的笑聲，像利爪刺穿耳膜，就在冷狨身後。一聲比一聲寒慄……

「冷狨，你以爲結束了嗎？」

冷狨轉身。寧嬷嬷一頭灰白亂髮，長披而下。五官扭曲、不似人樣。文薈殿龍椅已被推開，它下方有個洞口，她們是從那冒出來的！

蘇襄雙手被縛。寧嬷嬷一手推著蘇襄，擋在她身前。一手持短劍，抵著蘇襄脖頸。她自己身上掛著火藥——起碼一斤重……

「想不到吧！」她盯著冷狨，又笑了起來……狀似瘋狂。

蘇襄脖子已見血，再深一點，喉管就會被切斷了。

冷狨心弦震動，外表波瀾不驚。「妳要甚麼？」

「要甚麼？嘻嘻嘻……我要的，你給的起嗎？」

冷狨鎮定如常。「妳說，我就做得到！」

此時冷蛟也轉身，皇城內軍士發覺有異樣，紛紛聚攏過來。

「不許動。叫他們退下。否則，同歸於盡！」寧嬤嬤騰出握著利劍的手，舞著身上火藥恫嚇著……

冷狃揮了下衣袖，軍兵往後退了三呎。

「再退。你也是……」寧嬤嬤厲聲道。

冷狃、冷蛟，一起和士兵再退三呎。

「可以說說妳要什麼了嗎？」冷狃問。

「嘿嘿……我要你們自己了斷！你、冷虎、冷獅、冷蛟你們這些個皇裔，在我面前，一個把另一個的頭剁下來……」

冷蛟在旁輕聲跟冷狃說：「大哥，別上當。我們死了，這瘋婦還是不過放過皇嫂……」

冷狃回道：「寧嬤嬤，你要殺的是我，與其他人無關。若你執意如此，我兄弟不同意，最後蘇襄死了、你也活不了，魚死網破！何苦呢？我可以自行了斷。你放了蘇襄，遠走高飛，豈不兩全其美。」

寧嬤嬤想了想，陰側側地道：「我如何信得過你？」

「我乃堂堂新帝，君無戲言。」

「大哥！」冷蛟怒喊。元極、熊本風放下冷虎，一點沒耽擱奔回文薈殿外。

蘇襄被點了啞穴，無法言語。就算能講話，冷狃也不會聽。她得快……

「成。」寧嬤嬤死盯著冷貔，「你現在就動手！」

冷貔毫不遲疑抽出冷蛟腰間配刀。眾人一愣，驚叫：「大哥/王爺，使不得……」

「哈哈哈……哈哈哈……」寧嬤嬤發出桀桀怪笑……

驀然！

轟隆……轟隆……巨響，地動山搖、烈焰沖天；文薈殿磚瓦齊飛，蟠龍紅柱砰然倒塌。煙硝瀰漫，不見五指……

眾人反射性臥倒。只有冷貔，一躍便往殿裡衝！還沒衝二步，巨響又起！雷霆萬鈞。文薈殿前二隻神獸，震翻飛滾，撞向冷貔……後頭的人撲身壓住他……飛沙走石，火勢熊熊、如野火燎原，黑煙蔽日還夾著餘響！

待一切靜止後，以文薈殿為中心的殿、館、廳、院、亭、台、樓、閣，都夷為平地，分不出哪是哪？剩下的，不過幾處斷垣殘壁。放眼望去，一整個粗石碎礫和滿目瘡痍！

蘇襄已隨煙塵而去……

第九章、峰迴

因爲愛過，所以慈悲。
因爲懂得，所以寬容。

張愛玲

四個月後，立春。

五丈原外更西邊。地處荒僻，人馬不至的二座大石後，有塊谷地。溪水從中蜿蜒而過，谷地後方有許多樹木，靠近溪流的，有數十棵被伐平，代之而起的是四、五間簡單茅屋。四壁是圓木，茅草蓋頂。

才過大寒不久，霜雪尚未解凍，溪水乾涸。一女子裹著大氅，坐在距自家門不遠的溪岸，饒有興味的東瞧西瞧……

一男子在她身後道：「該回去了，天冷，明個兒再出來逛。」

「再一會兒……」

「妳說了好多次再一會了!」男子不許,又帶點甜寵。

「最後一次,再一會兒就好!」女子賴著……

「妳說的,可不許再撒賴。」

女子道:「你給我說說,左邊一大塊是啥?」

「是金腰帶(迎春花),金黃色。有的含苞待放,有的掛在莖桿上,爭妍鬥豔;右邊是梅,枝頭還有些殘雪,梅雪爭春!」

女子深吸口氣,「難怪空氣中有梅香,真美。每天都聽不膩……」

男子向前攙摟著女子。她站起身來——是蘇襄,雙眼幾近全盲!

當日枯井下方密道,除了舞優知道,夜曇是唯二。舞優不敢進來,夜曇卻探過二次!她知道另一端通往皇城文薈殿。夜曇很有自信能解決掉蘇襄,遂命令寧嬤嬤在盡頭,持著火藥埋伏,還通知冷虎遣禁衛軍在文薈殿待命!

她算好時間,等她處理掉蘇襄,就神不知鬼不覺回到采香館。待一百精兵進入密道,由寧嬤嬤點燃引信,炸死密道內精兵,連同舞優、留歡和風達的屍骨,一個不剩!寧嬤嬤可從文薈殿出去。殊不知,寧嬤嬤左等右等,沒有動靜,就回頭想瞧瞧是否有變?卻與蘇襄狹路相逢!

蘇襄不是寧嬤嬤對手，被她所擒。寧嬤嬤回頭找到夜曇，見她死狀淒涼，十年苦心經營，付諸流水！心失腦燒，隨即押著蘇襄至文薈殿密道口……

後來蘇襄才明白，其實有二個密道！一個是枯井底下，不曉得甚麼時候留下來的？鬼使神差，讓舞優發現了。

另一個是冷狁鑿的——太子殿到焱王府到老古藥舖。他只稍微跟夜曇提起會有一百精兵由密道進皇城。夜曇也從不細問，怕遭懷疑。所以，她以爲密道就是枯井到文薈殿！

元極率兵由東宮殿，一路殺到文薈殿，接應寧嬤嬤的禁軍也被宰了。這也是爲什麼冷狁見到元極時，不敢置信的原因，他以爲元極和一百精兵們都枉死了！

冷狁與寧嬤嬤周旋時，蘇襄想著，火藥只需一丁點明火就可引燃……

冷狁揮刀時，剛好飄來先前元極在各宮殿放火時的點點星苗。蘇襄掌握那一瞬間，一頭撞倒寧嬤嬤，火藥引燃！

天地變色，她也失去知覺……

當下撲倒在地的禁軍士兵、冷蛟等人起身時，衣冠布滿塵土；冷狁無知無覺，悶著頭往前走……

元極與雄本風攔著，喊：「王爺。」

冷豼置若罔聞，還是繼續走。

冷蛟搶上前，「大哥，我知道你難受，可……那些罪人該讓他們償命。他們正等著你發落，朝臣也在等著，嫂子也不希望你懷憂喪志……」

一席話讓冷豼停下腳步，然後他調頭朝午門而去！

後來的故事，蘇襄聽過不下百次！

冷豼即帝位，稱復帝。隱含匡復中興之意。只宣詔二件事！第一，冷虎、英太后，偽造聖旨、荼毒忠良、意圖弒君、謀逆竄位。處極刑——魚鱗剮；賈太后、秦嬤嬤，心性狠毒、嗜殺成性、草菅人命，處酷刑——金鞭引蛇、流星指月、碧竹含香及落霞滿天。賈歡、莊賢禮，爲虎作倀、欺上瞞下、賣官鬻爵，家產充公，五馬分屍；其餘涉案犯官，由刑部審訊；當年因案受株連者，從優撫卹、或官復原職。此役有功者，論功行賞。第二，朕德行有失，以致宮毀牆塌，生靈塗炭。故朕決定傳位給垚王爺——冷蛟。垚王心性純善、仁義大度，天下交付於他，乃萬民之福。」

午門前，萬頭鑽動，在一片譁然聲中，冷豼重新步回已炸成廢墟的瓦礫裡，徒手挖了起來……

從烈日高掛到月出東山，他不吃不喝、不言不語，努力挖掘……冷蛟調來五千兵眾幫忙開挖，一千兵眾幫忙掌燈。眾人皆知，火藥一炸，位置極可能從東邊被炸到西邊！更可能的是，屍骨恐怕已不可辨！但是大家都不忍心說破……

連續六個時辰後，天色微明。

突然，冷鈋有了表情……

「香氣……我聞道了一股香氣……是蘇襄的！」

可是旁人毫無所覺，大家用力吸氣，還是聞不到！「幻覺」，大家心裡都這麼想，王爺憂思過重，身心俱疲。

冷蛟說：「大哥，我已另調五千兵來輪換繼續挖，你回去歇會兒吧！」

「不……蘇襄身上這股香氣，只有我聞的到！」冷鈋尋著香氣來源，來到最濃之處，不管不顧，拚了命的往下掘……大家雖不信，卻也跟著。

然後，出現一隻左手——拇指、食指萎縮，是遭夾棍夾斷的手指……

找到蘇襄的同時，冷虎、英太后、賈皇后、秦嬤嬤被押至東市口。為防他們自縊，都注射了魳魳之魚的神經毒；又餵了護心丹，功效如現代的腎上腺素。防他們心臟承受不住、死得太早！

冷虎的妃嬪、皇子、公主，賜鴆毒。一車車囚車裡頭，橫七豎八躺著他們的屍體，經過東市口。在劊子手行刑前，冷虎、英太后、賈皇后親眼目視自己身邊的至親血脈，橫屍眼前。儘管他們痛心疾首，淚流滿面。卻只能發出嗚嗚嗚的聲音！

接下來輪到他們。魚鱗剮是種極殘忍的刑罰——用刀一小片、一小片慢慢割下受刑者的肉。

那種痛可想而知，痛徹心肺、反覆凌遲，卻死不了！直到最後，片下最後一塊肉，血流而盡。死時身上只剩森森白骨！

至於落霞滿天則是將火炮炸在人體上，就像以火焚身，皮開肉綻；最後成爲肉糜，痛極而亡……

冷狁除了要賈皇后、秦嬷嬷自己體會施加於蘇襄的酷刑外，還多了項利息！

火藥爆炸時，蘇襄剛好被寧嬷嬷擋著，後座力將她撞到文薈殿密道口，掉了下去！雖遭到掩埋，卻也免於火藥波及。只是眼睛仍被灼傷，雙目不能視，只能看見灰白一片……

冷狁想到蘇襄要過尋常夫妻的日子，就在西谷、行溪，蓋了間茅屋。驚鴻無論如何要跟，所以又蓋了一間；紅蓼、綠波死活不讓，於是再蓋一間；向康以死明志，不得不再多一間；冷垚說他閒時要過來坐坐，享受山水之間情逸致。只好再蓋一間客房……

焱王府的老少一聽炸鍋。要跟來做飯的、洗衣的、打掃的、沒個消停。冷狁只好說，他每月要帶蘇襄回都城轉轉，會留在府裡幾日，要他們待在府裡好好幹活。這才止住一府老小的美意。

冷垚即帝位，是爲越帝。意味超越自我、勵精圖治。他重新建築宮殿，力求簡單莊重。文薈殿更名爲仁心殿；日照宮更名爲懷德宮。冷狁將蘇襄給他的帕子留給冷垚，帕子上繡著：「因爲愛過，所以慈悲；因爲懂得，所以寬容。」

冷垚問：「謀逆大罪、罪株九族。何況，養癰貽患……當年的事，大哥不恨嗎？大哥想清楚了嗎？」

冷貁答：「我曾經很恨……恨到想啃他們的肉、飲他們的血。想榮登大寶那日，便要在西市口挖個坑……只要和英太后、冷虎只要有一絲毫相關的子女、九族、嬪妃、宮女、太監，都得活埋陪葬！現在我還是恨，卻想清楚了。這八個字讓我想清楚的。我也愛過，我懂得，他們何辜？」

冷垚沉吟許久，才道：「好。大哥，我聽你的。」

冷虎的皇子、公主、嬪妃表面上賜鴆毒，實則是止息散，一日後便會甦醒。他們被貶爲庶民，遣至各地，造冊列管……只要不作亂，一樣可以安穩過一生。

小桃、蘇梅申請出宮，到悅來錢莊幫包夫人打理，居安認小桃爲乾娘。宋思書在冷鰲、冷虎、英太后三人伏法後，留家書一封給小桃——稱重負已釋、身子已汙、生無可戀，想重新開始，以清白乾淨面目見雙親。之後便懸樑自盡……

蘇襄聽說後，不勝唏噓。親自在她墓旁植下一株相思樹。並由冷貁握著她的手寫下「相思書不盡」五個字。

冷豼創下史上空前絕後的紀錄，即帝位時間最短——僅半個時辰！詔令宣布最少——只二條！這事，在後來的後來，讓蘇襄笑到不行！說他是：前無古人、後無來者，千古一帝！

冷豼攙著蘇襄到了屋前。主屋內，紅蓼小腹微凸，指揮著驚鴻做飯菜。她一下嫌他手腳慢、一下要他記得隔日要劈柴……」

綠波在旁縫製著小衣，邊唸道：「妳都要當娘了。這麼跋扈，小心孩子跟妳一樣。」

「我這不叫跋扈。叫……叫……教育。孩子將來就明白，男女平等。他的娘能劈柴、也能做飯，怎麼他爹就不行？」

「都是妳的理。」綠波嗤之以鼻。

驚鴻、紅蓼搬到西谷後就成親了。紅蓼得意的說，是她主動向驚鴻求親的！綠波羞她不害臊，她還是那句「男女平等。」

蘇襄悄聲問：「驚鴻要做甚麼菜？」

冷豼道：「羊肉爐、炒三鮮、羊肉串、饃饃頭。妳教綠波，綠波教紅蓼，紅蓼教驚鴻……」

蘇襄問：「能吃嗎？」

「能吃。但是肯定不好吃……對了，明日吳不醫要來。」

其實，這幾個月，蘇襄身體毫無異狀。沒有金枝露的任何反應！也沒出現耗子毒性的癥候！

雖然耗子這事只有她知道。連心絞痛的毛病，也從未發作了！

吳不醫號了脈，也說她心經、心絡脈象平穩、毫無鬱積阻滯。與之前大相逕庭！他的看法是，天生萬物、一物剋一物，剛好病灶兩兩相剋。所以，無藥而癒了！只是冷犽不放心，仍要他定期過來。

蘇襄應了聲，能讓冷犽安心就好……

「後日，元極、雄本風要來。

這個……大後日，包夫人要來。

二月十八，皇帝要來。」

冷犽像個稱職祕書，跟 CEO 報告每日行程。

蘇襄噗哧一笑，「我看寒易石的一線天要改名叫一丈天。這許多人擠進、擠出，一線早晚變一丈！」

冷犽也笑了……摟緊蘇襄。

室內溫暖和煦、菜香四溢、吵吵嚷嚷，就是尋常夫妻一家子的日常……

全文完

後記

長青集團第二代接班人闕行易失足墜落！

長青集團第二代接班人闕行易，發生嚴重墜落意外！長青集團子公司——常發建設破土剪綵時，闕行易腳下地層下陷。他掉落深約三層樓高大坑，坑内散落許多支離破碎的骨骸。考古專家初步判斷是人骨。約有百具，數量眾多！但也有可能是獸骨，需進一步鑑定。

根據記載，這裡應該是約西元一千六百年左右一個叢洱小國——聿乂王朝遺址。至於同一個坑爲何出現眾多人骨遺骸？仍需研究。

長青集團老執行長已自美國趕回。據悉院方已數度發出病危通知，但基於病人隱私，未再多做詳細說明。

之前的這則頭條新聞完全消失了！沒人聽說、沒人看過、沒人談論！網路也 google 不到！這件事壓根沒發生……歷史無聲無息地改變了……

只有一則相關的消息：「長青集團第二代接班人闕行易爲長青集團子公司——常發建設——

破土剪綵。長發建設將於該地興建一棟九十九層綠能科技現代大樓……」

聶西寒坐在醫院病床上。窗外，天高雲闊。今天是立春了！

國家圖書館出版品預行編目資料

傾我一生守護你／星魚著．　--初版．--臺中市：白象文化事業有限公司，2023.01
　面；　公分
ISBN 978-626-7189-91-7（平裝）

863.57　　111018877

傾我一生守護你

作　　者　星魚
校　　對　星魚
發 行 人　張輝潭
出版發行　白象文化事業有限公司
412台中市大里區科技路1號8樓之2（台中軟體園區）
出版專線：（04）2496-5995　傳真：（04）2496-9901
401台中市東區和平街228巷44號（經銷部）
購書專線：（04）2220-8589　傳真：（04）2220-8505
專案主編　陳媁婷
出版編印　林榮威、陳逸儒、黃麗穎、水邊、陳媁婷、李婕
設計創意　張禮南、何佳諠
經紀企劃　張輝潭、徐錦淳、廖書湘
經銷推廣　李莉吟、莊博亞、劉育姍、林政泓
行銷宣傳　黃姿虹、沈若瑜
營運管理　林金郎、曾千熏
印　　刷　百通科技股份有限公司
初版一刷　2023年01月
定　　價　300元